Lita på resan

I Australiens lantliga hjärta: starka kvinnor och oförglömliga hästar

Caitlyn Lynch

Shenanigans Press

Innehållsförteckning

Tack

Den här bokserien hade inte kunnat skrivas utan generositeten från hästexperter inom branschens alla områden som delade med sig av sin kunskap till mig, i de flesta fall utan att ha en aning om varför jag ställde dessa till synes vansinniga frågor. Alla fel, det kan jag försäkra er, är helt och hållet mina egna.

Ett särskilt tack till följande:

Charlotte, enastående hästveterinär

Caleb, en talangfull hovslagare som är både pålitlig och prisvärd (guld värd!)

Emma, en Masterson-terapeut med sannerligen magiska händer

Tamara, omskolare av före detta galopphästar och en briljant tränare

Och människorna i ridsportgemenskapen i Elimbah, Bellmere och Upper Caboolture, som just nu kämpar för sina hem mot trafikjätten Main Roads, en kamp som inspirerade mig till familjen McKenzies strid mot förbifarten.

Kapitel ett

Sarahs väckarklocka pep klockan fem, men hon var redan vaken. Januarihettan trängde sig igenom de tunna gardinerna i sovrummet. Sommarvärmen i Queensland var obarmhärtig även under timmarna före gryningen. Hon satte sig upp och sträckte sig efter glasögonen, varje rörelse noga avvägd. Morgonen skulle följa en rutin hon hade finslipat under de senaste arton månaderna, varje steg utformat för att hon skulle kunna navigera i en värld som hade blivit förrädiskt oförutsägbar sedan olyckan som hade skadat den del av hjärnan som bearbetar synintryck.

Hon hade lagt fram sina kläder kvällen innan, som alltid: slitstarka arbetsjeans, en luftig bomullsskjorta och den bredbrättade hatt hon bar året om. Inte för modets skull, utan av nödvändighet. Solljusets skarpa sken kunde göra hennes kvarvarande syn nästan oanvändbar, förvandla skuggor till hinder och göra till och med en kort promenad till en hinderbana.

"Ännu en stekhet dag", mumlade hon och kontrollerade den digitala termometern som visade temperaturen från sensorn utanför fönstret. Redan tjugoåtta grader, och solen hade knappt gått upp. Hon flätade sitt jordgubbsblonda hår i en praktisk fläta och fäste den med en hårsnodd från skålen på byrån. Allt på sin plats. Inga överraskningar.

Ute på gården sjöd det redan av liv, fåglar sjöng i träden och syrsor spelade i gräset, hästar betade i de frodigt gröna hagarna åt vilket håll hon än såg. Sarah rörde sig med självsäker vana längs grusgången och hennes stövlar knastrade rytmiskt. Doften av hästar, hö och den fylliga, mörka jorden efter gårdagens korta kvällsskur fyllde hennes näsborrar och förankrade henne i det sinneslandskap hon litade på mycket mer än sina opålitliga ögon.

Duchess var hennes första prioritet. Det fuxfärgade stoet skulle föla inom några dagar och bar på vad som, om allt gick väl, skulle bli det mest värdefulla fölet Ridgewater hade producerat på flera år. Korsningen mellan deras egen Duchess, en före detta Grand Prix-dressyrhäst, och den importerade sperman från en europeisk hingst med två OS-medaljer utgjorde inte bara en betydande ekonomisk investering utan även en hörnsten i deras avelsprograms framtid.

"God morgon, fina damen", sa Sarah mjukt när hon närmade sig boxen. Stoets öron spetsades när Duchess kände igen hennes röst. "Få se hur vi mår i dag."

Sarah öppnade boxdörren försiktigt och pratade hela tiden lågmält medan hon rörde sig. Duchess var normalt sett ett snällt sto – trots vad vissa påstod om temperamentet hos fuxston – men dräktigheten hade gjort henne mer lynnig och oförutsägbar än vanligt. Stoets mage var nu enorm, spänd av det växande fölet.

”Stå, flicka lilla”, lugnade Sarah och lät sina vana händer löpa nerför stoets ben för att känna efter värme eller svullnad. Därefter bedömde hon juvrets utveckling och noterade med tillfredsställelse att det visserligen fylldes, men att det ännu inte fanns några vaxproppar och att de mjölkdroppar hon kunde få fram var klara snarare än grumliga eller vita. Hon kontrollerade vulvan efter tecken på avslappning eller flytningar som kunde tyda på en nära förestående fölning och fann ingen förändring från föregående dag.

”Inte riktigt redo att ge oss din lilla prins eller prinsessa, va?” mumlade hon och erbjöd Duchess en bruten morotsbit ur fickan. ”Duktig flicka. Några dagar till i ugnen för den där dyrbara lilla krabaten.”

Efter att ha antecknat sina observationer i journalen som hängde på en krok utanför boxen gick Sarah vidare till Legends hage. Den store, ståtliga bruna hingsten stod redan vid det höga staketet, och hans imponerande mankhöjd på 178 cm var en silhuett mot den klarblå himlen.

”God morgon, gamle gosse”, ropade hon och log när han gnäggade till svar. Med sina tjugofyra år var Legend hjärtat i Ridgewater, både bokstavligt och bildligt talat. Hans blodslinjer fanns i deras mest framgångsrika hästar, och hans milda temperament, trots att han var hingst, gjorde honom till den obestridde patriarken i deras flock. Trots att hans tävlingsdagar sedan länge var förbi hade han varit den högst rankade hopphästen i Australien under sin storhetstid, och hans tjänster var fortfarande eftertraktade som avelshingst eftersom hans avkommor visade framfötterna inom olika sportgrenar i hela landet och utomlands. Duchess var bara en av hans avkommor som hade nått de allra högsta nivåerna.

Sarah kontrollerade hans vattenho och noterade att även om den automatiska påfyllningen fungerade, skulle den behöva tömmas och skrubbas, och sedan undersökte hon hans hull med en kritisk blick. Legend höll vikten bra trots sin höga ålder, även om hon hade lagt märke till att han rört sig lite stelt på sistone. Något att hålla ett öga på; de kanske behövde titta på ett annat ledtillskott eller kanske några injektioner mot ledinflammation. Han kanske behövde få haslederna röntgade. Hon lade till det på sin mentala checklista.

"Pappa hälsar", sa hon till honom och kliade honom under käken precis där han gillade det. "Han och mamma ringde från Broome i går. Jag tror de saknar dig nästan lika mycket som de saknar oss barn." Legend frustade en fläkt med varm luft i hennes ansikte innan han sänkte huvudet för att knuffa på hennes ficka. Med ett leende tog hon fram den andra halvan av moroten.

"Jag glömde inte dig. Oroa dig inte."

Sarah var långt ifrån den enda som var uppe och i gång så här tidigt på Ridgewater. Ryggsäcksturisterna som bodde i den gamla bondstugan, som kärleksfullt kallades Kasernen, skulle just börja med sina morgonsysslor. Sarah gick till foderrummet, där Nicolas och Hana redan höll på att mäta upp säd i märkta hinkar.

"God morgon", hälsade Sarah. "Hur ser det ut i dag?"

"C'est bien", svarade Nicolas, och hans franska accent var tjock när han bytte till engelska. "Jag har förberett Kates tävlingshästs foder först, som du bad om."

"Och jag har gjort i ordning Emmas räddningshästars foder med extra tillskott", lade Hana till. Den koreanska flickans engelska var bättre än Nicolas, men lika bruten. "Eunji har gått för att ge magsårsmedicinen till de två hästar som måste ha den en halvtimme före utfodringen, och sedan börjar hon mocka."

"Perfekt." Sarah kontrollerade varje hink mot fodertabellen på väggen och gjorde små justeringar där det behövdes. Hon lade till en extra skopa ledtillskott i Legends hink, och Duchess var kräsen med sitt foder under de sista dagarna av dräktigheten; Sarah tillsatte en liten mängd melass för att göra det lite mer välsmakande.

Sarah hade nyligen utformat om fodersystemet för att göra det idiotsäkert, med färgkodade förvaringslådor, hinkar målade med varje hästs namn och laminerade tabeller som visade noggrant kalibrerade mått, med bilder snarare än text där det var möjligt. Det var inte bara sin egen syn hon oroade sig för; med en ständigt föränderlig grupp av internationella arbetande semesterfirare som hjälpte till på gården var tydlighet avgörande. Nicolas, Eunji och Hana hade varit på Ridgewater i drygt en månad och hade fått kläm på allt; Sarah såg med tillfredsställelse hur Hana noggrant mätte upp salt i varje foderhink, vilket var nödvändigt i värmen för att uppmuntra hästarna att dricka.

Himlen ljusnade nu och målade den östra horisonten i nyanser av rosa och guld. Ridgewaters dagliga symfoni byggdes upp: hästar som gnäggade i väntan på frukost, det metalliska gnisslet från skottkärrehjul, det rytmiska suset från kvastar mot betonggångar. Den fylliga doften av sött foder blandades med den jordnära lukten av färsk gödsel och den friska doften av eukalyptus från träden som omgav egendomen.

”Mår Duchess bra i morse?” frågade Nicolas och lyfte en stapel foderhinkar i en skottkärra.

”Hittills”, svarade Sarah. ”Fortfarande inga tecken på nära förestående fölning, vilket är bra. Vi behöver några dagar till innan hon når den säkra zonen. När du har fodrat klart, kan du tömma och skrubba Legends vattenho? Det är lite algväxt.”

”Självklart”, sa den unge fransmannen tillmötesgående.

När fodret var utdelat tog Sarah sig till karantänhagarna i bortre änden av gården. Det var här Emmas senaste räddningsförvärv och Pips nya ponnyer hölls tills de hade blivit veterinärbesiktigade och godkända för att ansluta sig till den allmänna populationen.

Ett gängligt fullblod med fläckig päls stod tafatt i ett hörn, medan tre rufsiga ponnyer av obestämd ras betade i närheten. Fullblodet, en fyraårig valack som Emma hade räddat från den senaste Laidley-marknaden, hade fortfarande den plågade blicken hos en häst som förväntade sig det värsta av människor. Ponnyerna, Pips senaste projekt som köpts för en spottstyver som ohanterade ettåringar, visade den naturliga nyfikenheten hos unga, oförstörda djur.

Sarah närmade sig staketet långsamt, noga med att inte skrämma fullblodet. "God morgon, nya gänget", sa hon och höll tonen lätt och jämn. Hon bedömde varje djur metodiskt och letade efter tecken på sjukdom eller skada som kunde ha utvecklats under natten.

Fullblodet hade ett litet skrapsår på hasen som inte hade funnits där igår, möjligen från en spark eller en sammanstötning med staketet. Inget allvarligt, men värt att rengöra. Ponnyerna såg friska ut, om än ovårdade; alla behövde badas, men det fick vänta tills Pip hade fått dem att gå att leda och binda upp.

Sarah gjorde en anteckning i telefonen om att berätta för Emma om fullblodets skrapsår och fråga Pip om hon ville att ponnyerna skulle vaccineras den här veckan eller nästa, och när de skulle kastreras, eftersom tre unga ponnyhingstar var det sista någon av dem behövde som orsakade problem runt stona. Organisation var Sarahs styrka, grunden som gjorde att Ridgewater kunde fungera smidigt medan hennes föräldrar tog sin välförtjänta pensionärsresa runt Australien.

När hon gick tillbaka mot huvudbyggnaderna stannade Sarah till för att betrakta gården som vaknade till den nya dagen. Det täckta ridhuset där Kate snart skulle arbeta med Misty, hoppbanan där Emma gav sina räddningshästar den sista finputsningen innan hon sålde dem vidare till bra hem, rundkorallerna där Pip lärde sina unga ponnyer grundläggande hyfs. Bortom dem böljade de frodiga hagarna ner mot sjön vid den västra gränsen, smaragdgröna trots sommarhettan tack vare deras bevattningssystem.

Detta var Sarahs värld, uppmätt och styrd med precision. Olyckan hade tagit ifrån henne tävlingskarriären och hennes djupseende, men den hade inte minskat hennes expertis eller hennes plats på Ridgewater. Hennes metoder kanske hade förändrats, men hennes värde hade det inte.

Hon höll blicken stadigt borta från terränghindren, kärleksfullt byggda av hennes far och långsamt nedmonterade av hennes yngre systrar. De trodde inte att Sarah hade märkt det, men inget undgick henne, trots hennes synproblem. Hindren i olympisk höjd var mer än de behövde för Emmas träning och eleverna; de hade varit Sarahs träningsplats, men hon skulle aldrig kunna rida dem igen. Att inte kunna "se avståndet" innebar att det var helt uteslutet att hoppa någonting alls, nu och för all framtid.

Med morgonens bedömning avklarad styrde Sarah stegen tillbaka mot det stora huset. Frukosten skulle snart börja, och med tanke på hur hennes systrar var skulle det finnas minst tre mindre kriser att lösa innan dagen riktigt hade börjat. Hon log lite för sig själv vid tanken. Vissa saker var lika förutsägbara som hennes rutin, och familjekaos var en av dem.

Köket i det stora huset sjöd av aktivitet när Sarah öppnade nätdörren. Morgonsolen strömmade in genom fönstren i öster och badade det stora bondköket i hett ljus, även om någon lyckligtvis redan hade satt på luftkonditioneringen.

Rummet doftade av kaffe, rostat bröd och den svaga sötman från ananasen som Pip höll på att skiva vid köksbänken. Trots den tidiga timmen fungerade hushållet McKenzie som en väloljad maskin, där varje person följde sin del av morgonkoreografin.

"Det finns nybryggt kaffe i kannan", ropade Pip utan att titta upp från sin uppgift. Även mitt under frukostförberedelserna utstrålade Pip Rodriguez-McKenzie en samlad elegans som tycktes stå i strid med hennes ringa längd. Med sina knappt en och femtio behövde hon en pall för att nå de övre skåpen, men hon rörde sig med den självsäkra graciösheten och styrkan hos en före detta professionell jockey.

"Du är en räddare i nöden", svarade Sarah och gick fram till kaffekannan. Hon hällde den mörka vätskan i sin favoritmugg, den med texten "Boss Mare" på sidan, en julklapp från Emma förra året.

"Faster Sarah! Faster Sarah!" Jemima studsade på sin pall vid köksön, hennes blonda hår fortfarande rufsigt efter sömnen. "Jag hoppade Sparky igår!"

Sarah log åt sin systerdotters entusiasm. "Det är fantastiskt, Jem. Snart hoppar du hela banor."

"Jag ska hoppa högre än alla andra", förklarade Jemima med en åttaårings absoluta självförtroende. "Till och med högre än du, innan du slutade."

En kort tystnad uppstod, som snabbt bröts av att Pip sköt fram en tallrik med skivad ananas framför Jemima. "Ät din frukt, lilla hjärtat. Du behöver energi för att hjälpa mig med de nya ponnyerna."

Sarah uppskattade Pips snabba ingripande. Familjen hade blivit experter på att navigera runt omnämnanden av Sarahs olycka och championhästen hon hade förlorat. Arton månader, och såret var fortfarande ömt.

"Kan du fortfarande övervaka min klient klockan elva?" frågade Emma och kom in i köket med sin typiska virvelvindsenergi. Hennes långa bruna hår var redan uppsatt i en praktisk hästsvans, och hon bar en mjuk, sliten T-shirt, hennes uniform när hon arbetade med nervösa hästar. "Thunders ägare kommer för att se hur han gör framsteg med transportlastningen."

"Inga problem", bekräftade Sarah och slog sig ner vid det stora, skurade furubordet som hade varit centrum för familjen McKenzies sammankomster så länge hon kunde minnas. "Jag har planerat in allt administrativt arbete till i eftermiddag, när det ändå är för varmt för att vara ute."

Emma log tacksamt. "Du är bäst. Han gör faktiskt riktigt bra framsteg. I går satte han in båda framhovarna utan att frysa till."

"Det är framsteg", erkände Sarah. För en häst som hade slagit över baklänges i en transport för sex månader sedan och skadat både sig själv och sin ägare, var det en betydande förbättring att ens närma sig en transport.

"Framsteg är en underdrift", sa Emma och tog för sig av kaffet. "För två veckor sedan kom han inte inom tjugo meter från den. Om vi kan få honom att lasta på ett tillförlitligt sätt, kanske hans ägare faktiskt behåller honom istället för att skicka honom till marknaden."

"Där du ändå bara skulle köpa honom", anmärkte Kate torrt när hon svepte in i köket. Till skillnad från de andra som föredrog praktiska, välanvända jeans och bomullsskjortor, bar Kate oklanderliga, märkesdesignade ridkläder, med sitt blonda hår fäst i en perfekt knut i nacken. "Har någon sett det tredelade D-ringsbettet på fem tum? Jag vill prova det på Misty, jag tror att hon kanske gillar det bättre än det vanliga tvådelade."

"Kolla i skåpet i sadelkammaren", föreslog Sarah. "Jag tror att jag såg det igår när jag letade efter läderbalsamet."

Kate nickade, tog en bit rostat bröd och bredde smör på den med snabba, effektiva rörelser. "Nicolas ryktar redan Misty. Den pojken är värd sin vikt i guld, och jag kan lova dig att han verkligen kan rida. Jag tror att han kan ha en

riktig framtid inom dressyren om han kan hitta rätt häst
när han kommer tillbaka till Frankrike.”

”På tal om Nicolas”, sa Pip, ”nämnde han att han ville
ta tåget in till Brisbane i helgen med Eunji och Hana och
stanna borta lördag natt. Passar det med vårt schema?”

Sarah gick mentalt igenom helgens åtaganden. ”Om de
hjälper mig att köra ut de nya rundbalarna idag, ser jag
inte varför inte. Vi har den där kunden som kommer för
att provrida Bondi på lördag, men det kan Emma och jag
sköta. Och det är inget annat på gång egentligen, bara de
vanliga lektionseleverna.”

”Det betyder att någon måste hämta in och rykta
hästarna till lektionerna”, påpekade Kate.

”Det kan jag fixa”, erbjöd sig Pip. ”Jemima är gammal
nog att hjälpa till, eller hur, gumman?”

”Jag är jättebra på att rykta”, bekräftade Jemima
allvarligt. ”Mamma säger att jag är noggrann.”

”Det är du verkligen, lillan”, sa Emma ömt och rufsade
sin dotter i håret. ”Och på tal om noggrannhet, har du läst
klart din sommarläxa? Skolan börjar igen i slutet av nästa
vecka.”

Jemimas min mulnade tillfälligt. ”Nästan. Jag gillar inte
boken vi fick. Den är tråkig.”

”Livet är fullt av tråkiga böcker”, sa Kate och kollade på
klockan. ”Vänta bara tills du börjar på universitetet. Du
kommer att läsa hundratals.”

”Inte om jag blir jockey som faster Pip”, invände
Jemima. ”Jockeys behöver inte läsa tråkiga böcker.”

Pip skrattade, ett varmt, musikaliskt ljud som lyste
upp köket. ”Åh, du skulle bli förvånad, lilla stumpan.
Tävlingsformulär, banförhållanden, avelsregister. Det är
massor av tråkig läsning inom galoppen. Rätt glad att jag
lade av med allt det där, ärligt talat.”

”Dessutom”, tillade Sarah, ”är du lång för din ålder.
Du kanske blir för lång för att vara jockey innan du fyller
femton.”

”Då blir jag hoppryttare som morfar”, bestämde sig Jemima, oberörd.

”Gud hjälpe oss alla”, mumlade Emma, men hennes ögon var milda av tillgivenhet. ”Ännu en tävlingsinriktad McKenzie.”

Kate åt upp sitt rostade bröd i tre effektiva tuggor. ”Bäst jag går ut. Jag vill jobba med Mistys changement i varje galoppsprång innan värmen blir för tryckande. Regionala mästerskapen är bara sex veckor bort, och vi är fortfarande inte tillräckligt jämna.”

”Behöver du något från stan?” frågade Sarah. ”Jag tänker åka in i förmiddag och hämta avmaskningsmedlet till de nya hästarna från foderbutiken. Caroline ska komma i eftermiddag så jag vill få det gjort.”

”Bara det vanliga”, sa Emma och hällde upp flingor åt sig själv. ”Nate har plockat ihop en beställning med fodertillskott som borde vara klar att hämta. Kanske kan du kolla om de har fått in några av de där saltstenarna med extra mineraler? Jag tror de skulle vara bra för karantänshagarna.”

Sarah nickade och lade till en anteckning i mobilen. Detta var hennes roll i familjens ekosystem, att hålla koll på behov och scheman, att se till att inget föll mellan stolarna. Efter sin olycka, när det inte längre var möjligt att tävla, hade hon kanaliserat all sin energi på att få Ridgewater att fungera så smidigt som möjligt. Om hon inte kunde sitta i sadeln skulle hon se till att allt annat var perfekt för dem som kunde.

”Jag har lagt in två nya bokningar för ponnylektioner nästa vecka i systemet”, nämnde Pip och satte sig bredvid Jemima med sin egen skål med frukt och yoghurt. ”Båda nybörjare, båda sex år gamla. Jag har bokat in dem efter varandra på onsdag eftermiddag.”

”Låter bra”, sa Sarah. ”Handfatet i badrummet i Barracks läcker förresten igen, och jag kunde inte laga det. Jag har lämnat ett meddelande till rörmokaren.”

”Inte Terry”, stönade Emma. ”Han tog hutlöst betalt förra gången.”

”Nej, jag hittade en ny. Rekommenderad av Nate i foderbutiken.”

Detta var hjärtat i deras verksamhet, reflekterade Sarah, dessa avslappnade strategimöten på morgonen där information delades och planer samordnades. Trots sina olika personligheter och tillvägagångssätt arbetade de tillsammans med den synkronicitet som kom från ett gemensamt syfte och en livslång förståelse för varandras styrkor och svagheter.

När frukosten led mot sitt slut skingrades de för att ta itu med sina olika ansvarsområden. Kate skyndade ut först, ivrig att påbörja sitt träningspass. Emma följde strax efter och nämnde något om ännu en misslyckad galopphäst som skulle levereras och att hon behövde göra i ordning en till karantänshage. Pip hjälpte Jemima att duka av, och påminde sedan barnet att smörja in sig med solkräm innan de gick ut för att påbörja dagens lektioner och stalljobb.

Sarah dröjde sig kvar över sin andra kopp kaffe och granskade dagens schema på sin surfplatta. Ridgewaters rytm fortsatte runt omkring henne, pulsen från familjeföretaget de alla hade fötts in i. Hur olika de än var, var det detta som förenade dem, deras gemensamma arv och passion för hästar. Även när de grälade eller var oense om metoder stod den grunden orubblig.

Hon drack ur sitt kaffe och reste sig, mentalt inställd på dagens uppgifter. Duchess skulle kollas igen, en tur in till stan för förnödenheter, hö skulle levereras, bokföringen uppdateras och en miljon små beslut skulle fattas. Olyckan må ha ändrat hennes väg, men den hade inte ändrat hennes plats i den här världen som familjen McKenzie hade byggt tillsammans.

Efter att ha kommit tillbaka från stan med en pickup full av förnödenheter som backpackrarna genast började lasta ur, återvände Sarah till stostallet för sin inplanerade förmiddagskontroll av Duchess. Januarisolen stekte nu obarmhärtigt och temperaturen klättrade mot den förutspådda maxtemperaturen på trettioåtta grader. Inte idealiska förhållanden för en fölning, vilket var precis anledningen till att Sarah hade utökat sina kontroller av det värdefulla stoet till var tredje timme. När hon närmade sig boxen var det något i Duchess hållning som omedelbart utlöste Sarahs interna larm. Det fuxfärgade stoet flyttade hela tiden sin vikt från det ena bakbenet till det andra, och svansen viftade mer målmedvetet än en vanlig flugviftning.

”Hej där, flickan”, sa Sarah mjukt och försökte förbli lugn trots sin växande oro. ”Vad är det som pågår med dig?”

Duchess vände sig mot ljudet av Sarahs röst, med lätt utvidgade näsborrar. Det stora stoets sidor hävde sig av djupare andetag än normalt, och hennes ögon hade ett vaksamt, nästan misstänksamt uttryck.

Sarah smög in i boxen, talade lugnande och upprätthöll ett lugnt yttre medan hennes hjärna rusade genom olika möjligheter. Hon kände väl till Duchess normala beteende, då hon hade hjälpt till att föda upp stoet från födseln och sedan hjälpt Kate att träna henne hela vägen till Grand Prix-dressyrnivå. Denna rastlöshet var definitivt onormal, men å andra sidan var detta Duchess första dräktighet.

”Lugn, min dam”, mumlade Sarah och lät händerna glida över stoets utspända buk. Hon kände fölet röra sig under hennes handflata, vilket bekräftade att det fortfarande var aktivt. Det var åtminstone bra.

Hon kontrollerade stoets juver och noterade att det verkade fylligare än vid morgoninspektionen, även om det fortfarande inte hade vaxproppar. Vulvan visade en lätt förlängning men ingen betydande avslappning eller flytning. Detta var tidiga tecken, men ändå oroande. Duchess beräknade fölningsdatum var fortfarande en vecka bort, och just detta föl representerade en betydande investering. Duchess hade blivit betäckt i Europa medan hon återhämtade sig från sin karriärsavslutande senskada och sedan förts hem till Australien till en ansenlig kostnad. Det var därför stoet skulle föla nu, långt utanför den vanliga australiensiska säsongen.

"Du funderar på det, eller hur?" sa Sarah till stoet, som svarade med ett lågt gnägg. "Tja, jag skulle uppskatta om du kunde vänta några dagar till. Den där bebisen behöver bakas lite längre."

Sarah gjorde detaljerade anteckningar i sin mobil, inklusive tidpunkt och alla observerade symptom. Om detta verkligen var början på en tidig förlossning skulle de behöva övervaka Duchess kontinuerligt. Kanske skulle hon åka tillbaka in till stan och besöka elektronikaffären, se om de hade några trådlösa kameror; hon hade funderat på att sätta in en i fölningsboxen. Faktum är att hon skulle göra precis det, bestämde hon sig för, och skickade iväg ett snabbt grupp-sms för att meddela de andra.

Men när hon var på väg uppför uppfarten igen i den nu urlastade pickupen lade hon märke till ovanlig aktivitet i karantänshagen. Det gängliga fullblodet hon hade kollat till tidigare stod tafatt i hörnet och höll sitt högra bakben lätt lyft från marken. Något var fel.

Sarah klev ur pickupen och gick in i hagen, med långsamma rörelser för att inte skrämma den nervösa valacken. När hon kom närmare såg hon problemet. Det lilla skrapsåret hon hade noterat på hans has på morgonen hade förvärrats avsevärt och var nu ett ilsket, svullet sår med en uppenbar flytning. Hur hade det kunnat bli så dåligt så snabbt?

"Åh, vännen", suckade hon. "Det där ser otäckt ut."

Fullblodet ryckte till när hon närmade sig men flydde inte, ett bevis på Emmas tålmodiga arbete under den senaste veckan. Sarah hämtade en grimma och ett grimskaft från pickupen och närmade sig med det hängande löst i handen, samtidigt som hon hela tiden talade med en låg, lugn röst.

"Ska vi ta en ordentlig titt på dig? Det där benet behöver tas om hand innan det blir värre."

Det tog flera minuters milt lockande, men till slut lyckades hon säkra hästen och komma tillräckligt nära för att undersöka såret. Svullnaden var varm vid beröring, flytningen gulaktig och illaluktande. Definitivt infekterad. Fullblodet skulle behöva antibiotika, sårrengöring och möjligen dränering om det fanns ett främmande föremål inbäddat i vävnaden.

Två hästar med akuta behov, och klockan var inte ens tolv. Sarah andades långsamt ut och prioriterade. Hon ledde upp fullblodet till en tom box i stallet och såg till att han hade färskt vatten och hö innan hon stängde in honom. Det där såret behövde professionell hjälp snabbt, och med Duchess som potentiellt höll på att föla, kunde de inte riskera att vänta.

I sadelkammaren tog Sarah fram sin mobil och slog numret till Ridgemonts veterinärklinik. Efter två signaler svarade en glad röst.

"Ridgemonts veterinärklinik, det här är Tiana. Vad kan jag hjälpa dig med idag?"

"Tiana, det är Sarah McKenzie från Ridgewater", sa Sarah och gick rakt på sak. "Vi behöver få hit Caroline så snart som möjligt. Duchess visar tidiga tecken på fölning, och en av Emmas räddningshästar har utvecklat vad som ser ut som en otäck infektion i ett sår på hasen."

”Ok”, svarade Tiana och knappade hörbart i bakgrunden. ”Ni står på schemat för i eftermiddag ändå, men tror du att det här är akut?”

Sarah tvekade bara en kort stund. ”Det är Duchess jag är mest orolig för.” Hon visste att Caroline, hennes bästa vän, skulle förstå precis varför Sarah var så orolig, och Caroline visste definitivt att Sarah inte var den som ropade på vargen i onödan.

”Uppfattat. Jag flyttar en icke-akut tandkontroll till imorgon och skickar ut veterinären till er härnäst”, bekräftade Tiana med sin vanliga effektivitet innan hon avslutade samtalet.

Sarah stoppade undan mobilen och justerade mentalt dagens schema. Hon kunde inte åka in till stan nu; hon skulle undersöka att beställa en kamera online istället. Även om den anlände för sent för att vara till nytta för Duchess, skulle de behöva den när den riktiga fölningssäsongen började.

Hon gick tillbaka för att kolla till Duchess igen och fann stoet något lugnare men fortfarande rastlöst. Ett gott tecken, kanske, som tydde på att detta bara var ett falskt alarm, att värmen besvärade det högdräktiga stoet. Ändå, med ett så värdefullt föl kunde de inte ta några risker.

”Sarah, Emma sa något om hö?” sa någon bakom henne, och hon vände sig om med ett ansträngt leende mot Hana och Eunji.

”Japp. Fyra rundbalar ska levereras. Låt oss få dem gjorda innan veterinären kommer, och jag lämnade pickupen mitt på uppfarten för att leda tillbaka den där hästen, vi borde ta tillbaka den hit.” Eunji kunde köra, så Sarah skickade iväg henne för att göra det medan hon själv startade traktorn och spetsade på den första rundbalen hö, med Hana åkande på sidan av traktorn för att öppna grindar åt henne och schasa undan ivriga hästar. Queensland-solen gassade ovanför och förvandlade traktorhytten till en mobil bastu trots de öppna fönstren.

Sarah höll precis på att avsluta det sista hösläppet när hon hörde det distinkta mullret av Carolines bil som kom uppför uppfarten. En våg av lättnad sköljde över henne. Caroline hade hjälpt dem genom otaliga krissituationer. Mer än så var hon Sarahs närmaste vän utanför familjen, någon som förstod de unika utmaningar Sarah stod inför sedan sin olycka. De hade gått i grundskolan tillsammans, båda hästtokiga, och förblivit vänner för livet. Carolines man, Nate, drev foderbutiken som delade lokaler med den lokala veterinärkliniken, och paret väntade sitt första barn om några veckor till.

Bilen stannade bredvid stallet och dammet lade sig runt däcken. Sarah stängde av traktorn och klättrade ner, torkade svetten från pannan medan hon gick mot fordonet. Den välbekanta blå Forden hade Ridgemonts veterinärkliniks logotyp på sidan, men när förardörren öppnades vacklade Sarah till.

Istället för Carolines gravidrunda gestalt vecklade en lång man ut sig ur förarsätet. Han var minst en och åttio lång, med breda axlar och kortklippt mörkt hår. Solglasögon skyddade hans ögon, och han bar blåjeans och klinikens vanliga khakifärgade uniformsskjorta, med ärmarna upprullade för att avslöja solbrända underarmar.

Sarahs hjärta sjönk när insikten kom. Detta måste vara vikarien som Caroline hade nämnt vid sitt senaste besök, den som skulle täcka en del av hennes arbetsbörda under graviditeten och ersätta henne under mammaledigheten. Caroline hade försäkrat dem om att han var erfaren med prestationshästar, men Sarah hade hoppats, kanske naivt, att hans startdatum skulle råka infalla efter att Duchess hade fött sitt värdefulla föl på ett säkert sätt.

Mannen fick syn på henne och höjde en hand i hälsning. Sarah tvingade fram en artigt neutral min, trots bestörtningen som vällde upp i hennes mage. En främmande veterinär, obekant med deras hästar och rutiner, som anlände precis när de hade inte en utan två potentiellt allvarliga situationer.

Hennes noggrant planerade dag hade just blivit grundligt störd, och Sarah McKenzie uppskattade inte överraskningar. Särskilt inte när de involverade hälsan hos Ridgewaters mest värdefulla tillgångar.

Kapitel två

Marcus Webb kisade mot den skarpa Queenslandsolen när han klev ur Carolines veterinärbil. Hettan slog emot honom som en fysisk kraft, en skarp kontrast mot den luftkonditionerade hytten han just hade lämnat. Ridgewater Equestrian Centre låg åtminstone bara en kvart från stan och hade varit omöjligt att missa när han väl kommit till rätt område. Anläggningen som bredde ut sig framför honom var imponerande: välskötta hagar, flera ridbanor och rejäla stallbyggnader som vittnade om seriösa investeringar. En professionell verksamhet.

När den långa, jordgubbsblonda kvinnan närmade sig med målmedvetna steg sträckte Marcus på sig och förberedde sitt mest professionella leende. Första intrycket var viktigt, särskilt när han ryckte in för den omtyckta lokala veterinären.

Han hade varit på Ridgemont-kliniken i exakt fyra dagar, knappt tillräckligt med tid för att lära sig var all utrustning fanns, när Caroline tryckt det här akutbesöket i händerna på honom. "Jag mår fruktansvärt och måste lägga mig, men vi kan inte strunta i den här tiden. Familjen McKenzie är våra viktigaste kunder", hade hon förklarat med handen vilande skyddande över sin gravida mage. "Och Sarah är min bästa vän. Du kommer att gilla henne, hon är organiserad och praktisk."

Kvinnan som kom gående mot honom såg verkligen organiserad ut, från sin prydliga fläta till sin stadiga gång. Hennes min var däremot betydligt mindre välkomnande än vad Caroline hade antytt.

"God morgon", sa Marcus och sträckte fram handen. "Dr Marcus Webb. Jag vikarierar för dr Burnett medan hon trappar ner på sitt arbete."

"Sarah McKenzie." Hennes handslag var fast och kort, hennes bedömning av honom snabb och grundlig. På nära håll lade Marcus märke till hennes ögon bakom de stadiga glasögonen, en ovanlig grågrön nyans som påminde honom om havet under en storm. "Caroline nämnde att hon hade anställt en vikarie. Varifrån kommer du ursprungligen?"

"Sydney", svarade han och vände sig om för att hämta sin utrustning från bilen. "Jag jobbade på universitetets hästklinik innan jag tog den här tjänsten." Han utelämnade medvetet att det var hans svärfars, numera ex-svärfars, avdelning. Vissa detaljer var inte relevanta för att etablera professionell trovärdighet.

"University of Sydney?" En gnutta motvillig respekt syntes i hennes min. "Det är en betydande anläggning."

"Det är det." Marcus lyfte väskan han hade förberett och hängde remmen över axeln. "Caroline nämnde att ni har ett sto som eventuellt är i ett tidigt stadium av fölning och en häst med ett infekterat sår?"

"Ja", nickade Sarah och betraktade honom med en utvärderande blick. "Duchess först, tror jag. Hon är vårt mest värdefulla avelssto och fölet hon bär på är ... betydelsefullt för vårt program."

Vikten hon lade på ordet "betydelsefullt" sa Marcus allt han behövde veta om de finansiella och känslomässiga investeringar som var inblandade. På en anläggning som denna var ett uppskattat sto sannolikt värt långt över en miljon kronor, och hennes föl förmodligen lika mycket i samma stund det föddes. Han nickade och de professionella instinkterna tog över.

"Visa vägen."

Sarah vände sig om och gav sig iväg i rask takt, med Marcus tätt efter. Han justerade vikten på sin väska och tog in anläggningens imponerande layout medan de gick. Stallarna var uppenbarligen designade av någon som förstod sig på hästar och effektivitet, med breda stallgångar och utmärkt ventilation. Även i januaris tryckande hetta kändes det relativt behagligt inomhus. Allt var skinande rent och välorganiserat, ända ner till de färgkodade foderbehållarna och de minutiösa tavlorna han skymtade i ett rum till vänster.

"Ni har ordning och reda", konstaterade han, genuint imponerad.

Sarah sneglade på honom och hennes min mjuknade en aning. "Det måste vi. Vi har över sextio hästar på anläggningen, mellan inackorderingar, träningshästar, lektionsponnyer och våra egna hästar. Organisation är A och O."

"Särskilt med personalomsättning, kan jag tänka mig", sa Marcus och noterade de två unga kvinnorna han såg mocka boxar. De såg asiatiska ut, koreanskor om han inte misstog sig.

”Backpackers”, bekräftade Sarah. ”De stannar allt från sex veckor till sex månader, och även om förmedlingen som skickar dem ser till att vi får dem som har hästvana och åtminstone grundläggande engelskkunskaper så måste systemet vara idiotsäkert.”

De kom fram till ett separat, lugnare stall som Marcus omedelbart kände igen som en specialiserad avelsanläggning. Boxarna var större, golvet dämpat med tjocka gummimattor och varje detalj vittnade om noggrann planering för dräktiga ston och nyfödda föl.

”Det här är Duchess”, sa Sarah och stannade utanför en rymlig box där ett fuxsto stod och betraktade dem vaksamt. ”Femtonårigt varmblod, har tidigare tävlat i Grand Prix-dressyr. Hon bär på ett föl efter Chiaroscuro, den franska dubbla OS-medaljören i hoppning.”

Marcus visslade lågt. ”Dyr avel.”

”Mycket”, sa Sarah kort. ”Och inte möjlig att upprepa, eftersom de inte skickar fryst semin från Chiaroscuro. Min syster Kate tog med Duchess till Europa för att tävla. När hon blev skadad bestämde de sig för att betäcka henne med den bästa tillgängliga hingsten innan de skickade hem henne, vilket är anledningen till att hon ska föla nu – hon betäcktes under den europeiska våren. Hon går inte över tiden förrän nästa vecka, och hon visar några oroväckande tecken.”

Marcus närmade sig boxen försiktigt och observerade stoets kroppsspråk. Hon var verkligen rastlös och flyttade ofta vikten mellan bakbenen. När Sarah gick in i boxen först och pratade mjukt med stoet, noterade Marcus hur hon rörde sig, medvetet långsamt och hela tiden med kontakt med hästen när hon förflyttade sig runt henne.

”Får jag?”, frågade han innan han själv klev in i boxen.

Sarah nickade och höll en lugnande hand på Duchess hals medan Marcus genomförde sin undersökning. Stoets vitalparametrar var normala, och även om hennes juver visade tecken på utveckling hade hon inga vaxproppar. Vulvan visade på en lätt avslappning men inga flytningar.

"Jag tror att vi ser tecken på förlossningsförberedelser", sammanfattade Marcus och tog ett steg tillbaka. "Inte en omedelbart förestående fölning, men förberedelser. Jag skulle rekommendera övervakning över natten de närmaste dagarna, särskilt med tanke på hennes och fölets värde. Har ni kameror installerade här inne?"

"Inte än", erkände Sarah. "Jag var faktiskt på väg in till stan för att titta på det när jag lade märke till skadan på den andra hästen."

"Jag har ett portabelt system i min bil", erbjöd Marcus. "Caroline använder det vid fölningar med högt värde. Jag kan installera det innan jag åker idag och se till att det sänder till din telefon, om ert wifi når hit ut."

Överraskning fladdrade över Sarahs ansikte, följt av försiktig uppskattning. "Det gör det, och det skulle vara... hjälpsamt. Tack."

Medan de gick vidare gav Sarah en kort men uttömmande översikt över Ridgewaters verksamhet. Avelsprogrammet kretsade kring deras hingst Legend, vars blodslinjer var guld värda i australiska ridsportkretsar.

"Han är där borta", pekade Sarah på en högt inhägnad hage där en magnifik brun hingst betade fridfullt. "Tjugofyra nu, men fortfarande vår hörnsten. Jim, min pappa, tog honom till de högsta nivåerna av nationell hoppning. Vi tappar honom fortfarande en gång i veckan under avelssäsongen, även om vi har dragit ner på det nyligen på grund av hans ålder."

Marcus nickade och uppskattade hästens imponerande exteriör även på avstånd. "Vackert djur. Klassiskt irländskt sporthästinflytande i bakdelen."

Sarah tittade på honom med lätt höjda ögonbryn. "Bra öga. Han är en korsning mellan varmblod och irländsk sporthäst. Det bästa av två världar för många sportgrenar, har vi upptäckt. Duchess är en av hans döttrar, förstås;

undan ett sto som är en korsning mellan varmblod och fullblod.”

De fortsatte förbi ett ridhus där en smal blond kvinna arbetade med ett skimmelsto genom avancerade dressyrrörelser.

”Min syster Kate med Ridgewater Mystery, alias Misty”, förklarade Sarah. ”Ännu en av Legends avkommor. Hon siktar på att tävla på Grand Prix-nivå i år.”

Marcus iakttog paret ett ögonblick och noterade harmonin mellan häst och ryttare, den exakta positioneringen och balansen som kännetecknade dressyrarbete på toppnivå. Han hade behandlat många tävlingshästar på den här nivån, men det var något särskilt imponerande med kvaliteten på träningen som var uppenbar här.

Medan de gick blev Marcus alltmer medveten om Sarah vid sin sida. Det fanns en tyst kompetens i allt hon gjorde, från hur hon stängde grindar till sättet hon vinklade sin hatt mot solen. Trots hennes svala uppträdande kunde han inte låta bli att lägga märke till den graciöla linjen på hennes nacke, styrkan i hennes axlar, självförtroendet i hennes hållning.

Han hade alltid dragits till kompetenta kvinnor, kvinnor som visste vad de ville. Hans ex-fru hade verkat vara sådan, en gång i tiden. Innan hon hade avslöjat sig som manipulativ och självcentrerad, och använt deras äktenskap som ett påtryckningsmedel i universitetspolitiken. Skilsmässan hade gjort honom vaksam, men inte blind. Och Sarah McKenzie var, objektivt sett, en mycket attraktiv kvinna.

Hon såg att han tittade och höjde frågande på ett ögonbryn. Marcus harklade sig och fokuserade blicken på stigen framför dem.

”Caroline talar mycket väl om er verksamhet”, sa han och återgick till ett professionellt tonläge. ”Hon nämnde att du själv tävlade en gång i tiden?”

En skugga föll över Sarahs ansikte. "Det gjorde jag. Fälttävlan. Det var innan..." Hon tystnade och rätade sedan på axlarna. "Låt oss titta på Emmas fullblod. Såret såg ganska otäckt ut i morse. Jag ställde honom i det lilla stallet här borta eftersom han fortfarande är i karantän – han har bara varit här en vecka."

Marcus nickade, noterade det abrupta ämnesbytet men respekterade det. Han följde efter henne mot ett annat stall och sammanfattade vad han hade observerat hittills. Ridgewater var imponerande, utan tvekan, men det fanns något annat i görningen här också. En underliggande ström av... förväntningar. Av standarder som han uppenbarligen mättes mot.

Och av Sarah McKenzies min att döma var han inte säker på att han höll måttet. Ännu.

Fullblodet stod i hörnet av boxen, den magra kroppen spänd av oro när Marcus och Sarah närmade sig. Redan från utsidan av dörren kunde Marcus se svullnaden på den högra hasen och varet som sipprade från såret, en ful gul färg mot den djupa bruna pälsen. Valackens ögon var vidöppna, näsborrarna utvidgade i det universella hästuttrycket för oro. Marcus hade sett den blicken otaliga gånger förut, den distinkta ångesten hos en före detta kapplöpningshäst som hade lärt sig att förvänta sig smärta snarare än tröst från mänsklig hantering. Han ställde försiktigt ner sin väska och höll sina rörelser långsamma och medvetna medan Sarah pratade tyst med det nervösa djuret.

"Det här är Champ", sa hon, även om namnet verkade grymt ironiskt med tanke på hästens nuvarande tillstånd. "En av Emmas räddningar från Laidley-marknaden förra veckan. Jag upptäckte ett litet skrapsår i morse, men det har snabbt förvärrats."

Marcus nickade och observerade hästens kroppsspråk. "Hur mycket har han hanterats sedan han kom?"

"Inte mycket. Emma har jobbat med honom dagligen, men han är fortfarande ganska reaktiv. Alldeles för mager, som du ser, och har förmodligen konstant ont av magsår. Han behöver mycket tid." Sarah rörde sig långsamt in i boxen, med händerna lågt och icke-hotfullt framför sig, hennes röst ett kontinuerligt, mjukt mummel. Fullblodets öron rörde sig fram och tillbaka och följde hennes rörelser men lades inte platt mot huvudet, vilket Marcus tog som ett positivt tecken.

"Han svarar bra på dig", noterade Marcus, genuint imponerad av hennes tysta självförtroende.

Sarahs läppar ryckte till i vad som kunde ha varit en antydan till ett leende. "Jag har varit omgiven av nervösa fullblod hela mitt liv." Hon fäste ett grimskaft i grimman och frågade: "Föredrar du att undersöka honom här eller i behandlingsområdet? Det ligger i slutet av stallet."

"Definitivt behandlingsområdet", svarade Marcus. "Jag kommer att behöva bra belysning för att kunna bedöma det där såret ordentligt."

Sarah nickade och ledde ut valacken, medan Marcus följde efter med sin utrustning. Fullblodet rörde sig med den karaktäristiska klumpigheten hos en häst som avlastar en smärtande lem, hans steg ryckiga vid varje kliv. I den övertäckta gången lade Marcus märke till hur försiktigt Sarah placerade sig, alltid med samma avstånd till hästen, hennes rörelser lugnande konsekventa, aldrig snabba eller oväntade.

Behandlingsområdet visade sig vara en övertäckt sektion i slutet av stallet med betonggolv, en stadig undersökningsspilta i metall och vad som såg ut att vara adekvata tvättmöjligheter. Vad det däremot saknade var ordentlig belysning. Det fanns en enda takarmatur som kastade fler skuggor än ljus, och även om de öppna sidorna släppte in naturligt ljus skapade de också fläckiga, spräckliga mönster istället för den jämna, starka belysning som behövs för kirurgiskt arbete.

Marcus rynkade pannan när Sarah säkrade fullblodet i spiltan. "Finns det någon extra belysning att tillgå?", frågade han, även om han redan visste svaret baserat på hur det såg ut.

"Det här är vad vi har", svarade Sarah och pekade på en portabel arbetslampa som var ansluten till en förlängningssladd. "Caroline har aldrig nämnt att hon behöver något annat."

Marcus ställde sin väska på det närliggande bordet och började packa upp sterila förnödenheter. "Jag förstår." Han höll tonen neutral, men i huvudet katalogiserade han redan problemen. Otillräcklig belysning, utomhusmiljö, tveksam sterilitet. Inte optimala förhållanden för vad han misstänkte skulle bli nödvändigt.

Han närmade sig hästen försiktigt, talade med mild röst medan han lade en hand på hästens bakdel och lutade sig ner för att bedöma benet. Såret var värre än han hade förväntat sig. Hasen var varm och svullen, med varigt sekret som sipprade från vad som såg ut att vara ett sticksår snarare än ett enkelt skrapsår. När han försiktigt kände på området ryggade valacken till och försökte dra sig undan.

"Hur länge sa du att det här har utvecklats?", frågade Marcus och rätade på sig.

"Det noterades inte igår kväll under kontrollerna. I morse var det bara ett litet skrapsår. Nu..." Sarah pekade på det inflammerade området.

"Det här är inte ett skrapsår", sa Marcus med en rynkad panna. "Det är ett sticksår, och det är något kvar där inne. Ser du det här svullnadsmönstret? Och karaktären på sekretet tyder på ett främmande föremål."

Han flyttade den bärbara lampan närmare, men inte ens efter att ha justerat den flera gånger fick han den fria sikt han behövde. Skuggor fyllde sårhålan oavsett hur han placerade ljuset.

”Han behöver kirurgisk debridering”, konstaterade Marcus och tog ett steg tillbaka. ”Det sitter troligen en sticka eller ett metallfragment inbäddat i vävnaden. Med tanke på den här snabba försämringen måste vi åtgärda det omedelbart för att förhindra ytterligare infektion.”

Sarah nickade, tydligt oroad för hästen. ”Okej, vad behöver du av oss?”

Marcus tvekade och vägde sina alternativ. Det professionella, försiktiga tillvägagångssättet skulle vara att transportera hästen till kliniken där han hade ordentliga faciliteter. Men valacken var uppenbart stressad, och att flytta honom skulle orsaka ytterligare smärta och ångest.

”Ärligt talat”, sa han till slut och mötte Sarahs blick rakt, ”skulle jag föredra att ta med honom tillbaka till kliniken. Belysningen här är inte tillräcklig för det precisionsarbete som krävs, och det finns risk för miljömässiga föroreningar i en öppen miljö som den här.”

Sarahs hållning stelnade till synbart. ”Caroline hanterar rutinmässigt den här typen av ingrepp precis här”, sa hon med en ny skärpa i rösten. ”Vi har aldrig haft problem med upplägget förut.”

Marcus drog en hand genom håret och kämpade för att förklara sig utan att låta kritisk. ”Jag är säker på att hon gör det, och med framgång. Men god visualisering är avgörande för att kunna extrahera främmande föremål utan att orsaka ytterligare vävnadsskada. I en kontrollerad miljö kan jag säkerställa att inget lämnas kvar som kan orsaka en fortsatt infektion.”

”Så du menar att våra anläggningar inte är tillräckligt bra?” Sarah lade armarna i kors och hennes käke spändes.

Den professionella kontakten de hade börjat etablera tycktes dunsta bort för varje sekund.

”Jag menar att de inte är optimala för just det här ingreppet”, förtydligade Marcus och försökte hålla tonen jämn. "Det handlar inte om 'tillräckligt bra', det handlar om att säkerställa bästa möjliga resultat för hästen."

"Caroline har utfört dussintals liknande ingrepp här under årens lopp", kontrade Sarah. "Inklusive betydligt mer komplexa operationer än en enkel debridering. Hon har aldrig en enda gång antytt att våra anläggningar var otillräckliga."

Marcus kände en ilning av frustration. Det här handlade inte om Caroline eller Ridgewaters anläggningar i allmänhet. Det handlade om den här specifika situationen, den här specifika hästen och hans professionella omdöme. Men han såg på Sarahs uttryck att hon tog hans tvekan som kritik mot hennes verksamhet, och i förlängningen, hennes kompetens.

"Olika veterinärer har olika tillvägagångssätt", sa han försiktigt. "Jag är säker på att Caroline är helt bekväm med att arbeta under dessa förhållanden, men jag utför vanligtvis den här typen av ingrepp under kontrollerad belysning med ordentligt kirurgiskt stöd."

Sarahs blick var sval. "Och vi transporterar vanligtvis inte redan stressade räddningshästar i onödan när fullgod vård kan ges på plats. Jag är inte säker på att vi ens skulle kunna få upp honom på en transport utan lugnande medel, vilket skulle medföra sina egna risker."

Fullblodet flyttade sig nervöst mellan dem och kände av spänningen. Marcus tog ett djupt andetag och insåg att detta låsta läge inte hjälpte någon, allra minst hästen.

"Låt mig pröva något", sa han och vände sig mot sin väska. Han tog fram sin kraftfulla pannlampa, som vanligtvis var reserverad för nattjourer. "Om jag använder den här, plus er bärbara lampa, kanske vi kan uppnå tillräcklig belysning."

Han missade inte den lätta avslappningen i Sarahs axlar, även om hennes uttryck förblev vaksamt. "Och miljöaspekterna?"

"Vi skapar ett så sterilt fält som möjligt", svarade Marcus och justerade redan mentalt sitt tillvägagångssätt. "Jag har definitivt arbetat under mindre idealiska förhållanden vid akututryckningar."

Han tillade inte att dessa situationer var just det, nödsituationer, där kompromisser var nödvändiga. Det här var annorlunda, en situation där de hade valmöjligheter. Men han började förstå att på Ridgewater gjordes saker på Ridgewaters sätt, och varje förslag om något annat togs som kritik snarare än professionell försiktighet.

När han började ställa i ordning sin utrustning såg Marcus att Sarah iakttog honom med ett outgrundligt uttryck. Stolthet, kanske? En utvärdering, definitivt. Han kom på sig själv med att vilja bevisa att han kunde hantera situationen med skicklighet och elegans, att han inte bara var någon klinikveterinär som behövde fläckfria förhållanden för att fungera.

"Har du en ren presenning?" sa han och ansträngde sig för att låta stadigare än han kände sig. "Och någon som kan hjälpa till att hålla benet stadigt medan jag arbetar."

Sarah nickade en gång, snabbt. "Emma skulle vara idealisk eftersom hon är hans ägare, men hon är upptagen med en klient. Jag ska be Eunji hålla i Champs huvud; hon är bra med de nervösa. Jag assisterar dig, jag vet vad du kommer att behöva. Ge mig tio minuter."

Självklart gjorde hon det, tänkte Marcus. Han misstänkte att Sarah McKenzie visste hur man gjorde i stort sett allt som krävdes på den här gården, och enligt exakta normer.

Tio minuter senare, när han drog på sig sterila handskar och arrangerade sina instrument på det rena fältet han hade skapat med ett sterilt lakan, fann han sig mer besluten än någonsin att uppfylla dessa normer, otillräcklig belysning eller inte.

”Gott om bedövning till dig, stackars kille”, mumlade han, packade upp en spruta och drog upp lite lidokain från en ampull. Han hoppades bara att Champ inte skulle försöka sparka honom när nålen stacks in, men Sarah lämnade redan över hästens huvud till en av de koreanska flickorna och övertalade skickligt Champ att lyfta sin hov, samtidigt som hon såg förväntansfullt på Marcus.

Ju förr han fick in smärtstillande medel, desto snabbare kunde han börja, så han tog ett djupt andetag, torkade av en ren fläck och förde försiktigt in nålen i lårmuskeln.

Marcus böjde sig över Champs has, och hans pannlampa gav precis tillräckligt med ljus för att se såret tydligt. Svetten pärlade sig på hans panna när han försiktigt drog ut en cirka två centimeter lång trästicka från den inflammerade vävnaden. Den hade trängt in förvånansvärt djupt, vilket förklarade den snabba infektionen. ”Sådärja”, mumlade han och släppte ner det kränkande föremålet i en rondskål som Sarah höll stadigt. ”Antagligen fått den i hagen, kanske från en stängselstolpe.” Han var akut medveten om att Sarah iakttog varje rörelse han gjorde, hennes närvaro både distraherande och motiverande när han grundligt spolade såret med antiseptisk lösning.

”Bra upptäckt”, erkände Sarah. Hennes ton var professionellt neutral, men den lätta avslappningen runt hennes ögon antydde ett motvilligt godkännande. ”Emma kommer att bli lättad. Hon har redan lagt ner mycket arbete på den här.”

Fullblodet stod anmärkningsvärt stilla, som om det förstod att de hjälpte snarare än skadade. Marcus hade precis börjat sy ihop den djupare vävnaden när slamret av stövlar mot betong förkunnade att någon närmade sig i snabb takt.

"Sarah! Jag visste inte att Caro redan var här ... åh, hejsan", hördes en klar, energisk röst.

Marcus sneglade upp hastigt och såg en liten kvinna med ett runt ansikte, ljusbrun hy och en lång svart fläta som studsade in i behandlingsområdet. Damm täckte hennes stövlar och en smutsfläck prydde ena kinden. Trots sin ringa storlek bar hon sig åt med en omisskännlig självsäkerhet och hennes ögon tog snabbt in situationen.

"Du måste vara den nya veterinären", sa hon och klev närmare för att observera hans arbete utan att inkräkta på hans utrymme. "Jag heter Pip Rodriguez-McKenzie. Den korta." Hon log brett, uppenbarligen bekväm med självironisk humor om sin längd.

"Dr Marcus Webb", svarade han och knöt en sutur utan att titta upp igen. "Trevligt att träffas."

"Pip är vår ponnyspecialist", förklarade Sarah, som fortfarande höll i skålen och lampan. "Vår bror Kits änka, men betraktas som en av oss systrar." I ögonvrån såg Marcus Sarahs varma leende riktat mot den andra kvinnan.

"Och allmän kaoskoordinator", tillade Pip glatt. Hon tittade nyfiket mellan Marcus och Sarah, och hennes blick dröjde sig kvar vid deras ömsesidigt spända hållningar. "Stör jag? Luften känns lite ... taggig här inne."

"Bara en mindre oenighet om lämpliga kirurgiska förhållanden", sa Marcus milt och fokuserade på sitt arbete. Champ flyttade sig något, och Sarah justerade omedelbart sin position för att hålla benet stadigt.

"Det är lugnt", sa Sarah i en ton som tydligt indikerade motsatsen. "Dr Webb hade vissa farhågor om våra anläggningar."

"Bara belysningen", förtydligade Marcus, som inte ville starta den debatten igen. "För precisionsarbete."

Pips ögonrynkor visade på munterhet. "Tja, du verkar klara dig galant av vad jag kan se." Hon iakttog hans händer en stund till, och lyste sedan upp. "Men jag är glad att jag hann ifatt dig! Jag har tre hingstföl som är redo för kastrering från mina senaste inköp."

Marcus kände hur han slappnade av lite vid omnämnandet av rutinkastreringar. Standardingrepp var precis vad han behövde för att skapa en bra relation och visa sin kompetens. "Dem kan jag absolut ta hand om. När jag är klar här kan vi diskutera att boka in dem på kliniken."

"Åh, det behövs inte", sa Pip obesvärat. "Caroline gör dem alltid precis här. Mycket mindre stressande än att transportera dem." Hon lutade sig mot dörrkarmen, uppenbarligen omedveten om spänningen som hennes ord just hade återuppväckt. "Fast en är en klapphingst, med en icke-nedstigen testikel. Lite knepigare, men Caroline har gjort ett par sådana här för mig också."

Marcus var nära på att fumla med nästa sutur. En kryptorkidkastrering var ett ingrepp på en helt annan nivå, som krävde mer omfattande kirurgi för att lokalisera och avlägsna den icke-nedstigna testikeln från bukhålan. I en riktig operationssal var det enkelt nog. Under fältförhållanden med otillräcklig belysning ...

Han harklade sig för att vinna tid medan han avslutade den pågående sömmen. "En klapphingst, säger du? Hur gammal?"

"Fyra, av tänderna att döma", svarade Pip. "En underbar liten ponny, men helt värdelös som hingst, han har inga papper. Caroline sa att vi borde göra det förr snarare än senare."

Marcus justerade sin pannlampa och gick mentalt igenom utrustningen han hade tagit med sig. Han hade tillräckligt med material för rutinkastreringar, men ett kryptorkidingrepp var mer invasivt. Han skulle behöva ytterligare material, bättre belysning, kanske fler händer som kunde assistera.

"Vanligtvis", började han försiktigt, "föredrar jag att utföra kryptorkidkastreringar i en klinisk miljö. Risken för bukhinneinflammation är högre och ingreppet är mer invasivt än en vanlig kastrering."

Han kände snarare än såg Sarahs reaktion, en subtil stelhet bredvid honom. När han sneglade upp var hennes uttryck ett av tunt dold besvikelse, kanske till och med avfärdande. Blicken sved mer än han ville erkänna.

Pip tittade mellan dem igen, och hennes snabba ögon registrerade underströmmarna. "Jag kan alltid boka om om det inte passar idag", erbjöd hon diplomatiskt. "Eller vänta tills Caroline är tillbaka i tjänst."

Det förslaget utlöste något i Marcus. Stolthet, absolut, men också något annat, en önskan att inte bli jämförd i ofördelaktig dager med Caroline, särskilt inte inför Sarah. Hans exfrugas röst ekade i hans minne: *Du är för försiktig, Marcus. Ibland måste man anpassa sig istället för att insistera på perfekta förhållanden.*"

Han kontrollerade mentalt sin utrustning igen, med tankarna på högvarv. Var han överdrivet försiktig? Kanske. Anläggningarna var inte idealiska, men de var inte heller primitiva, och han hade alla mediciner och instrument han behövde. Och han hade utfört mer komplexa operationer under mindre idealiska förhållanden under sin AT-tjänstgöring, inklusive en akut kolikoperation i en lerig hage under ett åskväder.

Marcus fångade Sarahs uttryck igen, den där utvärderande blicken som på något sätt lyckades få honom att känna att han inte höll måttet. Det borde inte spela någon roll vad den här kvinnan tyckte om honom professionellt. De hade precis träffats. Och ändå ...

Det var något med henne, den praktiska självsäkerheten, den subtila sårbarheten han anade under hennes behärskade yttre. Han kom på sig själv med att vilja imponera på henne, att sudda ut den där tveksamma blicken från hennes ögon. Det var oprofessionellt och irrationellt, men obestridligt.

"Jag kan hantera det", sa han och fattade sitt beslut. Han tittade direkt på Pip och talade med en säkerhet han inte helt kände. "Låt mig avsluta behandlingen av det här såret, och sedan ska jag ta hand om dina hingstföl. Alla, inklusive klapphingsten."

Pips ansikte lyste omedelbart upp. "Strålande! Jag ska gå och organisera dem och be Nicolas hjälpa oss." Hon studsade tillbaka samma väg hon kommit, med en energi som följde efter henne som en synlig kraft.

Sarah iakttog honom med ett outgrundligt uttryck. "Är du säker? Jag fick intrycket att du tyckte att vårt upplägg var ... otillräckligt."

"Jag kan anpassa mig", svarade Marcus och vände sig tillbaka för att slutföra de sista suturerna på fullblodets ben. "Det är inte idealiskt, men det är inte heller att transportera unga, ohanterade hingstföl i onödan."

Hon nickade en gång, ett kort erkännande. "Jag ska se till att du har allt du behöver."

Medan Marcus bandagerade det behandlade benet förberedde han sig mentalt för de mer komplexa ingreppen som väntade. Hans händer rörde sig nästan automatiskt, och deras stadiga effektivitet dolde den nervösa energi som byggdes upp inom honom. Han skulle behöva vara på sin absoluta topp, särskilt för kryptorkiden. Ett misstag kunde innebära allvarliga komplikationer, kanske till och med riskera fölets liv.

Men när han packade undan sina använda förbrukningsmaterial och förberedde nytt material, fann han att hans beslutsamhet hårdnade. Marcus Webb backade inte för professionella utmaningar, och han ryggade sannerligen inte tillbaka för svåra ingrepp. Om Caroline Burnett kunde hantera dessa operationer här, så kunde han också. Kanske bättre. Han hade antagligen gjort betydligt fler kryptorkidoperationer än hon; de var vardagsmat på universitetskliniken.

Och om att bevisa det innebar att förtjäna en viss grad av respekt från den reserverade, kompetenta kvinnan bredvid honom, tja, så var det helt enkelt att han behövde etablera sig som kapabel att hantera vadhelst denna viktiga klient krävde. Inget mer.

Redan när han tänkte det visste Marcus att han ljög för sig själv. Det var något med Sarah McKenzie som fascinerade honom, som gjorde att hennes goda omdöme betydde mer än det rimligen borde. När han förberedde sin kirurgiska utrustning försökte han fokusera enbart på de kommande ingreppen, men hans medvetenhet om hennes närvaro fanns kvar, en distraherande underström till hans professionella koncentration.

Kapitel tre

DE TVÅ FÖRSTA KASTRERINGARNA gick smidigt, nästan en besvikelse i sig. Marcus händer rörde sig i de välbekanta rörelserna medan hans sinne förblev hypermedvetet om Sarah McKenzies vaksamma närvaro. Hingstarna svarade bra på sederingen och själva ingreppen var så rutinmässiga som de kunde bli. Men Marcus visste att det verkliga provet ännu väntade.

”De kommer att klara sig fint”, sa han när han klev tillbaka från den andra ponnyn, drog av sig handskarna och sträckte sig efter ännu ett par nya. ”Se bara till att hålla såren rena och håll utkik efter överdriven svullnad. Jag lämnar kvar antibiotika och smärtstillande med instruktioner.”

Sarah nickade och antecknade i vad som verkade vara en välorganiserad medicinsk loggbok medan Eunji ledde bort den groggy andra ponnyn. Sarahs jordgubbsblonda fläta hade börjat bli rufsig i fuktigheten och hårslingor ramade in hennes ansikte. De praktiska glasögonen hon bar kunde inte dölja den skarpa bedömningen i hennes grågröna ögon. Hon hade inte sagt mycket under ingreppen, men hennes uppmärksamhet hade aldrig vacklat.

"Pip har precis gått för att hämta klapphingsten", sa hon och stängde loggboken. "Hon borde vara tillbaka när som helst."

Marcus passade på att se över sina instrument för att försäkra sig om att han hade nysteriliserade verktyg redo för det mer komplexa ingreppet. Kastreringar av klapphingstar var i sig mer riskfyllda och krävde att han gjorde ett snitt i bukhålan för att lokalisera och ta bort den icke nedstigna testikeln. I en riktig operationssal skulle det vara enkelt. Här, med begränsade faciliteter och improviserad belysning ...

Han sköt bort tanken. Han hade åtagit sig detta och det fanns ingen återvändo nu. Inte om han ville etablera någon trovärdighet hos Ridgewater.

Ljudet av hovar mot betong förkunnade Pips återkomst. Hon dök upp ledande en liten, gulbrunblack ponny som inte kunde ha varit mer än tio hands hög, och som kikade på Marcus genom en tjock, svart pannlugg. En gänglig ung man med mörkt hår och olivfärgad hy följde efter, med en hand på ponnyns bak för att hålla den i rörelse framåt.

"Här är vår lilla bråkmakare", meddelade Pip glatt. "Marcus, det här är Nicolas, en av våra backpackers. Han är fransk men hans engelska är utmärkt, och han är lysande med de unga."

Nicolas nickade till hälsning, med allvarlig min trots Pips lätta ton. "Han är väldigt ... ahhh ... kinkig? Inte van vid hantering."

Marcus närmade sig långsamt och bedömde djuret. Ponnyn var betydligt mindre än han hade väntat sig, med finlemmade ben och ett smalt bröst. Hans hjärta sjönk en aning. Mindre djur innebar mindre utrymme att arbeta på, vilket gjorde ett redan ömtåligt ingrepp ännu mer utmanande. Han var ändå tvungen att lägga ner ponnyn för att utföra den här operationen; det skulle vara omöjligt att komma under den på grund av dess ringa storlek. Han såg sig omkring.

"Låt oss göra det här borta", sa Marcus och pekade på en plats som han tyckte hade marginellt bättre belysning. "Han är ändå för liten för ramen."

"Uppfattat", svarade Sarah.

Hon hade varit upptagen medan han arbetade med de andra hingstarna, insåg han. Hon rullade ut en stor yogamatta som hon hade tagit med sig och bredde en ny presenning över den, leende när hon såg hans imponerade min. "Caroline har lärt oss en hel del knep, vet du. Och här." Ur bakfickan drog hon fram en uppladdningsbar arbetslampa och knäppte på den för att visa en kraftfull LED-stråle. "Jag tänkte att den här kunde vara användbar."

"Det uppskattar jag", sa Marcus, genuint överraskad av ansträngningen. "Tack."

Sarah ryckte på axlarna, men han såg den lätta mjukheten som uppstod runt hennes ögon. "Pip nämnde att klapphingsten var mindre. Jag tänkte att bättre belysning skulle hjälpa till med precisionsarbetet."

Den oväntade omtanken överrumplade honom. Han hade förberett sig på att bevisa sitt värde trots förhållandena, och här var hon och förbättrade dem till hans fördel.

"Okej", sa han och återfick med viss ansträngning sitt professionella fokus. "Då sederar vi honom och får honom på plats."

De följande minuterna var en noggrann dans av förberedelser. Ponnyn var, precis som Nicolas hade varnat för, skygg och det krävdes alla tre för att locka honom tillräckligt nära yogamattan för att kunna få honom att falla på den när han väl var sederad, medan Nicolas mumlade på franska och Marcus försökte att inte svära åt den envisa lilla varelsen. Slutligen gav Marcus sedativet och väntade tålmodigt på att medlet skulle verka, medan Nicolas och Sarah försiktigt knuffade ponnyn allt närmare yogamattan när den började svaja på sina små hovar.

"Han är fortfarande ung", förklarade Pip medan de väntade. "Bara runt fyra, att döma av tänderna. Någon borde ha gjort det här tidigare, men en klapphingstoperation är dyr. De flesta skulle inte tro att de kan gå med vinst på honom."

Marcus nickade och såg ponnyns ögon bli tunga och huvudet börja hänga. "Ju yngre de är, desto lättare är återhämtningen, generellt sett. Fast med en klapphingst är det mer komplicerat oavsett ålder."

När sedativet fick full effekt kollapsade ponnyn långsamt, och de fyra guidade honom att lägga sig ner på den presenningtäckta mattan. Nicolas höll en stadig hand på ponnyns huvud medan Marcus hukade sig ner för att se vad han hade att göra med. Sarah knäppte på sig ett par nya handskar och gav honom en flaska desinficerande tvätt för att kunna sterilisera operationsområdet.

"Utmaningen", förklarade Marcus när han gjorde det första snittet, "är att icke nedstigna testiklar kan finnas var som helst i bukhålan. Ibland precis innanför inguinalringen, ibland mycket djupare."

Han var van vid att prata sig igenom vad han gjorde under operationer, eftersom det oftast hade stått en flock veterinärstudenter och tittat över hans axel. Ibland kom han till och med på sig själv med att berätta för ett tomt rum. En sidoblick på Sarah visade dock intresse i hennes ansikte, så han bet sig inte i tungan i ett försök att tysta sig själv.

Den extra lampan som Sarah hade ställt på en uppochnedvänd hink spred ett starkt, jämnt ljus precis där han behövde det, och eliminerade de skuggor som hade oroat honom tidigare. Den första delen av ingreppet gick smidigt när han med van effektivitet tog bort den enda nedstigna testikeln.

Nu kom den knepiga delen. Marcus gjorde ett andra, mer precist snitt och palperade försiktigt för att lokalisera inguinalringen. Hans fingrar rörde sig finkänsligt och kände efter den avslöjande fastheten hos det icke nedstigna organet.

"Där", mumlade han, mer för sig själv än för de andra. "Jag kan känna den. Den är precis innanför ringen, lyckligtvis inte djupt inne i buken."

Han påbörjade den försiktiga extraktionen, mycket medveten om de ömtåliga blodkärlen och den omgivande vävnaden. Ett felsteg kunde orsaka allvarlig blödning eller peritoneal kontaminering. Ponnyns lilla storlek gjorde arbetet mer utmanande, utrymmet var trängre än han var van vid. Han hade aldrig utfört den här operationen på en så liten ponny.

Plötsligt, trots sederingen, rörde sig ponnyn och kroppen spändes som svar på någon osynlig stimulans.

"Stilla", sa Sarah skarpt och lutade sig mot ponnyns flank för att hålla den stilla.

Marcus ryckte inte till. Hans händer förblev fullkomligt stadiga, fingrarna behöll sitt grepp om den delvis extraherade testikeln. Han hade varit i värre situationer under sin specialistutbildning, inklusive en kolikoperation där en massiv Shire-häst hade börjat vakna i förtid ur narkosen. Detta var hanterbart.

"Bra fångat", sa han tyst, utan att se upp. "Nicolas, kan du kolla hans sederingsnivå? Han kan behöva en påfyllning."

Den unge fransmannen nickade och gick för att kontrollera ponnyns ögon och respons. "Han är fortfarande lugn, tror jag. Bara en reflex."

Marcus fortsatte och fokuserade helt på den ömtåliga extraktionen. Svetten pärlade sig på hans panna men han hade ingen hand över för att torka bort den. En droppe rann nerför hans tinning när han försiktigt ligerade blodkärlen och slutförde avlägsnandet av den icke nedstigna testikeln, en hal, druvstor klump.

"Sådär ja", sa han slutligen och lade det extraherade organet i ett njurfat. "Nu ska vi bara sy ihop."

Under hela ingreppet hade han varit hypermedveten om att Sarah iakttog varje rörelse han gjorde, bedömde hans teknik, hans beslutsfattande, hans lugn under press. Hennes åsikt borde inte spela så stor roll, det visste han. Och ändå gjorde den det.

När han knöt den sista suturen kände Marcus tillfredsställelsen av ett svårt jobb som utförts väl. Snitten var rena, med minimalt trauma för den omgivande vävnaden, och blödningen hade varit försumbar.

"Han kommer att behöva noggrann övervakning de närmaste tjugofyra timmarna", sa Marcus slutligen, tog av sig handskarna och satte sig tillbaka på huk medan han böjde och sträckte på sina stela fingrar. "Buksnittet medför en större risk för komplikationer än en vanlig kastrering."

Sarah lutade sig fram för att inspektera hans hantverk, med noggrant neutral min. Efter ett ögonblick gav hon en kort nick, medan en knapp antydan till leende rörde vid hennes läppar.

"Bra jobbat", sa hon helt enkelt, men den motvilliga respekten i hennes ton var omisskännlig.

De två orden borde inte ha känts som en sådan seger. Marcus var en erfaren veterinärkirurg som hade utfört långt mer komplexa ingrepp under sin karriär. Och ändå, när det kom från Sarah McKenzie, kändes det korta erkännandet oväntat betydelsefullt.

Han tillät sig ett litet leende i gengäld. "Tack. Den förbättrade belysningen gjorde hela skillnaden."

Det var ett slags fredserbjudande, ett erkännande av hennes bidrag till det framgångsrika ingreppet. Den lätta avslappningen i hennes axlar sa honom att hon hade uppfattat det som sådant.

Marcus höll på att applicera den sista antibiotikasprejen på operationssåret när Pip studsade tillbaka in i behandlingsområdet, hennes energi till synes oförminskad av Queensland-hettan. Hon hade varit och sett till de andra två ponnyerna och hade bytt sin dammiga skjorta mot en ren med "Pip's Perfect Ponies" broderat på fickan, och hennes svarta fläta svängde när hon gick raka vägen till den sederade ponnyns sida.

"Strålande jobbat med min lilla bråkmakare!" utbrast hon och klappade försiktigt den fortfarande dåsiga ponnyns hals. Hennes händer, små men uppenbart starka, rörde sig vant över djuret och kontrollerade dess vitala tecken. "Titta på de där stygnen. Helt enligt skolboken!"

Marcus kunde inte låta bli att le åt hennes entusiasm. Efter den intensiva koncentration som ingreppet krävt var Pips sprudlande energi en välkommen förändring i atmosfären. "Han klarade det bra", svarade han och drog av sig handskarna. "Men han kommer att behöva noggrann övervakning de närmaste dagarna. Buksnittet kräver särskild uppmärksamhet."

"Självklart, självklart", nickade Pip snabbt, med blicken fäst på ponnyn. "Jag har en särskild återhämtningsbox iordningställd för honom. Mjuk ströbädd ända upp till ögonen, och jag sover i sadelkammaren i natt för att titta till honom varje timme." Hon såg upp på Marcus med ett leende. "Det är inte mitt första rodeo med kirurgisk återhämtning, jag lovar."

Nicolas hade tagit ett steg tillbaka och rullade ihop de blodiga presenningarna för att ta bort dem medan Sarah antecknade i sin liggare. Behandlingsområdet hade fått en mer avslappnad atmosfär nu när det kritiska arbetet var slutfört.

"Han har så mycket potential, den här", fortsatte Pip och strök en hand längs ponnyns gulbruna päls. "Jag köpte honom för en spottstyver på Laidley-marknaden för tre månader sedan. Stackars lilla parvel var halvsvulten och helt ohanterad, men titta på den exteriören." Hon tog ett steg tillbaka och gestikulerade stolt som om ponnyn var fullt alert och visades i en ring istället för att fortfarande ligga ner, groggy av narkos. "Han kommer att bli en fantastisk liten showponny när han är färdigtränad."

Marcus reste sig upp och sträckte diskret på ryggen. "Är du specialiserad på rehabiliteringsfall?" frågade han, genuint nyfiken på hennes verksamhet.

Pips ansikte lyste upp vid frågan, uppenbart förtjust över att få diskutera sin affärsidé. "Räddning och omträning, det är min nisch. Jag letar efter oslipade diamanter, specifikt ponnyer under tolv hands som de seriösa hästmänniskorna förbiser eftersom de inte har en vuxen ryttare som är liten nog att träna dem." Hon klappade ponnyns bak kärleksfullt. "Den här lilla grabben hade gått igenom tre marknader på lika många månader. Ingen ville ha en klapphingst, särskilt en som var ohanterad. Men jag såg de där rena benen och det intelligenta ögat och visste att han skulle bli perfekt bara man fixade honom."

Medan Marcus plockade upp sina instrument och lade dem i lådan för Använt för rengöring och sterilisering tillbaka på kliniken, kastade sig Pip in i en detaljerad förklaring av sin affärsmodell, hennes ord forsade fram i en entusiastisk ström som knappt krävde syre, än mindre svar.

"Jag har byggt upp ett ganska gott rykte för att producera pålitliga barnponnyer. Jag köper dem billigt, oinridna, låter dem gå på bete ett tag om de är för unga för att ridas in och bara markhanterar dem, och sedan lägger jag ner sex månaders gediget arbete under sadeln på dem när de är redo."

Hon pausade kort för att andas och fortsatte sedan i samma snabba takt. "Vinstmarginalen är lysande om du vet vad du letar efter. Den här lilla killen här", hon klappade ponnyn igen, "kostade mig 140 dollar på Laidley. När han har återhämtat sig och fått några månaders ordentlig träning kommer han att inbringa ett toppenpris efter att vi har varit på några utställningar. Söt nog för att fånga vilken mammas blick som helst som en fantastisk lead-line- eller in-hand-showponny."

Marcus fann sig fascinerad av den tydliga sakkunskap som dolde sig under den bubbliga ytan. "Och efterfrågan är god?" frågade han och tvättade händerna i vasken i närheten.

"Omättlig", bekräftade Pip med en vetande nick. "Särskilt på de skottsäkra typerna som passar nervösa barn eller förstagångsägare. Varje mamma vill ha den perfekta ponnyn för sin dyrgrip, och de betalar i dyra domar för sinnesro." Hon blinkade. "Den sinnesron levererar jag, plus ponnyer som är genuint glada i sitt arbete, och priserna för till och med mina billigaste, inte-så-snygga ponnyer börjar på tiotusen dollar."

Marcus tappade hakan. Inte konstigt att hon var villig att lägga tretusen på en klapphingstoperation! Den lilla gulbrunblacken skulle inte vara något billigfynd; hon hade rätt om hans utseende. Det kunde finnas en femsiffrig vinst för henne i bara denna enda ponny, och han hade kastrerat tre åt henne idag.

Sarah stängde sin liggare med en mjuk duns. "Pip har en väntelista", sköt hon in, de första orden hon yttrat sedan hon berömt Marcus arbete. "Hon skulle kunna sälja dubbelt så många om hon hade tid att träna dem."

"Det är att hitta de rätta som är utmaningen", förklarade Pip och bytte plötsligt spår. "Nå, angående hans återhämtningsprotokoll. Hur snart kan jag börja med promenader för hand? Han måste fortsätta lära sig hyfs även medan han läker."

Den abrupta övergången till snabba frågor överrumplade Marcus en aning, men han anpassade sig smidigt. "Tjugofyra timmars boxvila som minimum", svarade han och föll in i den trygga vanan att ge professionella råd. "Sedan korta perioder av promenader för hand de närmaste tre dagarna, förutsatt att det inte uppstår några komplikationer. Håll rörelserna kontrollerade, inga plötsliga svängar eller backningar."

Pip nickade och tog till sig varje instruktion med förvånansvärd fokus med tanke på hennes tidigare ordvirvel. "Och när kan jag börja med ordentligt markarbete igen? Longering? Liberty?"

"Longering skulle jag undvika i minst tio dagar", varnade Marcus. "Den cirkulära rörelsen belastar operationssåret. Liberty-arbete beror på hur energisk han blir. Mjukt ledande, grundläggande halt- och skrittövergångar borde gå bra efter tre dagar."

"Utfodring? Han är rund nog så jag ger inget kraftfoder just nu, bara en mineralsten, men finns det några tillskott du skulle rekommendera för läkningen?" Frågorna fortsatte att flöda, var och en genomtänkt trots den snabba takten.

Marcus fann sig uppskatta Pips noggrannhet under den energiska ytan. Alltför många ägare lyssnade knappt på postoperativa skötselråd och antog att allt skulle bli bra utan ordentlig uppmärksamhet. Pip, trots all sin energi och sitt pladder, tog uppenbarligen sitt ansvar på allvar.

"Ett probiotiskt tillskott skulle inte skada, med tanke på antibiotikan jag kommer att ge dig för honom. Jag skulle nog inte lägga till ett kraftfoder, det kan orsaka överskottsenergi som du inte vill ha. Bara en näve hackelse att blanda tillskottet i, kanske."

Medan de diskuterade antibiotikadosen märkte Marcus att Sarah iakttog deras interaktion med ett outgrundligt uttryck. Hennes tidigare godkännande hade varit kort men betydelsefullt, en liten spricka i den professionella mur hon hade upprätthållit sedan hans ankomst. Han undrade vad hon tänkte nu när han besvarade Pips entusiastiska frågor.

Kontrasten mellan de två kvinnorna var slående, tänkte han. Pip med sin uttrycksfulla livlighet och Sarah med sin återhållsamma reserv. Ändå fanns det en liknande kompetens under deras olika yttre, en gemensam hängivenhet till sitt arbete som han fann sig respektera oerhört.

"Åh, och en sista sak", sa Pip och avslutade slutligen sitt förhör. "Hur snart kan jag börja introducera honom för barn? Jag har några betrodda barn som hjälper till att socialisera de unga."

"Ge honom minst två veckor innan nya människor introduceras", rådde Marcus. "Och se till att snitten är helt läkta innan några barn hanterar honom. Det sista du behöver är ett uppspelt barn som råkar stöta till operationsområdet."

Pip strålade, uppenbarligen nöjd med hans svar. "Perfekt. Jag visste att du skulle vara noggrann." Hon sneglade på Sarah med ett medvetet leende. "Jim sa alltid att vi behövde en veterinär som skulle svara på alla mina frågor utan att försöka skynda iväg."

Marcus var inte helt säker på hur han skulle tolka det, men valde att acceptera det som en komplimang. "Gärna till hjälp", sa han enkelt. "Det är därför jag är här."

Och han blev förvånad när han insåg att han menade det. Trots de utmanande förhållandena och hans initiala tveksamheter fanns det något givande i att arbeta med människor som så uppenbart brydde sig om sina djur. Även om de ibland förväntade sig att han skulle utföra komplexa operationer under mindre än ideala förhållanden.

Sarah såg på när Marcus med oväntat tålamod besvarade Pips snabba frågor. Hon hade sett mer erfarna veterinärer bli nervösa under Pips entusiastiska förhör, men han svarade grundligt på varje fråga, varken skyndade på sina svar eller talade nedlåtande till henne. Det var ... kompetent. Professionellt. Sarah fann sig motvilligt imponerad, även om hon höll sin min noggrant neutral.

Själva operationen hade gått bättre än hon hade förväntat sig. Trots sina uppenbara initiala reservationer mot deras anläggning hade doktor Webb hanterat klapphingstkastreringen med skicklighet och lugn, även när ponnyn hade rört sig oväntat. Hans händer hade förblivit stadiga, hans fokus orubbligt.

När hon hade ordnat med den extra belysningen hade det delvis varit ett test, erkände hon för sig själv. Skulle han erkänna förbättringen? Anpassa sitt tillvägagångssätt? Eller skulle han envist hålla fast vid det han uppfattade som brister? Hans enkla "tack" hade besvarat den frågan.

"Han har ett fint temperament under alla de där dumheterna", sa Pip och strök ponnyns gulbruna päls när den nyblivne valacken slutligen stapplade upp på fötter. "När han har läkt och lärt sig lite hyfs kommer han att göra någon liten flicka väldigt lycklig."

"Se bara till att den lilla flickans föräldrar har råd med ditt utropspris", sa Sarah torrt.

Pip flinade, oförskräckt. "Affärer är affärer, kära svägerska. Att träna ponnyer är inte välgörenhet; det är Emmas specialitet." Hon vände sig till Marcus. "Nåväl, bäst att jag får tillbaka den här vingliga grabben till hans återhämtningsbox. Nicolas, skulle du kunna hjälpa mig?"

Den franska backpackern nickade och klev fram för att ta grimskaftet. "Självklart. Vi går långsamt, eller hur?"

"I snigelfart", bekräftade Pip. "Och jag vill kolla alla dina anteckningar innan du åker, doktor Webb. Att känna till alla möjliga komplikationer hjälper mig att sova bättre på natten."

"Jag ska ha dem redo åt dig", lovade Marcus, hans röst med samma lugna övertygelse som han hade upprätthållit under hela ingreppet.

Sarah såg på när Pip och Nicolas försiktigt ledde bort den fortfarande sederade ponnyn, dess steg ostadiga men hanterbara mellan dem två. Pips livliga pladder tonade gradvis bort när de rörde sig nerför stallgången och lämnade en nästan överraskande tystnad i behandlingsområdet.

Tystnaden mellan henne själv och Marcus var inte obekväm, precis, men den bar på en tyngd av outtalad bedömning. Sarah tog slangen och började spola av ytorna medan Marcus packade ihop sin utrustning. De rörde sig runt varandra med den försiktiga koreografin hos yrkesverksamma som delar en arbetsplats, där ingen inkräktade på den andres uppgifter.

Sarah kom på sig själv med att i smyg iaktta honom när han arbetade. Hans rörelser var ekonomiska, inget slöseri, varje handling tjänade ett syfte. Det var samma precision som hon hade noterat under operationen, ett metodiskt tillvägagångssätt som antydde år av övning. Caroline hade försäkrat henne om att vikarien var en erfaren hästveterinär, men att se den erfarenheten i praktiken var något annat än att bara bli informerad om den.

"Du har en ganska imponerande anläggning här", kommenterade Marcus när han stängde sin instrumentväska. "Särskilt avelsprogrammet. Ni har över sextio hästar på ägorna?"

"Sextiofyra vid senaste räkningen", bekräftade Sarah. "Fast det varierar med Emmas räddningsarbete och Pips ponnyträningsverksamhet."

Hon tvekade och tillade sedan: "Mina föräldrar byggde Ridgewater från grunden; det var en boskapsfarm innan de köpte fastigheten. Det du ser nu är resultatet av över trettio års noggrann avel och investeringar."

Något i hennes ton måste ha förmedlat den stolthet hon kände, för Marcus nickade med vad som verkade vara genuin förståelse. "Det märks. Allt med den här platsen talar om professionell expertis och känsla för detaljer."

Komplimangen överraskade henne. Den var inte översvallande eller särskilt personlig, men dess raka uppriktighet gjorde att den landade med oväntad tyngd. Sarah kom på sig själv med att omvärdera sitt första intryck av doktor Marcus Webb. Kanske var han inte bara ännu en stadsveterinär som tyckte att landsbygdens anläggningar var under hans standard.

"Vi klarar oss", sa hon enkelt. "Men att ha pålitlig veterinärvård är avgörande, särskilt under fölningssäsongen."

Marcus stängde sin väska med ett mjukt klick. "På tal om det, jag borde titta till Duchess igen innan jag åker. Och installera det där övervakningssystemet jag nämnde."

Sarah nickade och överraskade sig själv med ett litet leende. "Det skulle jag uppskatta. Hon är viktig för oss."

Deras blickar möttes kort över det nu skinande rena behandlingsområdet, ett ögonblick av ömsesidigt professionellt erkännande som kommunicerade mer än ord. Hon såg i hans blick en respekt som inte hade funnits där tidigare, ett erkännande av hennes expertis som matchade hennes växande uppskattning för hans färdigheter. Det var inte personligt, sa Sarah bestämt till sig själv. Helt enkelt det naturliga samförstånd som utvecklas mellan yrkesverksamma som känner igen kompetens hos varandra. Hon lade definitivt inte märke till hur hans breda axlar fyllde ut den där khakiskjortan.

Pip stack in huvudet i behandlingsområdet igen, med sin som alltid oklanderliga timing. "Ponnyn är installerad", meddelade hon och tystnade sedan, hennes blick for mellan Sarah och Marcus med plötsligt intresse. Ett medvetet leende spred sig över hennes ansikte, men hon höll barmhärtigt den observation hon gjort för sig själv.

"Jag är uppe på kontoret om du behöver mig", sa hon istället. "Bara för att slutföra lite pappersarbete för en försäljning." Med en glad vink försvann hon igen och lämnade Sarah undrande över exakt vad hennes svägerska trodde att hon hade sett.

Sarah gick för att stänga av slangen medan Marcus bar sin utrustning tillbaka till sin bil. Marcus prestation idag hade varit ... betryggande. Att ha en kompetent veterinär var avgörande för Ridgewaters verksamhet, särskilt med Duchess så nära fölning. Om dagen var någon indikation skulle doktor Webb kunna hantera vilka medicinska utmaningar deras hästar än ställdes inför.

Det betydde inte att hon litade på honom helt, förstås. Ett framgångsrikt ingrepp raderade inte hennes naturliga försiktighet. Men det var en början, en indikation på att Carolines förtroende för sin ersättare kanske inte var felplacerat.

"Jag har detaljerat eftervårdsinstruktionerna här", sa Marcus när hon gick ut för att möta honom och räckte henne ett prydligt skrivet papper. "För alla tre hingstarna, men med särskild uppmärksamhet på klapphingsten. Om du märker något av dessa symtom", han pekade på en punktlista, "ring mig omedelbart, dag som natt."

Sarah tog emot pappret och noterade den tydliga, prydliga handstilen. Ännu en poäng till hans fördel, faktiskt. Carolines kråkfötter var ibland nästan oläsliga, vilket hade lett till mer än en medicinförväxling under åren.

”Det ska vi”, försäkrade hon honom. ”Pip tar sitt ansvar på stort allvar, trots pladdret.”

”Det förstod jag”, svarade Marcus med ett svagt leende. ”Under all den där energin finns helt klart en erfaren hästkvinna.”

”En av de bästa”, bekräftade Sarah och kände den välbekanta stoltheten över sin familjs expertis. ”Det är vi alla, på våra olika sätt.”

Det enkla uttalandet hängde mellan dem, inte riktigt en utmaning men definitivt ett påstående om de standarder som Ridgewater upprätthöll. Till hennes förvåning nickade Marcus utan att bli defensiv.

”Det kan jag se”, sa han tyst. ”Det är uppenbart i allt här på gården.”

När Marcus tog fram den erbjudna kameran ur bilen och föreslog att de kunde installera den tillsammans, kunde Sarah inte förneka att något hade förändrats sedan hennes initiala skeptiska reaktion och hans uppenbara förakt för deras lantliga anläggningar och metoder. En trevande professionell respekt hade börjat formas, och för alla hästarnas skull på Ridgewater kunde det bara vara något bra.

Kapitel fyra

Sarah ledde Marcus tillbaka till Duchess box med den trådlösa kamerautrustningen under armen. Eftermiddagsljuset hade börjat mjukna och kastade långa skuggor genom ladans öppna sidor. Hon sneglade mot himlen genom ett av de högt sittande fönstren och lade märke till att molnen snabbt tornade upp sig i väster. Januari i Queensland innebar ofta eftermiddagsstormar. Luften kändes tung, laddad med elektricitet, det välbekanta trycket som vanligtvis föregick ett skyfall. Duchess betraktade dem nyfiket när de gick in i hennes rymliga box, med öronen spetsade av intresse.

"Var tror du att den bästa placeringen är?" frågade Sarah och granskade boxens omkrets. "Vi behöver fri sikt till alla hörn, särskilt där hon troligen kommer att föla."

Marcus bedömde utrymmet med en klinisk blick. "Helst i ett högt hörn med nedåtvinkel. De flesta ston föredrar att föla mot en vägg snarare än i mitten." Han pekade på det nordöstra hörnet. "Jag skulle säga den där tvärbjälken där."

Sarah nickade instämmande. "Bra val. Duchess brukar lägga sig i det bortre hörnet när hon vilar." Hon sträckte sig efter trappstegen som stod lutad mot väggen utanför boxen. "Jag håller den här stadig medan du monterar den." Hon hade tagit med sig sin lilla verktygslåda på vägen in; med en borrmaskin och skruvar och skruvmejslar i olika storlekar borde de ha allt de behövde.

Marcus klättrade upp på stegen med kameran i handen och Sarah räckte upp borrmaskinen följt av lämpliga skruvar.

"Appinformationen finns på lådan, om du vill skanna koden och installera den på din telefon", förklarade Marcus och kopplade självsäkert sladdarna. "Jag behöver bara para ihop den här enheten och se till att wifi-signalen når fram ordentligt."

Sarah följde hans instruktioner samtidigt som hon höll ett vakande öga på Duchess, som verkade oberörd av aktiviteten. Genom den öppna ladugårdsdörren såg hon hur himlen snabbt mörknade, med mörkgrå moln som rullade in med oväntad hastighet. Den fuktiga luften hade blivit tyngre, nästan tryckande.

"Det ser ut som om vi får ett rejält oväder", anmärkte hon. "Bäst att vi blir klara med det här snabbt."

Marcus sneglade över axeln på det annalkande mörkret. "Queenslands berömda eftermiddagsåskväder? Jag har hört talas om dem, men jag har bara varit här uppe i några dagar och har inte sett något än. Vi får dock gott om blixtar i Sydney."

"Du kommer att få se mycket mer än bara blixtar här. De kan vara spektakulära", sa Sarah. "Särskilt på sommaren. Plåttaket förstärker allt."

Som på en given signal började de första tjocka regndropparna falla mot plåttaket ovanför dem och skapade ett ihåligt, metalliskt smatter som snabbt blev intensivare. Inom några sekunder övergick det milda smattret till ett öronbedövande trummande när regnet piskade ner i skurar. Den plötsliga övergången från torrt till störtflod var typiskt tropisk.

"Det gick snabbt", kommenterade Marcus och höjde rösten lite för att höras över det tilltagande skyfallet. Han fäste kameran och började klättra ner från stegen. "Låt mig bara kolla signalstyrkan innan ..."

Hans ord avbröts av en skarp blixtknall följt nästan omedelbart av ett öronbedövande åskdån som verkade få hela ladugårdsbyggnaden att vibrera. Sarah ryckte ofrivilligt till och hennes grepp om stegen hårdnade. Taklamporna flimrade en, två gånger och stabiliserades sedan.

"Mår du bra?" frågade Marcus, nu säkert på marken bredvid henne.

"Det är ingen fara", svarade hon automatiskt och tvingade axlarna att slappna av. "Blev bara skrämd. Den var nära."

En ny blixt lyste upp ladan genom fönstren och kastade ett skarpt vitt ljus över deras ansikten innan de åter sjönk ner i det elektriska ljusets relativa dunkel. Åskan som följde verkade rulla genom marken under deras fötter.

Piskandet från regnet blev på något sätt ännu intensivare, och sedan hörde Sarah det distinkta, skarpa pingande ljudet som signalerade något värre.

"Hagel", sa hon dystert precis när de första ispelletsen förenade sig med regnet och träffade plåttaket med ett ljud som tusentals glaskulor som släpptes samtidigt. Ljudet blev snabbt överväldigande, ett oavbrutet bombardemang som gjorde vanlig konversation nästan omöjlig.

"Är det här typiskt?" skrek Marcus över oväsendet, med ett uttryck som var en blandning av vördnad och oro.

Sarah nickade och grimaserade när ett särskilt högt åskmuller ekade genom byggnaden. "Januaristormar kan vara intensiva. Men de brukar gå över snabbt!"

Duchess rörde sig i sin box men visade ingen av den panik som vissa kunde ha förväntat sig. Stoet flyttade sig helt enkelt till sitt favorithörn och mumsade på sitt hö med det resignerade tålamodet hos en häst som hade uthärdat många sådana stormar. De andra hästarna i de närliggande boxarna verkade lika oberörda, några tittade nyfiket mot ljudkällan, andra fortsatte att äta sitt hö som om inget ovanligt hände.

Sarah avundades deras sinneslugn. Hon skulle aldrig erkänna det högt, men stormar hade gjort henne nervös ända sedan olyckan. De plötsliga ljusblixtarna ställde till det för hennes nedsatta syn och skapade desorienterande efterbilder som gjorde det svårt att följa rörelser. De oförutsägbara åskknallarna skickade ovälkomna adrenalinkickar genom hennes system, hennes kropp mindes traumat som hennes sinne försökte glömma.

Ännu en blixt, blåvit och bländande, lyste upp hela ladan. Sarah blinkade snabbt och försökte få bort de flytande fläckarna från sin syn. När åskan small omedelbart därefter kunde hon inte undertrycka ett litet hopp.

Marcus lade märke till det, hans ögon mötte hennes med oväntad förståelse istället för att döma. "Vi kollar kameraflödet i sadelkammaren", föreslog han avslappnat, som om hennes reaktion var helt normal. "Det kan vara lite tystare där inne, och vi kan se till att signalen kommer igenom ordentligt."

Sarah nickade tacksamt och uppskattade hans finkänslighet. "Bra idé. Jag tvivlar på att det här lättar snart, och vi borde ändå testa räckvidden."

De lämnade Duchess box och Sarah stängde omsorgsfullt dörren bakom dem. Haglet fortsatte sitt angrepp på taket, ljudet var nästan fysiskt i sin intensitet.

När de gick längs mittgången mot sadelkammaren lyste ännu en blixt-och-dån-sekvens upp utrymmet och skuggorna hoppade och drog sig tillbaka med övernaturlig hastighet.

Sarah kände en lätt beröring vid armbågen, stödjande snarare än kontrollerande. Hon sneglade på Marcus, förvånad över gesten.

"Förlåt", sa han omedelbart och drog tillbaka handen. "En vana från att ledsaga patienter genom kliniken. Det var inte meningen att vara påflugen."

"Det är ingen fara", svarade hon och förvånade sig själv med att mena det. Under normala omständigheter skulle hon kanske ha rest borst mot antydan att hon behövde hjälp, men det fanns något tröstande i den korta kontakten. "Sadelkammaren är precis där framme. Det är det enda stället i den här ladan utan fönster, och med ett undertak, vilket gör det betydligt tystare under hagelstormar."

När de nådde dörren till sadelkammaren verkade den hittills kraftigaste åskknallen skaka själva grunden till ladan. Trots sina bästa ansträngningar ryckte Sarah till synbart, och hennes hand grep dörrhandtaget med vitknogig intensitet.

"Plåten förstärker allt", sa hon och försökte låta saklig trots sin rusande puls. "Det får det att låta mycket värre än det är."

Marcus nickade, hans uttryck avslöjade varken medlidande eller förvåning över hennes reaktion. "Det kan jag tänka mig. Ska vi?" Han gestikulerade mot dörren med ett litet, förstående leende som på något sätt fick Sarah att känna att hennes tillfälliga sårbarhet inte blev dömd.

Hon öppnade dörren, tacksam för det relativa skyddet i det fönsterlösa rummet bortom och ännu mer tacksam för att hennes tillfälliga obehag inte hade blivit en pinsamhet mellan dem.

Sadelkammaren omslöt dem i relativ tystnad, stormens raseri dämpades av de solida blockväggarna, det sänkta taket och frånvaron av fönster. Det var ett praktiskt utrymme där varje centimeter utnyttjades, sadlar var ordnade på ställningar efter storlek och stil, träns hängde från mässingskrokar, var och en med en namnskylt som identifierade dess tilldelade häst. Sarah gick till en liten bänk i hörnet där en vattenkokare, flera muggar och en burk snabbkaffe stod prydligt arrangerade ovanpå ett litet kylskåp.

”Kaffe?” erbjöd hon och fyllde vattenkokaren vid diskhon. ”Det är bara snabbkaffe, tyvärr.”

”Gärna”, svarade Marcus och lade sin telefon på det hopfällbara plastbordet som för närvarande upptog mitten av rummet. ”Jag har lärt mig att aldrig tacka nej till koffein, oavsett kvalitet.”

Sarah log lätt när hon slog på vattenkokaren. ”En förnuftig policy för en veterinär.” Hon tog ner två muggar från hyllan, båda med Ridgewaters logotyp, ett stiliserat hästhuvud ovanför korsade hoppbommar. ”Mjölk? Socker?”

”Svart går bra, tack.”

Medan vattenkokaren kokade kontrollerade Marcus kamera-appen på hennes telefon. ”Signalen kommer igenom perfekt”, rapporterade han och vände skärmen mot henne. ”Tydlig bild av hela boxen.”

Sarah lutade sig närmare för att titta och nickade gillande åt den högupplösta vyn av Duchess i sin box, som fredligt åt sitt hö. ”Det är utmärkt kvalitet. Bättre än jag förväntade mig av en bärbar enhet.”

”Tekniken har förbättrats dramatiskt de senaste åren. Den här modellen har till och med mörkerseende och rörelselarm." Han demonstrerade funktionerna med några tryck, hans fingrar rörde sig självsäkert över skärmen. "Du kan ställa in den så att den meddelar dig om hon visar specifika rörelser som är förenliga med fölning."

Vattenkokaren klickade till, och Sarah gjorde i ordning deras kaffe och uppskattade det praktiska med enheten. Hon räckte Marcus hans mugg och slog sig ner i en av de hopfällbara stolarna vid bordet. Stormen fortsatte sitt angrepp utanför, men här inne, med de solida väggarna som omgav dem, kändes det nästan mysigt.

Marcus blick gled till väggen bakom henne, där dussintals inramade fotografier ovanför sadelställen skildrade Ridgewaters historia. "Det är ett ganska stort arv ni har här", konstaterade han och studerade bilderna.

Sarah följde hans blick till fotona, en visuell tidslinje över familjen McKenzies ridprestationer. "Mina föräldrar byggde allt från grunden", sa hon, med en naturlig stolthet som värmde hennes röst. "Pappa var en arbetargrabb från Ipswich som råkade ha en gåva med svåra hästar och hade tur när han erbjöds några fantastiska att rida på. Mamma kom från en lite mer privilegierad bakgrund, men hon lämnade allt det där i Sverige för att gifta sig med pappa."

Hon reste sig och gick fram till väggen och pekade på ett blekt fotografi av en ung Jim McKenzie ombord på en kraftfull brun häst som klarade ett enormt hinder. "Det där är pappa vid OS i LA 1984. Han kom på nionde plats individuellt."

"Imponerande", sa Marcus och reste sig för att göra henne sällskap. "Är det din mamma?" Han pekade på nästa foto, en slående blond kvinna i en mörkblå kavaj med en himmelsblå krage, som red en apelkastad skimmel på ett annat OS-foto.

Sarah nickade. "Japp. Hon tävlade i dressyr för Sverige. De träffades i LA, blev kära och bestämde sig för att bygga upp ett avelsprogram där de kombinerade sina hästars blodslinjer." Hon vände sig om och gav honom ett överraskande illmarigt leende. "Eller det är den officiella historien. Den verkliga sanningen är att de hade ett snedsteg under OS och mamma upptäckte att hon var gravid några veckor senare. Det var komplicerat ett tag, men mamma bestämde sig för att flytta hit och de gifte sig."

Marcus skrattade misstroget. "Var det du? Vänta, nej, du är inte i närheten av så gammal."

Hon blev lite smickrad och log. "Nej, det var min bror, Kit ... som Pip var gift med. Jag kom några år senare och sedan mina systrar Kate och Emma." Hon pekade på ett foto av Jim och Ingrid sida vid sida på hästryggen, var och en med ett barn sittande framför sig. "Vi har alla ridit sedan innan vi kunde gå. Det där är Kit med pappa, och jag med mamma."

"Det där är Legend, eller hur?" Marcus pekade på en yngre version av hingsten de hade sett tidigare, med Jim McKenzie ombord, som klarade en massiv oxer.

"Ja, som sexåring. Hans mormor var pappas OS-häst, hans morfar var mammas." Sarahs uttryck mjuknade av tillgivenhet. "Deras mästerverk, den perfekta kombinationen av båda blodslinjerna."

Marcus studerade fotona med genuint intresse, och hans blick dröjde kvar vid nyare bilder. "Och ni följde alla i deras fotspår?"

Sarah tvekade, och hennes fingrar steg omedvetet för att röra vid sina glasögon. "Ja, på olika sätt. Kate ärvde mammas dressyrsits, Emma har pappas fallenhet för problemhästar och jag ..." Hon tystnade, orden fastnade i halsen.

"Du var fälttävlansryttare", avslutade Marcus mjukt. "Caroline nämnde det."

Sarah nickade och vände sig bort från ett särskilt foto som hon inte riktigt kunde förmå sig att titta på, ett som visade henne ombord på en fux, svävande över ett massivt terränghinder. "Tredagarsfälttävlan. Jag hade kvalat in till OS i Paris." Orden kom ut stelare än hon hade tänkt sig.

De återvände till sina platser, kaffet gav en tillfällig distraktion. Sarah kupade händerna runt den varma muggen och övervägde hur mycket hon skulle dela med sig av. Hon diskuterade sällan olyckan, såret var fortfarande för färskt trots den tid som gått.

"Vad hände?" frågade Marcus tyst. "Om du inte misstycker att jag frågar."

Sarah stirrade ner i sitt kaffe. Stormens mullrande utgjorde en passande bakgrund till svåra minnen. "Vi var på Badminton i Storbritannien, bara ett par månader innan vi skulle åka till Paris. Min häst, Ridgewater Fire, snubblade precis när vi hoppade ut ur vattenhindret. Vi föll hårt ... jag blev medvetslös och drunknade nästan, en funktionär drog upp mig och gav mig hjärt-lungräddning." Hon gjorde en paus och svalde. "Fire bröt benet och fick avlivas på banan. Jag fick en skallfraktur och skadade syncentrumet i hjärnan."

"Jag beklagar", sa Marcus, och hans uttryck var fyllt av genuin empati snarare än medlidande.

"De fysiska skadorna läkte", fortsatte Sarah och såg äntligen upp för att möta hans blick. "Men den neurologiska skadan var permanent. Jag förlorade större delen av mitt djupseende. Det gör det omöjligt att se avstånd till hinder, vilket betyder att tävlingsridning är uteslutet, särskilt terräng. Jag fick tillbaka körkortet för bara några månader sedan, och jag kommer inte att köra lastbil eller dra en hästtransport, eller försöka köra på motorvägarna. För riskabelt. Jag kan rida, men ... jag kan inte hoppa. Jag kan inte se steget, det är helt enkelt för farligt, och dressyr ... det är Kates grej. Inte min."

"Så du gick över till att hantera egendomen och avelsprogrammet istället", konstaterade Marcus.

"Det var det eller falla samman helt", erkände hon. "Att fokusera på blodslinjerna, affärssidan, det gav mig ett syfte när ridningen inte längre kunde det."

En bekväm tystnad lade sig mellan dem, bara bruten av stormens gradvis avtagande ljud. Sarah var förvånad över hur lätt orden hade kommit, hur det inte hade känts som den sårbarhet hon vanligtvis undvek att dela med sig av den smärtsamma sanningen till Marcus.

"Jag förstår mer än du kanske tror", sa Marcus efter en stund. Hans uttryck hade blivit frånvarande, hans fingrar trummade lätt mot muggen. "Om att få sin yrkesidentitet krossad och behöva bygga upp den igen."

Sarah väntade och gav honom samma utrymme som han hade gett henne.

"Min skilsmässa", började han långsamt. "Det var inte bara ett personligt misslyckande. Det var professionellt förödande. Min exfrus far var chef för hästavdelningen på universitetet. Jag anställdes där på grund av den kopplingen, och jag tillbringade år med att försöka bevisa att jag förtjänade positionen på egna meriter."

Han tog en klunk kaffe och samlade sina tankar. "Jag arbetade dubbelt så hårt som alla andra, tog de svåra fallen, publicerade forskning. Men inget var någonsin riktigt tillräckligt bra för dem. Jag var alltid 'Elises man' i första hand, 'doktor Webb' i andra hand."

"Det låter utmattande", konstaterade Sarah tyst.

"Det var det. Och när Elise bestämde att vårt äktenskap var obekvämt för hennes karriärutveckling och inledde en affär med den biträdande avdelningschefen, blev jag persona non grata över en natt." Hans skratt saknade humor. "Två dagar efter att jag skrivit under skilsmässopappren informerades jag om att mitt kontrakt inte skulle förnyas. Tio års arbete, avfärdat för att jag inte längre var familj."

Sarah kände en våg av indignation för hans skull. "Det är fruktansvärt."

"Det var förödmjukande", erkände Marcus. "Varje prestation jag hade uppnått verkade plötsligt ihålig, som om de bara någonsin hade beviljats som tjänster snarare än förtjänats." Han mötte hennes ögon direkt. "Så när jag såg ditt uttryck tidigare idag, när jag föreslog att dina anläggningar inte var tillräckliga för operationen, kände jag igen det omedelbart."

"Kände igen vad?" frågade Sarah, även om något inom henne redan visste svaret.

"Blicken hos någon som är van vid att bli dömd och befunnen otillräcklig", sa han mjukt. "Jag har sett den i spegeln tillräckligt ofta."

Den enkla observationen landade med oväntad kraft. Sarah kände en egendomlig känsla i bröstet, ett erkännande så djupt att det nästan var fysiskt. De hade båda mätt sig själva mot omöjliga standarder; båda kände den bittra smaken av att misslyckas trots alla ansträngningar.

"Det verkar som om vi har mer gemensamt än veterinära intressen", sa hon till slut.

Marcus log, ett äkta leende som förvandlade hans allvarliga drag. "Det verkar så."

Utanför hade regnet övergått i ett milt smatter, stormens värsta raseri var över. Men inne i sadelkammaren hade något förskjutits mellan dem, en trevande bro som bildades över det professionella avstånd de hade upprätthållit. Sarah var inte helt säker på vad hon skulle tycka om denna nya förståelse, denna oväntade koppling till en man som hade varit en främling bara timmar tidigare. Men när de drack upp sitt kaffe i gemytlig tystnad, fann hon sig själv tacksam för stormen som hade tvingat in dem i detta delade ögonblick av ärlighet.

Sarah tog ett djupt andetag av den regntvättade luften när de kom ut från sadelkammaren och kände sig underligt lättare efter deras samtal. Att dela med sig av sanningen om sin olycka till Marcus hade varit oväntat renande, och hans eget avslöjande om sin skilsmässa hade skapat en märklig känsla av släktskap mellan dem. Men yrkesmässiga bekymmer återtog snabbt hennes uppmärksamhet när de gick förbi raden av boxar och kontrollerade att ingen av hästarna hade blivit onödigt störd av stormen. De flesta verkade oberörda, vissa sov fridfullt, andra mumsade hö med hästars likgiltighet inför väderdramat. Det var först när de nådde Duchess box som Sarah kände ett stick av oro.

Fuxstoet var rastlöst, gick i små cirklar och krafsade ibland i det tjocka ströet. Hennes svans viftade oroligt.

"Något är fel", mumlade Sarah och hakade av boxdörren. "Hon var lugn även under den värsta delen av stormen."

Marcus följde henne in i den rymliga boxen, och hans professionella uppträdande återkom omedelbart. "Hur långt är det kvar till hennes beräknade datum?"

"Nio dagar", svarade Sarah och närmade sig Duchess med lugna rörelser. Hon lät handen glida längs stoets hals och kände den lätta fukten av svett trots den svala luften som stormen lämnat efter sig. "Hennes beteende har förändrats avsevärt den senaste timmen."

Marcus iakttog stoet och lade märke till hur hon rastlöst flyttade sin vikt från ett bakben till det andra. "Låt mig undersöka henne igen", föreslog han.

Sarah såg på när han rörde sig runt Duchess med samma lugna uppträdande som han hade visat under operationerna. Hans beröring var mild men säker när han lyfte hennes svans för att ta hennes temperatur och kontrollera hennes vulva.

"Hennes temperatur är normal", rapporterade han. "En viss avslappning här bak, men inte signifikant. Inga uppenbara flytningar."

Sarah rynkade pannan och tittade på när Duchess krafsade i ströet igen. "Men hennes beteende har förändrats dramatiskt. Titta hur hon gräver."

Marcus nickade eftertänksamt när han rörde sig för att palpera stoets buk. "Fölet är fortfarande aktivt och i bra position. Min bedömning är att vi ser tidiga tecken, men inte en omedelbart förestående fölning. Jag skulle fortfarande uppskatta att vi talar om dagar snarare än timmar."

"Men du kan inte vara säker", pressade Sarah, oförmögen att dölja sin spänning. "Ston kan gå från tidiga tecken till aktivt värkarbete förvånansvärt snabbt."

"Sant", medgav Marcus. "Men alla fysiska indikatorer tyder på att vi har lite tid på oss. Kameran kommer att varna dig för alla betydande förändringar i hennes beteende."

Sarah korsade armarna, föga övertygad. "Jag skulle föredra att sätta in ett fölningslarm också. Både hängslen och livrem."

Marcus såg upp, pannan lätt rynkad. "Ett fölningslarm i det här skedet kan orsaka onödig stress. Hon är redan rastlös, och att sätta in en sändarsutur kan irritera henne ytterligare."

"Det är standardprocedur för våra värdefulla ston", invände Sarah. "Vi har aldrig haft problem med att larmen orsakar stress."

"De är också bara effektiva i ungefär sju dagar innan batterierna dör eller suturerna lossnar", påpekade Marcus förnuftigt. "Om vi sätter in ett nu och hon inte fölar på mer än en vecka, skulle vi behöva byta ut det, vilket orsakar ytterligare stress."

Sarah kände en välbekant envishet stiga upp, samma beslutsamhet som hade hjälpt henne att bygga upp sitt liv igen efter olyckan. "Det här fölet representerar en betydande investering, både ekonomiskt och för vårt avelsprogram. Jag föredrar att ta det säkra före det osäkra."

Marcus rätade på sig och mötte hennes blick direkt. "Jag förstår det, Sarah. Men som hennes veterinär måste jag överväga vad som är medicinskt indicerat, inte bara vad som kan lindra din oro."

"Min oro?" upprepade Sarah och hörde den lätt vassa tonen i sin egen röst. "Det här handlar inte om känslor. Det handlar om att skydda en värdefull tillgång."

Orden kom ut skarpare än hon hade tänkt sig, och hon såg en glimt av något som liknade sårnad korsa Marcus ansikte innan hans professionella mask återföll. Duchess rörde sig mellan dem och knuffade lätt mot Sarah som om hon kände av spänningen.

"Jag ber om ursäkt", sa Marcus efter en stund, med en noggrant avvägd ton. "Det var dåligt formulerat. Vad jag menade var att kamerasystemet ger utmärkt övervakning utan invasiva åtgärder. Varningsinställningarna är ganska sofistikerade."

Sarah lät handen glida längs Duchess hals och försökte lugna både sig själv och stoet. Han var förnuftig, det visste hon. Och ändå fick tanken på att missa något, på att inte vidta alla möjliga försiktighetsåtgärder med just detta föl, magen att knyta sig av oro.

"Hör här", fortsatte Marcus, nu mjukare, "vad sägs om det här? Vi övervakar henne noggrant med kameran de närmaste tjugofyra timmarna. Om hennes symtom förvärras avsevärt kommer jag tillbaka och sätter in larmet. Men om de förblir på den här nivån väntar vi några dagar till."

Det var en förnuftig kompromiss, och Sarah visste det. Hon andades ut långsamt och tvingade sig själv att överväga hans förslag objektivt. "Det är ... förnuftigt", medgav hon slutligen. "Men jag vill ha ditt ord på att du kommer omedelbart om jag ser några betydande förändringar."

"Dag eller natt", lovade Marcus med ett allvarligt uttryck. "Det är ju trots allt vad en hästveterinärs liv handlar om. Midnattssamtal är en del av arbetsbeskrivningen."

Trots sig själv kände Sarah ett litet leende dra i mungiporna. "Caroline har nämnt den specifika yrkesrisken mer än en gång."

Något i atmosfären mellan dem försköts, den professionella spänningen gav vika för en annan, mer personlig medvetenhet. Stående tillsammans i boxens trånga utrymme fann sig Sarah plötsligt i att lägga märke till detaljer som hon hade varit för upptagen för att registrera tidigare; sättet hans mörka hår lockade sig lite där det hade börjat torka efter regnet, den varma bruna färgen i hans ögon när de studerade henne med ett uttryck som inte var helt kliniskt.

Duchess rörde sig igen och knuffade den här gången mot Marcus, och tryckte dem nästan närmare varandra i det trånga utrymmet. Sarah fann sig själv se upp i hans ansikte, plötsligt medveten om deras närhet, om den lätta doften av kaffe och regn som hängde kvar vid honom. Deras blickar möttes, och något outtalat passerade mellan dem, en medvetenhet som överskred deras professionella relation.

Sarah tittade bort först, hennes hjärta slog oväntat snabbare. Hon harklade sig och fokuserade på Duchess igen. "Jag ska bara se till att appen fungerar innan du åker", sa hon och försökte låta oberörd trots värmen i kinderna.

"Självklart", svarade Marcus, och om hans röst var något hesare än tidigare, valde Sarah att inte lägga märke till det.

Utanför hade stormen passerat helt och lämnat efter sig endast det milda smattret av enstaka regndroppar från takfoten. Men när de stod tillsammans i Duchess box kunde Sarah inte skaka av sig känslan av att något betydelsefullt hade förskjutits mellan dem, något som inte hade något att göra med väder eller veterinärprotokoll, och allt att göra med den överraskande koppling de hade upptäckt mitt i dagens utmaningar.

Kapitel fem

FEM DAGAR EFTER STORMEN satt Sarah vid köksbordet med sina systrar, medan januarivärmen tryckte mot fönstren trots luftkonditioneringens tappra försök. De hade fallit in i sin vanliga lunchrutin efter en förmiddag med intensivt arbete: Kate kom direkt från träningen med Misty, Emma var fortfarande i sina dammiga kläder efter att ha arbetat med räddningshästarna, och Pip hade hår som smet ur sin prydliga fläta efter en förmiddag med ponnylektioner. Den bekväma förtrogenheten i deras lunchsamling kändes som en kort oas av lugn i deras hektiska dagar, ett ögonblick att hämta andan innan de tog itu med eftermiddagens uppgifter.

”Duchess gör mig galen”, rapporterade Sarah och bredde hemgjord ananassylt på en ostsmörgås innan hon skar den på mitten och räckte tallriken till Jemima med ett leende. "Hon visar fortfarande alla tecken på en nära förestående fölning men vägrar att faktiskt sätta igång."

Kate tittade upp från sin sallad, hennes blonda hår perfekt säkrat i sin vanliga knut trots den fuktiga hettan. "Tror Marcus att hon kommer att hålla ut till det säkra datumet?"

"Det är hans nuvarande förutsägelse", bekräftade Sarah och försökte ignorera det lilla fladdret i magen vid omnämnandet av hans namn. Sedan deras samtal under stormen hade deras professionella interaktioner burit på en underton av ... något. Hon var inte redo att granska det alltför noga. "Han kommer i eftermiddag för att installera fölningslarmet."

"På tal om Marcus", inflikade Pip med ett illmarigt leende, "han verkar verkligen passa in bra."

"Han är kompetent", sa Sarah neutralt, även om hon inte riktigt kunde möta Pips medvetna blick.

"Bara kompetent?" retades Pip. "Han är snygg också, vet du. De där axlarna ..."

"Är helt irrelevanta för hans veterinära färdigheter", avbröt Sarah bestämt och kände hur kinderna hettade. "Kan du räcka mig vattnet, tack."

Emma fnös och sköt kannan mot henne. "Du rodnar, Sare-björn."

"Det är trettiosju grader ute", protesterade Sarah. "Alla är blossande."

Kate styrde barmhärtigt nog samtalet tillbaka till affärerna. "Det där unga paret kommer klockan två för att titta på halvfoderavtalet för Bartleby. De verkar lovande, men jag vill höra vad du tycker om dem, Sarah."

Sarah nickade, tacksam för ämnesbytet. "Jag är med. Emma, hur anpassar sig den där nya fullblodshästen? Den med senskadan?"

"Bättre än väntat", rapporterade Emma med munnen full av smörgås. "Hans tidigare ägare var faktiskt hyggliga, de hade bara inte råd med rehabiliteringen. Med rätt vård och tid tror jag att han kan bli en underbar hobbyhäst åt någon."

Deras samtal flöt lätt, i den rytm av familj och gemensamt syfte som hade burit dem genom utmaningar förr. Sarah fann sig i att betrakta sina systrar med tyst tillgivenhet, var och en så olika men ändå lika viktiga för Ridgewaters framgång. Kate med sin perfektionistiska drivkraft, Emma med sitt mjuka hjärta för trasiga varelser och Pip med sin gränslösa energi och affärssinne. Tillsammans fick de den här platsen att fungera, och Jemima i hjärtat av allt var nästa generation, hennes unga sinne som sög i sig deras kunskap som en svamp.

Hana stack in huvudet genom dörren när de höll på att avsluta. "Posten har kommit", meddelade hon glatt. "Det är ett särskilt brev från myndigheterna, Sarah. Ser väldigt officiellt ut."

"Tack, Hana", sa Sarah och tog högen. Hon sorterade snabbt igenom den – foderkataloger, en hästtidning, räkningar – tills hon kom till ett vitt kuvert med Queenslands trafik- och vägdepartements emblem. Något med dess officiella utseende fick hennes mage att knyta sig av oro. Ingen av fordonsregistreringarna skulle förnyas. Vad kunde detta handla om? Det var adresserat till hennes föräldrar, som var Ridgewaters lagliga ägare, men hon hade deras tillstånd att öppna och hantera all korrespondens i deras frånvaro.

"Vad är det?" frågade Kate och lade märke till Sarahs min.

"Inte säker", mumlade Sarah och förde fingret under förseglingen.

Brevet inuti hade delstatens vapensköld tryckt högst upp. Sarah skannade det första stycket och kände hur blodet försvann från hennes ansikte. Hennes händer började darra lätt när hon fortsatte läsa, hennes hjärna vägrade att helt bearbeta orden framför henne. Hon vände till den andra sidan och tittade på kartan som var tryckt där, svarta och röda linjer som blev suddiga när hennes hjärna kämpade för att tolka den skrämmande bilden.

”Sarah?” Emmas röst tycktes komma från väldigt långt borta. ”Vad är det som är fel?”

Sarah tittade upp och mötte tre oroliga ansikten som betraktade henne. Hon harklade sig och försökte samla sig trots chocken som for genom henne.

”Det är från trafik- och vägdepartementet”, sa hon, och papperet prasslade i hennes alltför hårda grepp. ”De planerar en ny förbifart, en del av projektet med utbyggnaden av motorvägen.” Hon gjorde en paus och tog ett djupt andetag för att stadga sig. ”Och den föreslagna sträckningen skär rakt igenom Ridgewater. Genom vårt hus, ridbanorna, det stora stallkomplexet ... allt.”

Stillheten som följde var total. Sarah kunde höra det svaga surrandet från kylskåpet, det avlägsna gnäggandet från en häst i en av hagarna. Kates ansikte hade blivit blekt, hennes blå ögon var vidöppna av chock. Emmas knogar var vita där hon grep om bordskanten. Pip verkade stelna till, hennes vattenglas hängande halvvägs till läpparna.

”Det kan inte stämma”, sa Kate till slut med en onaturligt lugn röst. ”De kan inte bara ... ta vår egendom.”

”Det kan de”, sa Sarah dystert. ”Det kallas tvångsinlösen. De erbjuder ’skälig ersättning’ enligt marknadsvärdet.” Hon skrattade, ett ihåligt ljud utan uns av humor. ”Som om någon summa skulle kunna kompensera för vad vi har byggt upp här.”

Emma sträckte sig efter brevet med synbart darrande händer. ”Hur snart?” viskade hon.

”Planeringsfasen är redan påbörjad”, sa Sarah och lät Emma ta papperen. ”Det offentliga samrådet börjar nästa månad. Bygget kan starta inom arton månader om det godkänns.”

”Arton månader?” upprepade Kate, och hennes fattning sprack slutligen. ”Misty och jag behöver år av konsekvent träning i en välbekant miljö, inte störningar och flytt!"

"Och mina räddningshästar?" Emma såg fullständigt förtvivlad ut. "Några av dem litar knappt på människor som det är. Att flytta dem skulle kunna göra månader av rehabiliteringsarbete ogjort."

Pip ställde ner sitt vattenglas med överdriven försiktighet, som om hon var rädd att plötsliga rörelser kunde krossa mer än bara glas. "Mina ponnyer", sa hon mjukt. "Hela verksamheten är uppbyggd kring våra anläggningar här. De små hagarna, rundkorallen, kuperade hagarna där unghästarna går för att växa upp. Vi kan inte bara ... flytta det någon annanstans. Var i hela friden skulle vi ta vägen?"

Sarah gned sig över tinningarna och försökte tänka klart trots chocken. "Brevet nämner ersättning till marknadsvärde för marken och 'skäliga byggnader'." Hon kunde inte undertrycka sin ilska och bitterhet. "Som om våra specialiserade anläggningar skulle kunna värderas som en villa i en förort eller ett lager."

"Har de någon aning om vad det kostar att bygga tävlingsgodkända ridbanor?" krävde Kate. "Eller anpassade avelsanläggningar? Eller värdet av etablerade hagar med decennier av markskötsel?"

"För att inte tala om de immateriella värdena", tillade Emma. "Läget, ryktet, de lokala kunderna som kommer specifikt till Ridgewater. Man kan inte sätta ett pris på det."

Sarah stirrade på brevet igen, medan verkligheten sjönk in med en förkrossande tyngd. "De har inkluderat information för 'berörda parter' att lämna in synpunkter eller invändningar under samrådsperioden." Hennes analytiska sinne katalogiserade redan vad de skulle behöva – lantmäterimätningar, anläggningsvärderingar, konsekvensanalyser – men hotets enorma omfattning hotade att överväldiga henne.

"Kan de verkligen göra så här?" frågade Pip med tunn röst. "Bara ... radera Ridgewater?"

"Inte utan en kamp", sa Sarah bestämt, även om hjärtat slog snabbt. "Det finns alltid flera alternativa sträckningar för dessa projekt. Vi måste lägga fram övertygande argument för att den här är ohållbar."

Köksdörren flög upp och Jemima studsade in igen, efter att ha varit i badrummet för att tvätta händerna när brevet anlände. "Mamma! Får jag gå ut och rida på Sparky i eftermiddag? Jag tror vi skulle kunna hoppa högre den här gången ..." Hennes exalterade pladder tystnade när hon uppfattade den tunga stämningen och sin mammas bestörta min. "Vad är det som är fel? Har det hänt något med en av hästarna?"

De oskyldiga frågorna hängde i luften och gjorde verkligheten i deras situation ännu mer påtaglig. Hur förklarade man för en åttaåring att det enda hem hon någonsin känt kanske skulle jämnas med marken för en förbifart?

Emma drog sin dotter intill sig och tryckte en kyss mot hennes panna. "Vi fick just lite tråkiga nyheter, älskling. Inget du behöver oroa dig för just nu."

Men Jemima, klarsynt som alltid, nöjde sig inte med det. "Är vi i knipa?" frågade hon, och hennes blå ögon vidgades.

Sarah utbytte blickar med sina systrar och debatterade tyst hur mycket de skulle berätta. Barn förtjänade ärlighet, men inte onödig oro. "Regeringen funderar på att bygga en ny väg", sa hon slutligen och valde sina ord med omsorg. "Och ett av de ställen de överväger att bygga den på är rakt igenom Ridgewater."

Jemimas panna rynkades när hon bearbetade detta. "Genom vårt hus? Och stallen?" När Sarah nickade, förvreds hennes systerdotters ansikte en aning. "Men vart skulle alla hästarna ta vägen? Vart skulle vi ta vägen?"

De enkla frågorna skar rakt in i kärnan av deras dilemma och uttryckte de känslomässiga insatser som det officiella brevet hade formulerat i byråkratiskt språk.

"Det är vad vi måste lista ut", svarade Sarah milt. "Men oroa dig inte för mycket än. Det här är bara ett förslag, inte ett slutgiltigt beslut. Vi kommer att göra allt vi kan för att få dem att ändra sig."

"Men tänk om vi inte kan stoppa dem?" envisades Jemima. "Tänk på Sparky? Och Legend? Och alla hästarna?" Hennes röst darrade. "Och mitt rum? Och trädkojan som morfar byggde?"

Emma kramade sin dotter hårdare. "Åh, älskling. Vi kommer alltid att se till att hästarna tas om hand, oavsett vad. Och du kommer alltid att ha ett rum, även om det är i ett annat hus."

"Men det skulle inte vara samma sak", sa Jemima, med barnets förkrossande enkelhet. "Jag vill stanna här för alltid."

Kate harklade sig, synbart kämpande för att behålla fattningen. "Det vill vi alla, Jem."

Sarah rätade på axlarna och trängde undan sina egna stormiga känslor. Detta var inte tid för förtvivlan; det var tid för handling. "Jemima, varför går du inte och frågar Nicolas om han kan hjälpa dig att sadla Sparky och hålla ett öga på dig när du rider? Vi måste ha en vuxendiskussion om det här."

Efter att Jemima motvilligt hade gått, bärandes på en oro som ingen åttaåring borde behöva bära, bredde Sarah ut brevet på bordet och tvingade sig själv att närma sig problemet analytiskt.

"Vi måste förstå exakt vad vi står inför", började hon, först vacklande, men stadigare när hon tvingade sig själv att tänka, tvingade sig själv att börja planera. "Enligt det här överväger de potentiella sträckningar för förbifarten. Vår är deras föredragna alternativ eftersom det är den rakaste vägen." Hon följde de röda linjerna på kartan med fingret, medan illamåendet vällde upp i magen.

"Hur mycket skulle ersättningen faktiskt bli?" frågade Pip, hennes vanliga livlighet dämpad.

Sarah grimaserade. "Marknadsvärde för marken och byggnaderna, plus ett litet tillägg för avbrott i verksamheten. För en vanlig gård skulle det kanske vara tillräckligt. Men våra specialiserade anläggningar? Bara tävlingsarenorna skulle kosta över en miljon att bygga upp igen någon annanstans, för att inte tala om stallkomplexet, de specialiserade avelsanläggningarna, terrängbanan ..."

"Och det är bara de fysiska strukturerna", tillade Kate. "Hur är det med kostnaden för att flytta över sextio hästar? Den förlorade träningstiden?"

"Kunderna vi kommer att förlora", inflikade Pip tyst. "För om vi måste flytta utanför området för att hitta en lämplig befintlig fastighet förlorar vi hela den lokala kundlistan vi har lagt år på att bygga upp. Och om vi kan hitta en fastighet lokalt, men sedan måste lägga år på att bygga upp anläggningen igen ... förlorar vi ändå alla kunder, för de kommer att gå någon annanstans under tiden."

Emma nickade dystert. "För att inte nämna stressen för själva hästarna. Några av mina räddningshästar skulle kunna falla tillbaka flera år i sin rehabilitering. Och Legend! I hans ålder skulle en flytt kunna vara förödande. Och vi kommer garanterat att ha dräktiga ston, kanske till och med väldigt unga föl, det är aldrig tillrådligt att transportera dem om man inte verkligen måste."

Sarah kände ansvarets tyngd lägga sig på hennes axlar. Deras föräldrar var fortfarande i den avlägsna Kimberley-regionen, knappt nåbara via satellittelefon. När de kom tillbaka skulle värdefulla veckor av samrådsperioden vara förlorade. Detta var hennes kris att hantera.

”Vi måste bekämpa detta på flera fronter”, sa hon och sträckte sig efter en anteckningsbok och penna. ”Först måste vi förstå de juridiska aspekterna av tvångsinlösen och våra rättigheter i processen.”

”Jag känner en advokat i stan”, erbjöd Pip. ”Jag rådfrågade honom när vi skulle sätta upp min affärsstruktur.”

Sarah nickade och gjorde en anteckning. ”Utmärkt. Vi behöver hans kontaktuppgifter. För det andra behöver vi en omfattande värdering av Ridgewater; inte bara markens marknadsvärde, utan återanskaffningskostnaden för våra anläggningar, påverkan på verksamheten, allt.”

”Det kan jag ta hand om”, sa Kate bestämt. ”Jag har mest erfarenhet av den ekonomiska sidan.”

”Perfekt”, fortsatte Sarah och kände en plan ta form. ”För det tredje måste vi undersöka de andra föreslagna sträckningarna och förstå varför vår valdes som det föredragna alternativet. Om vi kan visa att en alternativ sträckning skulle ha mindre påverkan, kanske vi kan flytta deras fokus.”

”Jag har en kontakt på kommunens planeringskontor”, erbjöd Emma. ”En gammal skolkamrat. Hon kanske kan ge oss lite insiderinformation.”

Sarah skrev ner det, hennes tankar rusade vidare till nästa steg. ”För det fjärde måste vi samla stöd. Ridgewater är inte bara viktigt för oss, det är betydelsefullt för den lokala ridsportgemenskapen, jordbrukssektorn, till och med turismen. Ju fler röster som motsätter sig den här sträckningen, desto bättre är våra chanser.”

”Ponnyklubbsföräldrarna skulle stödja oss”, sa Pip, och hennes energi återvände när hon fann ett syfte. ”Och den lokala utställningsföreningen. Jag sitter i styrelsen, jag kan ta upp det på nästa möte.”

Under de kommande tjugo minuterna arbetade de tillsammans, skisserade strategier, fördelade uppgifter och byggde upp en handlingsplan. Sarah kände ett välbekant lugn sänka sig över henne, samma fokuserade beslutsamhet som hade burit henne genom rehabiliteringen efter hennes olycka. Ett steg i taget, ett problem i taget.

Men under hennes yttre lugn malde oron. Det här handlade inte bara om byggnader och mark; det handlade om deras identitet, deras arv, allt som familjen McKenzie hade byggt upp under decennier. Ansvaret att leda denna kamp när deras föräldrar var oanträffbara kändes överväldigande. Om hon misslyckades, om de förlorade Ridgewater ...

Sarah sköt undan tanken. Att misslyckas var inte ett alternativ. Inte när deras hem och levebröd stod på spel.

"Jag ska skriva ett formellt svarsbrev ikväll", sa hon till sina systrar. "Vi har trettio dagar på oss att lämna in vår första invändning. Efter det är det en period med offentligt samråd där vi kan presentera mer detaljerade argument."

"Men mamma och pappa då?" frågade Emma och satte ord på vad de alla hade tänkt. "Ska vi försöka få tag på dem?"

Sarah funderade på saken. "Låt oss samla in mer information först. Det är ingen idé att oroa dem när de är mitt ute i ingenstans om vi inte har all fakta. När vi har pratat med advokaten och har en klarare bild av våra alternativ kan vi bestämma om vi ska be dem avbryta sin resa."

Kate nickade instämmande. "Det låter vettigt. Pappa skulle ändå bara storma in som en tjur i en porslinsbutik. Vi behöver en strategi, inte bara indignation."

"På tal om det", sa Pip och sneglade på sin klocka, "hur hanterar vi eftermiddagens bokningar? Jag har två utvärderingar av nya klienter, och Kate har det där mötet om halvfodervärd."

"Vi håller oss till schemat", bestämde Sarah. "Det sista vi behöver är att störa våra inkomster medan vi kämpar mot det här. Allt ska fortgå som vanligt, åtminstone utåt sett."

Ljudet av däck på grus fångade hennes uppmärksamhet; ett välbekant motorljud som hon hade vant sig vid under den senaste veckan. Marcus pickup var på väg att stanna utanför stallbyggnaderna.

"Det där måste vara Marcus", sa hon och reste sig från stolen. "Han skulle komma och titta till Duchess och sätta in fölningslarmet."

"Och de kastrerade ponnyerna", tillade Pip, och en skymt av hennes vanliga retsamma leende visade sig. "Glöm inte de små bråkmakarna."

Sarah samlade ihop brevet och sina anteckningar och försökte fokusera på den omedelbara uppgiften istället för det överhängande hotet. "Jag möter honom vid stallet. Emma, kan du skriva ett utkast till ett mejl till den där kontakten på kommunen idag? Kate, börja med det ekonomiska. Pip, skaffa oss uppgifterna till den där advokaten. Vi samlas igen ikväll efter middagen."

När hon klev ut i den gassande eftermiddagssolen tog Sarah ett djupt andetag för att samla sig. Brevet kändes tungt när hon vek ihop det och stoppade det i fickan, en fysisk manifestation av hotet mot allt de höll kärt. Men de var inte maktlösa. De hade resurser, kontakter, beslutsamhet och varandra. Det skulle bli tvunget att räcka.

Marcus långa gestalt närmade sig, med veterinärväskan i handen, omedveten om att han var på väg rakt in i en familjekris. För ett ögonblick övervägde Sarah att hålla nyheten för sig själv, att upprätthålla en strikt professionalism. Men något med deras samtal under stormen, den oväntade kontakten de hade fått, fick henne att tveka. Kanske kunde ett utifrånperspektiv vara värdefullt. Och om hon skulle vara helt ärlig mot sig själv, var tanken på att dela denna börda, om än bara för en kort stund, obestridligt lockande.

Marcus körde upp till Ridgewaters stallanläggning, och den välbekanta känslan av förväntan rördes upp inom honom när han samlade ihop sin utrustning. Efter bara en vecka med regelbundna besök hade platsen redan börjat kännas betydelsefull för honom på ett sätt han inte hade förväntat sig. Kanske var det verksamhetens välordnade precision, som passade så väl ihop med hans egen metodiska natur, eller kanske var det något mer personligt; det växande intresset han inte kunde förneka för den långa, jordgubbsblonda kvinnan som skötte allt med tyst kompetens. Oavsett vilket fann han att han såg fram emot dessa besök mer än vad som var strikt professionellt.

Januarihettan slog emot honom när han klev ur den luftkonditionerade hytten, och de välbekanta dofterna av hästar och hö hälsade honom som gamla vänner. Han hade besökt hundratals ridanläggningar under sin karriär, men något med Ridgewater kändes annorlunda. Den omsorgsfulla utformningen som prioriterade både funktion och djurvälfärd. Det oklanderliga underhållet som vittnade om genuin stolthet snarare än enbart kommersiell nödvändighet. Känslan av kulturarv i varje hörn, från de historiska fotona i sadelkammaren till de olympiska blodslinjerna i hagarna.

Hans eftermiddagsschema var fullt: kontroll av de kastrerade ponnyerna, tandvård på Emmas nya fullblod och insättning av fölningslarmet på Duchess. Han hade hållit ett öga på det värdefulla stoet via kameraappen mellan sina besök och noterat hennes ökande rastlöshet. Tiden för extra försiktighetsåtgärder var definitivt inne.

Medan han samlade ihop sin veterinärväska och utrustningen för fölningslarmet fick han syn på Sarah som kom gående mot honom från huset. Även på avstånd var det något med hennes hållning som verkade fel; en spänning i hennes axlar, en tyngd i hennes steg som kontrasterade mot hennes vanliga behärskade självförtroende. Iakttagelsen väckte en omedelbar oro som överraskade honom med sin intensitet.

"God eftermiddag", ropade han och försökte hålla tonen professionellt neutral trots sin växande medvetenhet om att hans intresse för Sarah McKenzie hade utvecklats långt bortom det strikt kliniska. "Hur mår vår blivande mor idag?"

Sarahs leende nådde inte ända upp till ögonen. "Hon håller oss fortfarande på halster. Hon fick mig övertygad vid tvåtiden i natt, men sedan lugnade hon ner sig igen. Tack för att du kom."

"Självklart", svarade Marcus och studerade hennes ansikte noggrannare. Skuggorna under hennes ögon antydde att hon hade tillbringat större delen av natten med att titta på stokameran, men det fanns något annat där också, en anspänning som inte hade funnits där under hans tidigare besök. "Är allt som det ska? Du verkar ... frånvarande."

För ett ögonblick såg hon ut som om hon skulle avfärda hans oro med en professionell avledningsmanöver. Sedan förändrades något i hennes uttryck; ett beslut fattades.

"Faktiskt inte", erkände hon. "Vi har just fått några ganska förkrossande nyheter." Hon drog fram ett hopvikt pappersark ur fickan. "Det här kom med posten idag."

Marcus ställde ner sin utrustning och tog emot papperen. Han vecklade ut dem och fann ett officiellt brev med Queenslands transport- och vägdepartements emblem. När han skummade igenom innehållet kände han en kall tyngd lägga sig i magen. Den föreslagna förbifarten skulle skära rakt igenom Ridgewater – inte bara i periferin, utan genom hjärtat av egendomen.

”Det här är …” började han, och tystnade sedan i sökandet efter ord som kunde beskriva situationen. ”Det här är samvetslöst. Har de någon aning om vad de skulle förstöra?”

”Tydligen inte”, svarade Sarah, och kunde knappt dölja sin bitterhet. ”De talar om 'skälig ersättning' som om det vore så enkelt att sätta en prislapp på generationers arbete och specialiserade anläggningar.”

Marcus studerade den bifogade kartan, och hans analytiska sinne började redan bearbeta konsekvenserna. ”Rutten skär rakt igenom ert ridhuskomplex och huvudstallarna”, konstaterade han och följde den tjocka röda linjen med fingret. ”Och den verkar dela era avelshagar också.”

”Det skulle göra Ridgewater funktionellt obefintligt”, bekräftade Sarah. ”De kommer att expropriera hela egendomen. Vi skulle inte ha något annat val än att lämna.”

När Marcus såg på hennes ansikte kände han en oväntad våg av beskyddarinstinkt. Han hade med egna ögon sett den exceptionella omsorg och expertis som definierade Ridgewater. Tanken på att byråkrater helt enkelt skulle utplåna det i infrastrukturförbättringens namn framstod för honom som djupt orättvis.

”Vad är er handlingsplan?” frågade han, väl medveten från deras tidigare samtal att Sarah redan skulle vara i färd med att formulera ett svar, trots att hon just hade fått de förödande nyheterna.

”Vi samlar information och förbereder oss för att bekämpa förslaget under samrådsperioden”, förklarade hon. ”Mina systrar och jag höll precis på att dela upp efterforskningen när du kom.”

Marcus nickade och katalogiserade redan sätt han kunde hjälpa till på. Under sina år på universitetet hade han agerat som expertvittne i flera fall som rörde hästars välfärd. Den här situationen krävde liknande expertis.

"Jag kan hjälpa till", sa han beslutsamt. "Jag kan tillhandahålla en professionell bedömning av de specialiserade anläggningar som krävs för ert avelsprogram och välfärdskonsekvenserna av att flytta era hästar."

Sarahs ögon vidgades en aning, och förvåningen var tydlig i hennes uttryck. "Skulle du göra det? Du känner oss knappt."

"Jag kan tillräckligt", svarade Marcus enkelt. "Jag har sett vad ni har byggt här, den standard på vård ni tillhandahåller, betydelsen av ert avelsprogram. Enbart ur ett veterinärmedicinskt perspektiv skulle störningen vara oförsvarlig."

Något i Sarahs uttryck mjuknade, en sårbarhet hon sällan visade. "Det ... skulle faktiskt vara otroligt hjälpsamt. Vi behöver alla experter vi kan få."

"Se mig som till ditt förfogande", sa Marcus bestämt. "Jag har agerat expertvittne i fall tidigare, även om det visserligen inte varit något som liknar det här; det handlar vanligtvis om djurskyddsfrågor snarare än egendomsfrågor. Men jag är mer än gärna beredd att göra allt jag kan för att hjälpa till." Han räckte tillbaka mappen till henne, och deras fingrar snuddade vid varandra ett kort ögonblick i överlämnandet. Den lätta beröringen sände en oväntad värme genom hans hand, en fysisk medvetenhet som för ett ögonblick distraherade honom från den allvarliga diskussionen.

Sarah verkade också känna det, och hennes blick mötte hans en bråkdels sekund längre än nödvändigt innan hon tittade bort. "Tack", sa hon tyst. "Det betyder mer än du anar."

De började gå mot stallet och föll in i samma takt med den naturliga rytm de hade utvecklat under de senaste dagarna. Marcus fann sig hypermedveten om hennes närvaro bredvid sig – den svaga doften av hennes schampo under de välbekanta stallukterna, den tillfälliga beröringen av hennes arm mot hans när de navigerade på grusgången.

”Jag tänker att vi borde börja med en omfattande bedömning av era avelsanläggningar”, föreslog han och försökte fokusera på yrkesmässiga frågor. ”De specialiserade kraven för avel av värdefulla tävlingshästar är inte något som är lätt att återskapa eller flytta.”

Sarah nickade. ”Särskilt med vår hantering av hingstarna. Legend kräver särskilda hanteringsanläggningar som det tog år att finslipa.”

När de kom in i stallet erbjöd den välbekanta arbetsrutinen en välkommen struktur. Marcus undersökte de kastrerade ponnyerna först, nöjd med deras läkningsprocess. Pip anslöt sig till dem en kort stund; hennes vanliga prat var dämpat men hennes professionella uppmärksamhet på ponnyerna var oförminskad.

”Sarah nämnde situationen med förbifarten”, sa Marcus medan han kontrollerade stygnen på den blacka ponnyn. ”Jag har erbjudit min professionella bedömning för att stödja ert fall.”

Pips min ljusnade för ett ögonblick. ”Det är lysande. Vi behöver all expertis vi kan få.” Hon sneglade mellan Marcus och Sarah med något som kunde ha varit ett medvetet gillande innan hon ursäktade sig för att möta en klient.

När de gick vidare till de halvdussin hästar som behövde tandvård, fann Marcus sig i att iaktta Sarah mer noggrant än vanligt. Trots de förkrossande nyheterna hon hade fått förblev hon fokuserad och effektiv och hanterade varje lätt sederad häst i undersökningsspiltan medan han raspade tänderna. Hennes tysta kompetens i kris ökade bara hans beundran.

”Den mellersta framtanden på den här visar onormalt slitage”, kommenterade han och lät en hand löpa längs den unga valackens käke. ”Jag vet att ni föredrar att göra så mycket som möjligt här, men jag rekommenderar att ni tar in den här till kliniken så att vi kan röntga för att kontrollera om det finns några underliggande problem.”

Sarah lutade sig in för att titta där han pekade, hennes ansikte så nära att han kunde se de svaga fräknarna över hennes näsa, den komplexa grågröna färgen i hennes ögon bakom glasögonen. För ett ögonblick upplöstes det professionella sammanhanget och lämnade bara medvetenheten om hennes närhet kvar.

"Skulle det potentiellt kunna påverka hans förmåga att hålla hullet?" frågade hon, uppenbarligen omedveten om hans tillfälliga distraktion.

Marcus harklade sig. "Det skulle det kunna, ja. Även om det större problemet skulle vara potentiell smärta när han äter, vilket kan leda till andra problem – fullblod är benägna att utveckla magsår vid ihållande smärta, som du säkert vet."

Sarah nickade. "Jag ska prata med Emma. Jag kör inte hästarna på grund av min synnedsättning, men hon kan ta in honom till kliniken åt dig."

De fortsatte till nästa häst, och den rutinmässiga veterinärvården avbröts av korta diskussioner om hotet från förbifarten. När de kom fram till Duchess box för att sätta in fölningslarmet hade Marcus skisserat en omfattande bedömningsstrategi som skulle dokumentera de unika veterinärmedicinska kraven för Ridgewaters verksamhet.

"Jag kommer att behöva granska era register i detalj", förklarade han när han förberedde suturmaterialet för Duchess larm. "Avelshistorik, anläggningsspecifikationer, hälsohanteringsprotokoll. Tillsammans kan vi bygga ett övertygande fall för varför denna anläggning inte bara kan värderas till marknadspris eller flyttas utan vidare."

Sarah höll Duchess stadigt medan han försiktigt placerade sändarsuturerna vid stoets vulva, ett delikat ingrepp som skulle utlösa ett larm när fölets framfart började sträcka ut vävnaden. Deras händer snuddade ibland vid varandra när de arbetade tillsammans, och varje kontakt sände en subtil ström mellan dem som ingen av dem öppet erkände.

”Jag kan ha de där registren klara när du än har tid”, svarade Sarah och lät betydligt lugnare än hon hade gjort tidigare. ”Och ... tack, Marcus. Ditt omedelbara erbjudande att hjälpa till betyder mer än jag kan uttrycka.”

Han tittade upp och mötte hennes blick direkt. ”Ridgewater är viktigt”, sa han enkelt. ”Inte bara för dig och din familj, utan för hela ridsportgemenskapen. Jag kanske är relativt ny här, men jag känner igen något som är värt att kämpa för när jag ser det.”

Orden hängde kvar mellan dem, med en tyngd som gick bortom deras ytliga betydelse. För ett ögonblick tittade ingen av dem bort. Sedan rörde Duchess sig rastlöst, vilket bröt ögonblicket.

”Förlåt, flickan lilla. Sådär”, sa Marcus, slet motvilligt blicken från Sarahs och fäste den sista suturen. ”Allt klart. Larmet bör sända direkt till din telefon när det är dags.” Han började packa ihop sin utrustning och katalogiserade redan mentalt uppgifterna framför sig. ”Jag kan börja med anläggningsbedömningen imorgon, om det passar dig. Ju tidigare vi börjar dokumentera allt, desto starkare blir ert fall.”

Sarah nickade, och hennes uttryck visade lättnad för första gången sedan hon visade honom brevet. ”Imorgon skulle vara perfekt. Jag ska ha allt organiserat tills dess.”

När de gick tillbaka till hans pickup, medan den sena eftermiddagssolen kastade långa skuggor över egendomen, kände Marcus en växande beslutsamhet. På mindre än en vecka hade Ridgewater blivit betydelsefullt för honom på sätt han aldrig hade kunnat förutse. Tanken på att det skulle förstöras för en förbifart kändes personligt stötande, helt bortsett från hans professionella bedömning av skadan.

Och om hans motivation att hjälpa till inkluderade en önskan att tillbringa mer tid med den anmärkningsvärda kvinnan bredvid honom, ja, det var en komplexitet han inte var riktigt redo att granska alltför noga. För nu räckte det att veta att han kunde erbjuda genuin expertis i deras kamp – och att Sarah McKenzies tacksamma leende fick något i hans bröst att dra ihop sig på ett sätt som inte hade något att göra med veterinärmedicin.

Kapitel sex

SARAH GNUGGADE SIG I de trötta ögonen medan hon stirrade på förbifartshandlingarna som låg utspridda över skrivbordet. Eftermiddagen hade övergått i kväll, och hennes prydliga hög med invändningsanteckningar hade förvandlats till en utspridd röra av efterforskningar, prejudikatfall och fastighetsvärderingar. Hon sneglade på telefonen för vad som kändes som hundrade gången och kontrollerade fölappen som visade Duchess box. Stoet var rastlöst men visade inga definitiva tecken på fölning. Ändå kunde Sarah inte skaka av sig känslan av att i natt kunde vara natten, och det sista hon behövde var att missa födseln av deras mest värdefulla föl på flera år.

Larmet på sändaren som Marcus hade satt in förblev tyst, men Sarah visste av erfarenhet att saker och ting kunde förändras snabbt. Hon gjorde en anteckning om att kontrollera Duchess personligen igen innan läggdags, och återgick sedan till att markera avsnitt i det juridiska dokumentet som kunde ge påtryckningsmedel mot förslaget om förbifarten.

Telefonen ringde och ryckte upp henne ur koncentrationen. Marcus Webbs namn blinkade på skärmen och hon kände ett oväntat fladder i bröstet innan hon svarade.

"Hej, Marcus. Är allt som det ska?"

"Allt är bra", kom hans röst, varm och lite tveksam. "Jag har tänkt på hur hårt du har jobbat med förbifartssituationen, utöver allt annat på Ridgewater."

Sarah lutade sig tillbaka i stolen och märkte hur ett litet leende bildades. "Det har varit en hektisk vecka", medgav hon.

"Vilket är precis anledningen till att jag ringer", fortsatte Marcus. "Jag undrade om du kanske skulle vilja ta en kort paus och äta middag med mig ikväll. Restaurangen på Ridgemont Country Club ska vara utmärkt, och jag tänkte att du kanske skulle uppskatta att komma bort från skrivbordet några timmar."

Inbjudan kom oväntat. De hade tillbringat en hel del tid tillsammans den senaste veckan med att dokumentera Ridgewaters specialiserade anläggningar och utforma expertutlåtanden, men alltid i ett strikt professionellt sammanhang. Middag på golfklubben antydde något ... annorlunda.

"Det är väldigt omtänksamt", svarade hon försiktigt, "men Duchess visar tecken på att hon kan föla snart. Jag borde verkligen inte lämna gården ikväll."

"Självklart, jag förstår fullständigt", svarade Marcus, även om hon uppfattade en ton av besvikelse i hans röst. "Kanske en annan ..."

"Hörde jag någon nämna middag?" avbröt Kate när hon dök upp i dörröppningen med intresserat höjda ögonbryn. Emma och Pip materialiserades bakom henne med kuslig timing, som om de hade kallats dit av något systerligt sjätte sinne.

Sarah täckte telefonens mikrofon med handen. "Det är inget. Marcus föreslog bara middag, men jag måste stanna hos Duchess."

Pips ansikte lystes upp av förtjusning. "Middag? En dejt? Med den snygga veterinären?"

"Han är bara vänlig", väste Sarah, men värmen i kinderna förrådde henne. "Och Duchess behöver övervakas."

"Vi kan övervaka Duchess", sa Emma bestämt. "Mellan oss tre kommer det där stoet att ha mer övervakning än OS-invigningen."

Kate nickade instämmande. "Du har varit besatt av de där förbifartshandlingarna i flera dagar. Några timmar borta gör dig gott."

"Jag är fortfarande kvar", kom Marcus roade röst genom telefonen, och Sarah insåg att hon inte hade lyckats stänga av ljudet på samtalet ordentligt.

Generad satte hon telefonen mot örat igen. "Förlåt det där. Mina systrar skulle precis gå." Hon gav dem en menande blick som de fullständigt ignorerade.

"Säg ja till honom!" viskade Pip teatraliskt, högt nog för att Marcus säkert skulle höra.

Sarah slöt ögonen en kort stund och önskade att golvet skulle svälja henne. "Marcus, skulle du kunna vänta ett ögonblick?"

När han samtyckte tryckte hon på mute-knappen och gav sina systrar en blick som hade fått mången stalldräng att rusa iväg. "Det här är fullständigt olämpligt. Jag har ansvar här."

"Sarah McKenzie", sa Kate med ovanlig bestämdhet, "du har ägnat varje vaken stund de senaste två veckorna åt att antingen oroa dig för förbifarten eller titta till Duchess. Du behöver en paus innan du kollapsar."

"Och vi är fullt kapabla att bevaka ett sto med ett fölningslarm", tillade Emma. "Jag har förlöst dussintals ston utan problem."

"Men Duchess är speciell", protesterade Sarah. "Fölet ..."

"Är värt en förmögenhet, vi vet", avbröt Pip och viftade bort hennes oro. "Och vi kan alla rutinerna. Kontrollera vulvan efter förlängning eller flytningar, hålla utkik efter fläckvis svettning, övervaka rastlöshetsmönster, ringa dig och veterinären vid första tecknet på faktisk fölning."

Sarah tvekade, sliten mellan ansvaret och den onekliga lockelsen av några timmar bort från stressen. Tanken på att sitta mittemot Marcus på en fin restaurang istället för ett dammigt stallkontor var mer frestande än hon ville erkänna.

"Larmet meddelar alla våra telefoner", påpekade Kate förnuftigt. "Om något förändras ringer vi dig omedelbart. Golfklubben är bokstavligen granntomten, du kan vara tillbaka här på fem minuter."

Sarah kände sin beslutsamhet vackla. "Jag skulle behöva byta om ..."

"Ja, det skulle du, men du har åtminstone redan duschat", instämde Pip med alarmerande entusiasm och drog henne redan mot hallen.

Innan Sarah hann formulera ännu en invändning fann hon sig själv framdriven mot sovrummet av tre beslutsamma systrar.

"Jag har inte ens sagt ja än", protesterade hon och sträckte sig efter telefonen som Kate nu höll.

"Ja, det skulle hon gärna", sa Kate in i apparaten med ett irriterande lugn. "Hon är klar om en halvtimme. Vi ses då." Hon avslutade samtalet och räckte tillbaka telefonen till Sarah med ett belåtet leende.

"Jag kan inte fatta att du just gjorde det där", fräste Sarah.

”Se det som en intervention”, svarade Emma, redan i färd med att rota igenom Sarahs garderob. ”När gick du senast ut på en fin middag som inte var jobbrelaterad?”

Svaret – nästan två år sedan, före olyckan – hängde outtalat i luften.

”Här”, förkunnade Pip triumferande och drog fram en enkel smaragdgrön klänning som Sarah nästan hade glömt att hon ägde. ”Den här framhäver dina ögon.”

Trots sin irritation fann sig Sarah ge efter för sina systrars inte så milda påtryckningar. En halvtimme senare stod hon framför spegeln och kände knappt igen sig själv. Klänningen passade perfekt, föll strax nedanför knäna, och färgen kompletterade verkligen hennes ögon och gav värme åt hennes hy. Kate hade insisterat på att lägga på lite smink, och Emma hade borstat ut hennes jordgubbsblonda hår så att det föll i lösa vågor runt axlarna.

”Du är jättefin”, sa Pip mjukt, allt retsamt borta ur rösten.

Sarah strök det ovana tyget över höfterna och kände sig märkligt sårbar. ”Det här är bara en professionell middag”, insisterade hon, även om hon inte var helt säker på vem hon försökte övertyga.

”Självklart är det det”, instämde Kate med en vetande blick som antydde raka motsatsen.

”Och om vattnet går på Duchess ...” började Sarah för tredje gången.

”Ringer vi dig och Marcus omedelbart”, körade alla tre systrarna i samstämmighet.

”Vi vet, Sarah”, sa Emma milt. ”Vi har koll på läget. Gå nu och ha trevligt för en gångs skull.”

Ljudet av däck mot grus förkunnade Marcus ankomst. Sarah drog ett djupt andetag, plötsligt nervös på ett sätt som inte hade något att göra med att lämna Duchess i sina systrars vård.

När hon öppnade ytterdörren stod Marcus på verandan och såg mycket mer elegant ut än hon var van vid att se honom. Han hade bytt sin klinikuniform mot kolgrå byxor och en krispig blå skjorta som framhävde bredden på hans axlar. Håret, som vanligtvis var rufsigt efter att han kört händerna genom det under ingrepp, var prydligt kammat.

Ett ögonblick tittade de bara på varandra, ömsesidig uppskattning tydlig i deras tystnad.

"Du ser ..." började Marcus och verkade sedan leta efter de rätta orden. "Helt underbar ut."

"Tack", svarade Sarah och kände sig ovanligt självmedveten. "Du är inte så illa själv."

Bakom sig hörde hon ett dåligt undertryckt fniss som bara kunde tillhöra Pip. Hon motstod lusten att vända sig om och blänga, och klev istället ut och stängde dörren bestämt bakom sig.

Kvällsluften omslöt dem, fortfarande varm trots den nedgående solen. Cikador surrade i en oändlig symfoni från de omgivande eukalypterna, deras kör bröts av enstaka rop från en kookaburra som slog sig till ro för natten. När de gick till Marcus pickup kände Sarah doften av jasmin från klätterväxten som klättrade uppför verandastolparna.

"Dina systrar verkar väldigt beslutna att få ut dig ur huset", konstaterade Marcus med en antydan till munterhet när han öppnade passagerardörren åt henne.

"De kan vara ganska påstridiga när de väl bestämt sig för något", medgav Sarah och satte sig i sätet. "Jag hoppas du inte misstycker att de lade sig i."

Marcus log när han klev in bredvid henne. "Inte alls. Även om jag var beredd att acceptera ditt avslag med värdighet."

När de körde nedför den långa uppfarten såg Sarah Ridgewater försvinna i sidospegeln, de välbekanta ladorna och hagarna badade i gyllene kvällsljus. Hon kunde inte minnas när hon senast hade lämnat gården för något annat än nödvändigheter, och insikten var både befriande och en aning desorienterande.

Kanske hade hennes systrar rätt. Några timmar borta kunde vara precis vad hon behövde.

Marcus följde hovmästaren genom Ridgemont Country Clubs matsal, akut medveten om Sarah som gick bredvid honom. Restaurangen var mer imponerande än han hade förväntat sig, med högt i tak och glasväggar som visade upp golfbanan där den sträckte sig ut i skymningen. Vitdukade bord stod utspridda i rummet, vart och ett upplyst av diskret belysning som skapade intima öar i det stora rummet. När de nådde ett fönsterbord med perfekt utsikt över den artonde greenen drog Marcus ut Sarahs stol och kände en doft av blommig parfym när hon satte sig.

”Det här är underbart”, kommenterade Sarah och såg sig omkring med äkta uppskattning. ”Jag har inte varit här sedan de byggde det nya klubbhuset – åh, för tre år sedan nu.”

Marcus slog sig ner i sin egen stol, nöjd med hennes reaktion. ”Jag frågade runt efter rekommendationer, och alla nämnde det här stället.” Han hade velat ha en speciell plats, en plats som skulle ge en ordentlig andhämtning från den stress hon hade varit under.

Små ljusslingor blinkade ovanför, uppspända över taket i ett elegant mönster som härmade stjärnor. Luftkonditioneringen gav en välkommen lättnad från Queenslands ihållande kvällsvärme, och lockande dofter spreds från närliggande bord och påminde Marcus om att han inte hade ätit sedan en hastig smörgås till lunch.

”Skaldjuren ska vara utmärkta”, erbjöd han och öppnade menyn. ”Även om jag fått veta från säker källa att deras biffar är värda resan från Brisbane.”

Deras servitör dök upp med en vinlista, och efter en kort konsultation valde de en lokal Shiraz. När servitören avlägsnade sig kom Marcus på sig själv med att studera Sarah i det milda ljuset. Den smaragdgröna klänningen förvandlade henne från den praktiska gårdschefen han lärt känna till någon mjukare, men inte mindre formidabel. Håret fångade ljuset när hon rörde sig, de jordgubbsblonda vågorna ramade in hennes ansikte på ett sätt som gjorde det svårt att inte stirra.

”Så”, sa hon och bröt in i hans tankar, ”jag har funderat på vårt tillvägagångssätt gentemot transportdepartementet. Vi bör betona kulturarvsaspekterna vid sidan av dokumentationen om de specialiserade anläggningarna.”

Marcus nickade, tacksam för det bekanta professionella territoriet. ”Jag håller med. Jag har utarbetat en preliminär bedömning av avelsanläggningarna som lyfter fram deras unika design.”

Deras samtal flöt lätt, och rörde sig från strategier för förbifarten till potentiella fastighetsförbättringar som kunde stärka deras sak. Marcus fann sig njuta av hennes analytiska sinne, sättet hon betraktade problem från flera vinklar innan hon erbjöd lösningar.

”Vi bör också dokumentera hagarnas bevattningssystem”, föreslog Sarah när deras vin anlände. ”De har utvecklats under årtionden för att skapa optimala betesförhållanden. Man kan inte bara återskapa det med ersättningspengar.”

”Särskilt med tanke på variationerna i jordmånens sammansättning över egendomen”, instämde Marcus och tog en klunk av den fylliga Shirazen. ”Jag lade märke till minst tre distinkta typer när jag undersökte terrängbanans område.”

Sarahs ögon lyste av uppskattning vid hans observation. "Exakt! Pappa tillbringade åratal med att förbättra olika sektioner för olika ändamål. Galoppbanan behöver ett helt annat underlag än avelsstohagarna."

När deras förrätter anlände skiftade samtalet något och blev mindre om strategi och mer om delade erfarenheter. Marcus kom på sig själv med att berätta om en katastrofal första vecka inom lantlig praktik som fick Sarah att skratta med äkta munterhet.

"Det kunde inte ha varit värre än natten med det där åskvädret", sa hon med glittrande ögon. "Kommer du ihåg hur du såg ut när haglet började? Jag trodde du skulle rusa mot pickupen."

"Jag?" protesterade Marcus med låtsad indignation. "Det var du som hoppade en halvmeter i luften vid varje blixtnedslag."

"Jag hoppade inte", kontrade Sarah, även om leendet underminerade hennes förnekelse. "Jag blev bara ... uppskrämd."

"Om det där var 'uppskrämd' vill jag inte se 'skräckslagen'", retades han och njöt av den lekfulla rodnad som färgade hennes kinder.

Deras skratt blandades och skapade en liten bubbla av samhörighet som kändes förvånansvärt rätt. Marcus kunde inte minnas när han senast hade känt sig så avslappnad med någon, särskilt någon han känt så kort tid. Det var något med Sarah McKenzie som kringgick hans vanliga försiktiga återhållsamhet och lockade fram en version av honom själv som han nästan glömt existerade.

När de började med huvudrätterna lade Marcus märke till ett medelålders par vid ett närliggande bord som sneglade i deras riktning. Något med dem kändes vagt bekant, och efter ett ögonblick föll polletten ner. Paret Henderson, ägare till flera tävlingshästar som regelbundet besökte kliniken för rutinvård.

”God kväll, doktor Webb”, ropade Mr Henderson när han och hans fru närmade sig deras bord. ”Tänkte väl att det var ni. Trevligt att se er utanför kliniken.”

Marcus reste sig artigt och sträckte fram handen. ”Mr Henderson, Mrs Henderson. Hur läker Copperfields sena?”

”Det går fint”, svarade Mrs Henderson, medan blicken nyfiket flyttades till Sarah. ”Sarah McKenzie, eller hur? Vi träffades på Warwick Show förra året. Din syster Kate tävlade.”

Sarah log professionellt. ”Ja, självklart. Trevligt att se er igen.”

”Vi är förvånade att se dig borta från Ridgewater”, kommenterade Mr Henderson. ”Särskilt med det där värdefulla stoet som snart ska föla.”

”Mina systrar övervakar henne”, förklarade Sarah. ”Modern teknik gör det möjligt att äta en snabb middag ute.”

Mrs Henderson nickade och vände sig sedan tillbaka till Marcus. ”Vi anlitar alltid doktor Burnett för våra hästar. Hon har tagit hand om Copperfield från början.” Kommentaren verkade oskyldig nog, men Marcus uppfattade den subtila jämförelsen.

”Caroline är utmärkt”, instämde han vänligt. ”Det är en ära att få arbeta för henne.”

”Hur länge har ni praktiserat, doktor Webb?” frågade Mr Henderson, tonen ledig men blicken värderande. ”Vi är ganska kräsna med våra hästar, ni förstår. Mästerskapsblodslinjer kräver erfaren vård.”

Marcus kände den välbekanta tyngden av att bli mätt och befunnen otillräcklig, samma känsla som förföljt honom genom hela hans äktenskap och skilsmässa. ”Jag var på Sydneys universitets hästklinik i tio år innan jag kom till Ridgemont”, svarade han jämnt, även om han kände hur axlarna började spännas.

"Sydney?" Mrs Hendersons ögonbryn höjdes. "Det är en ganska stor omställning, att komma till vår lilla stad. Fanns det någon särskild anledning till flytten?"

Den oskyldiga frågan träffade obehagligt nära hans personliga sår. Innan han hann formulera ett svar som inte skulle avslöja för mycket, flikade Sarahs röst in, skarp som en skalpell.

"Doktor Webb headhuntades specifikt för sin expertis inom tävlingshästar", konstaterade hon, med ryggen synligt rakare. "Hans kirurgiska färdigheter är exceptionella, vilket jag bevittnat med egna ögon. Sydneys universitets förlust är i högsta grad vår vinst."

Marcus sneglade förvånat på henne och noterade hennes vitknogade grepp om menyn och den bestämda minen.

"Faktum är", fortsatte hon innan någon av paret Henderson hann svara, "att han nyligen utförde en kryptorkid kastrering på en av våra ponnyer som skulle ha utmanat många erfarna hästkirurger. Hans teknik var oklanderlig."

Paret Henderson utbytte blickar, uppenbart överrumplade av Sarahs häftiga försvar.

"Nåväl", sa Mr Henderson efter en pinsam paus, "det är verkligen lugnande att höra. Vi borde gå tillbaka till vårt bord. Ha en trevlig kväll."

När de drog sig tillbaka kände Marcus hur axlarna sjönk ihop något. Trots Sarahs passionerade förespråkande sköljde den välbekanta känslan av otillräcklighet över honom, känslan av att ständigt bli dömd mot osynliga normer. Det var precis vad han hoppats undkomma genom att lämna Sydney, men här var det igen, och följde efter honom till en liten landsortsstad där han hoppats kunna börja om på nytt.

"Jag är ledsen för det där", sa Sarah tyst när paret Henderson var utom hörhåll. "Det där var fullständigt olämpligt av dem."

"Du har inget att be om ursäkt för", svarade Marcus, även om den avslappnade stämningen från tidigare hade avdunstat som morgondagg. "Deras oro är förståelig. Ny veterinär, värdefulla hästar – jag skulle också vara försiktig."

Sarahs uttryck mörknade. "Det finns försiktighet, och så finns det oförskämdhet. Att ifrågasätta dina meriter över en middag är det senare."

Marcus försökte le, försökte återfånga den lätthet de delat för bara några ögonblick sedan, men fann att han inte riktigt klarade det. Kvällen hade förändrats, ett moln hade dragit för vad som varit perfekt solsken, och han var inte säker på hur han skulle skingra det.

Resten av deras måltid passerade i obekväma ryck och knyck, det avslappnade samförstånd de etablerat tidigare var som bortblåst. Marcus petade på biffen på tallriken, aptiten dämpad av den kvardröjande pinsamheten. Sarah verkade lika påverkad, hennes tidigare livlighet ersatt av en försiktig artighet som kändes värre än öppen spänning. Han sökte efter ett sätt att återfånga deras tidigare kontakt, men varje försök till konversation tycktes slå i en vägg av ansträngd hövlighet.

"Biffen är utmärkt", erbjöd han lamt efter en särskilt lång tystnad.

"Ja, den är mycket god", svarade Sarah, trots att hon knappt rört sin sedan paret Hendersons avfärd. Hon tog en liten klunk vin, blicken fäst någonstans bortom hans axel. "Kocken här utbildade sig i Melbourne, tror jag."

"Är det så?" svarade Marcus och grep efter konversationstråden. "Jag tillbringade en sommar i Melbourne under studietiden. Vacker stad."

”Jag har bara varit där en kort stund”, sa Sarah, tonen artig men distanserad. ”Tredagarstävlingar ligger oftast för långt utanför stan för att man ska hinna tillbringa tid i citykärnorna.”

Samtalet dog ut igen. Marcus kom på sig själv med att räkna minuterna och längta efter den avslappnade kontakt de haft tidigare. Han hade velat att den här kvällen skulle vara en andhämtning för Sarah, en paus från stressen kring Ridgewaters osäkra framtid. Istället hade den blivit ännu en källa till spänning.

Deras servitör dök upp med dessertmenyer, men de avböjde båda och utbytte en blick av ömsesidig lättnad när han erbjöd sig att ta in notan istället. Medan de väntade gjorde Marcus ett sista konversationsutspel om ett nytt behandlingsprotokoll för senskador, men inte ens detta trygga professionella territorium kunde skingra den pinsamhet som lagt sig mellan dem.

När notan kom sträckte sig Marcus omedelbart efter den och viftade bort Sarahs försök att bidra. ”Snälla, jag bjöd in dig. Det är mitt nöje.”

”Tack”, sa hon formellt, som om de avslutade en affärslunch snarare än vad han hoppats skulle kunna bli början på något mer personligt.

Gången genom restaurangen till utgången kändes oändlig. Utanför hade nattluften svalnat något, även om januaris luftfuktighet fortfarande hängde tungt omkring dem. Parkeringen var upplyst av smakfulla lyktor som kastade ett mjukt ljus över de dyra fordonen.

”Det var snällt av dig att föreslå middag”, sa Sarah när de nådde hans pickup, tonen noggrant neutral. ”Ett trevligt miljöombyte.”

”Jag är glad att du kunde komma”, svarade Marcus, lika formellt. ”Jag hoppas dina systrar inte blivit överväldigade av att övervaka Duchess.”

Sarah kollade telefonen, som förblivit tyst under hela middagen. ”Inga larm, så det verkar som att allt är väl.”

De stod tafatt ett ögonblick, ingen av dem mötte riktigt den andres blick. Marcus tänkte på att sträcka sig efter hennes hand, eller föreslå att de skulle försöka igen en annan kväll, men något i hennes samlade uttryck fick honom att tveka.

"Ska vi?" sa han istället och gestikulerade mot passagerardörren.

Den korta körningen tillbaka till Ridgewater var i stort sett tyst. Marcus försökte en gång återuppliva deras tidigare samtal om förbifartsstrategin, men Sarahs svar var artiga och korta, utan den entusiasm och insikt hon visat tidigare. Han kom på sig själv med att fokusera intensivt på vägen, tacksam för ursäkten att slippa fler försök till konversation.

När de anlände till Ridgewater lyste lamporna från det stora huset varmt mot natthimlen. Även i mörkret hade egendomen en soliditet, en känsla av beständighet som Marcus kom på sig själv med att avundas. Detta var en plats med rötter, med historia och mening. Allt han lämnat bakom sig i Sydney och ännu inte funnit i sitt nya liv.

"Tack för middagen", sa Sarah när han stannade vid huset. "Och för din fortsatta hjälp med förbifartssituationen."

"Självklart", svarade Marcus och försökte att inte rycka till åt den professionella inramningen av hennes tacksamhet. "Vi fortsätter med dokumentationen nästa vecka?"

"Ja, det blir bra." Hon öppnade dörren och pausade sedan. "Godnatt, Marcus."

"Godnatt, Sarah."

Han såg henne gå uppför gången till verandan, den smaragdgröna klänningen fångade verandalampan när hon rörde sig. Hon såg sig inte om innan hon försvann in, och Marcus satt kvar ett ögonblick och kände en oförklarlig känsla av förlust för något som knappt hade börjat.

Körningen till hans eget boende tog mindre än femton minuter, men kändes mycket längre. Strålkastarna svepte över välbekanta landmärken som fortfarande inte riktigt kändes som hemma: det lilla köpcentret, grundskolan, puben som fungerade som stadens sociala medelpunkt. När han svängde in på den tysta bostadsgatan där han nu bodde kunde kontrasten mot Ridgewaters imponerande infart inte ha varit skarpare.

Han parkerade bredvid det prydliga tegelhuset som tillhörde paret Patterson, ett äldre par som byggt om sin gäststuga på bakgården till en hyresbostad. En rörelsesensorlampa tändes när han gick nedför den smala sidogången som ledde till hans tillfälliga hem.

Stugan var precis som han lämnat den: ren, funktionell och helt utan personlighet. Ett pentry längs ena väggen i det lilla vardagsrummet, ett litet badrum och ett sovrum knappt stort nog för dubbelsängen det rymde. Han hade tagit med sig lite från Sydney och intalat sig själv att det var praktiskt för ett korttidsarrangemang, men sanningen var att han velat lämna så många påminnelser om sitt tidigare liv som möjligt bakom sig.

Nu kändes den spartanska omgivningen mindre som en nystart och mer som ett limbo. Några kursböcker låg på det lilla skrivbordet, den bärbara datorn stängd bredvid dem. Pentrybänken rymde en enda mugg, en tallrik och en presskanna, hans enda eftergift åt bekvämlighet. Inga fotografier, ingen konst på väggarna, ingenting som antydde beständighet.

Det kunde inte ha varit mer annorlunda än det stora huset på Ridgewater, med dess generationer av fotografier, välslitna möbler och den omisskännliga känslan av att vara genuint bebott. Hans stuga var en plats att sova på, inte ett hem.

Marcus gick fram och tillbaka i det begränsade utrymmet, tre steg åt ena hållet, fyra åt det andra, och kände en rastlös energi pulsera genom sig. Kvällen hade börjat så lovande, bara för att kollapsa i obekväm formalitet. Han hade velat visa Sarah en annan sida av sig själv, någon bortom den försiktiga veterinär hon först mött. Istället hade han blivit påmind om exakt varför han lämnat Sydney: den ständiga känslan av att bli dömd och befunnen otillräcklig.

Var denna lantliga praktik verkligen så annorlunda? Paret Hendersons frågor hade burit samma underliggande tvivel som han mött på universitetet. Annan miljö, samma granskning. Kanske hade han varit naiv som trodde att ett platsbyte skulle innebära en förändring i hur andra uppfattade honom.

Han sjönk ner på sängkanten och lossade slipsen med ett frustrerat ryck. Att komma till Ridgemont hade varit ett språng i tro, en chans att återuppbygga sitt professionella rykte på sina egna villkor. Men stunder som denna kväll fick honom att ifrågasätta om han gjort rätt val. I Sydney hade han åtminstone förstått spelreglerna. Här letade han fortfarande efter fotfästet.

Och så var det Sarah. Deras kontakt hade känts äkta, oväntad men välkommen. Sättet hon försvarat honom inför paret Henderson hade varit både överraskande och rörande. Ändå hade hon efteråt dragit sig tillbaka bakom en mur av artighet som han inte lyckats tränga igenom.

Marcus reste sig och gick till det lilla fönstret som vette mot paret Pattersons trädgård. Natten var klar, stjärnorna synliga på ett sätt de aldrig varit i Sydney. Någonstans där ute fanns Ridgewater, med sina imponerande anläggningar och generationer av historia – och Sarah McKenzie, som kort låtit honom skymta en sårbarhet under sin kompetenta yta, bara för att dra tillbaka den igen.

Han undrade vad hon tänkte nu, om hon ångrade att hon tackat ja till hans middagsinbjudan, om den pinsamma stämningen mellan dem kunde repareras. Eller om han kanske inbillat sig kontakten mellan dem från första början.

Kapitel sju

SARAH DROG PÅ SIG stövlarna och gick raka vägen till ladan så fort Marcus lastbil försvunnit nedför uppfarten, och ignorerade nästan sina systrars nyfikna blickar genom myggnätsdörren då hon inte ens gick in i köket. Hon behövde se till Duchess, för att jorda sig i den välbekanta rutinen att kontrollera det värdefulla stoet efter den oroliga kvällen. Nattluften kändes klibbig mot huden efter den luftkonditionerade restaurangen, och dofterna av hö och hästar ersatte den kvardröjande aromen av dyr mat och vin. Redan kände hon hur axlarna slappnade av när hon gick in i den tysta ladan, där de rytmiska ljuden av hästar som rörde sig i sina spiltor var en välkommen motvikt till den spända tystnad som hade dominerat bilresan hem.

Duchess gnäggade mjukt när Sarah närmade sig hennes spilta, och det fuxfärgade stoets öron spetsades i igenkänning. Sarah kontrollerade sin telefon och bekräftade att fölvaktsappen fortfarande fungerade som den skulle, och gick sedan in i spiltan för att undersöka stoet direkt.

"Hej, vackra flicka", mumlade hon och lät händerna löpa längs Duchess sidor, och kände fölet röra sig under hennes handflata. "Du låter oss fortfarande vänta, ser jag."

Stoets tillstånd verkade oförändrat. Rastlös men inte i aktivt värkarbete. Sarah kontrollerade fölvaktsutrustningens suturer för att säkerställa att de satt kvar som de skulle, och ägnade sedan några extra minuter åt att bara stryka stoets hals och fann tröst i den enkla kontakten.

"Jag tänkte väl att jag skulle hitta dig här", sa Pip bakom henne. "Hur var middagen?"

Sarah vände sig om och fann alla tre sina systrar stående vid spiltans dörr, deras ansiktsuttryck varierade från Pips oförställda nyfikenhet till Kates mer reserverade bedömning och Emmas milda oro.

"Bra", svarade Sarah, och det enda ordet var mer slutgiltigt än hon hade avsett. "Duchess verkar stabil. Inga betydande förändringar sedan jag åkte."

"Vi har kollat till henne varje halvtimme", försäkrade Emma henne. "Hon har varit tyst men vaksam. Min gissning är att hon väntar en eller två dagar till."

Sarah nickade, tacksam över att samtalet övergick till yrkesmässiga frågor. "Larmet fungerar i alla fall som det ska. Bättre att ta det säkra före det osäkra."

"På tal om försiktighet", sa Kate eftertänksamt, "du är tillbaka tidigare än vi väntat."

"Det var inte särskilt mycket folk på restaurangen", svarade Sarah undvikande och smet förbi dem ut ur spiltan. "Jag måste byta om. Den här klänningen är inte praktisk för att kontrollera ladan."

Hon flydde in i huset innan de hann pressa henne ytterligare, tacksam för den tillfälliga respiten från deras nyfikenhet. I sitt rum tog hon snabbt av sig den smaragdgröna klänningen och hängde upp den omsorgsfullt innan hon drog på sig bekväma shorts och en lös t-shirt. Ansiktet som stirrade tillbaka på henne från spegeln verkade vagt obekant; håret var fortfarande stylat, en aning mascara framhävde ögon som såg oroliga ut till och med för hennes egen bedömning.

Medveten om att hennes systrar förr eller senare skulle tränga in henne i ett hörn för att få detaljer om kvällen, valde Sarah en strategisk reträtt till den breda verandan som löpte runt husets västra sida. Hon hällde upp ett generöst glas vin från en flaska i köket, smög sedan ut och slog sig ner i en av de djupa korgstolarna som hade stått på samma plats så länge hon kunde minnas. En myggspiral rök på bordet, en fläkt snurrade långsamt ovanför för att röra om den tjocka, varma luften.

Natten hade lagt sig helt nu och de avlägsna hagarna var osynliga bortom ljuskäglan från huset. Syrénsång hördes i rytmiska vågor, ibland avbrutet av det distinkta ropet från en spökuggla från de närliggande eukalyptusträden. Vanligtvis lugnade dessa nattljud henne, men ikväll utgjorde de bara en bakgrund till hennes malande tankar.

Kvällen hade börjat så lovande. Marcus hade sett genuint glad ut att se henne, hans uppenbara uppskattning av hennes uppklädda utseende värmde något inom henne som hade varit kallt alltför länge. Deras konversation hade flutit lätt till en början, där yrkesmässiga ämnen gav vika för mer personliga utbyten. Hon hade kommit på sig själv med att skratta för första gången på månader.

Sedan hade paret Henderson kommit fram, och allt hade förändrats. Deras artiga förfrågningar om Marcus bakgrund hade burit på tunt förtäckta tvivel, samma skepticism som Sarah själv hade hyst från början. Men att höra det från andra hade utlöst något vildsint och beskyddande inom henne, en reaktion som hade överraskat henne med sin intensitet.

Minnen av Marcus min efteråt fick henne att rycka till. Hon tog en stor klunk vin och önskade att hon kunde spola tillbaka kvällen till före paret Hendersons ankomst.

"Finns det plats för sällskap?" Kate bröt in i hennes tankar.

Sarah tittade upp och fann sin mellansyster stående i dörröppningen med två muggar te i händerna. Trots sin önskan om ensamhet nickade hon och pekade på stolen bredvid.

Kate slog sig ner bredvid henne och ställde en mugg på det lilla bordet mellan dem. "Tänkte att du kanske ville ha det här, men jag ser att du har valt något starkare."

"Det kändes passande", svarade Sarah och höjde sitt vinglas en aning.

De satt i gemytlig tystnad en stund och Kates välbekanta närvaro lättade gradvis på en del av Sarahs spänning. Av alla sina systrar var Kate den som var mest lik henne – reserverad, analytisk, driven – även om Kate kanaliserade dessa drag till tävlingsinriktad perfektion medan Sarah nu riktade dem mot organisation och förvaltning. Nu, i alla fall. Sarah trängde undan minnen för hundrade gången. Den delen av hennes liv var över.

"Så", sa Kate till slut, "hur var dejten med doktor Webb?"

"Det var ingen dejt", fräste Sarah, och orden kom ut skarpare än hon hade tänkt. "Det var en yrkesmiddag för att diskutera strategier för förbifarten."

Kates ögonbryn höjdes en aning vid hennes tonfall, och Sarah kände genast en rodnad av skam. Hennes syster förtjänade inte att få ta smällen för hennes förvirrade känslor.

"Jag är ledsen", sa hon och suckade. "Det där var opåkallat."

"Det var det", instämde Kate milt och smuttade på sitt te. "Vilket säger mig att kvällen inte gick som planerat."

Sarah snurrade vinet i sitt glas och såg den rubinröda vätskan fånga det svaga ljuset som silades in på verandan genom köksdörren. "Den började bra", erkände hon. "För bra, kanske."

"Det vill säga?"

"Det vill säga att jag trivdes i hans sällskap mer än jag borde ha gjort, med tanke på vår yrkesrelation." Sarah tvekade och tillade sedan: "Sedan ... förändrades saker."

Kate väntade tålmodigt medan Sarah berättade om paret Hendersons närmande och deras tunt förtäckta ifrågasättande av Marcus kvalifikationer. När Sarah beskrev sin egen försvarsreaktion, skiftade Kates uttryck till förståelse.

"Ah", sa hon, som om en pusselbit hade fallit på plats. "Du gick in i försvarsläge."

"Det gjorde jag nog", erkände Sarah. "Men varför? Marcus är fullt kapabel att ta hand om sig själv. Han behöver inte mig för att försvara hans yrkesrykte."

Kate funderade på detta, med ett eftertänksamt uttryck. "Kanske handlade det inte bara om hans rykte. Kanske handlade det om ditt omdöme i att anförtro honom Duchess, Legend, och hela Ridgewaters värdefulla avelsmaterial."

Observationen träffade närmare sanningen än vad Sarah var bekväm med att medge. Hon hade snabbt kommit att respektera Marcus färdigheter, att lita på hans expertis med deras mest värdefulla tillgångar. Att höra andra ifrågasätta hans förmågor kändes som en utmaning mot hennes eget omdöme.

"Kanske", medgav hon. "Men min reaktion var oproportionerlig. Och efteråt kändes allt ... konstigt. Spänt. Vi kunde knappt upprätthålla en konversation."

"Eftersom du visade honom att du bryr dig", sa Kate enkelt.

Sarah tittade upp tvärt. ”Vadå?”

”Du bryr dig om honom, som mer än bara vår veterinär”, förtydligade Kate. ”Och det skrämmer dig, för att bry sig innebär sårbarhet. Det innebär risk.”

”Det är löjligt”, protesterade Sarah svagt, även om orden ekade obekvämt. ”Jag har känt honom i knappt två veckor.”

”Ibland är det allt som krävs”, svarade Kate med ovanlig mildhet. ”Alla behöver inte år på sig för att känna igen en koppling.”

Sarah tystnade och funderade på sin systers ord. Var det vad som hade hänt? Hade hon känt igen något hos Marcus Webb som talade till hennes eget noga bevakade hjärta, något som fick henne att släppa sin vanliga avmätta återhållsamhet till förmån för ett vildsint försvar?

”Även om det vore sant”, sa hon slutligen, ”så har jag komplicerat en yrkesrelation som är avgörande för Ridgewater. Det var dumt.”

Kate ryckte på axlarna. ”Eller mänskligt.”

De satt tysta en stund och nattens ljud fyllde utrymmet mellan dem. Sarah tänkte på Marcus min när hon hade försvarat honom, blandningen av överraskning och något djupare, något som hade fått hennes hjärta att slå snabbare trots hennes bästa ansträngningar till yrkesmässig distans.

”Jag vet inte hur jag ska fixa det”, erkände hon tyst.

Det blev en lång paus, och sedan frågade Kate: ”Vill du det?”

Frågan var enkel men djupgående. Ville hon reparera den konstiga stämningen som hade uppstått mellan dem? Återgå till en rent yrkesmässig relation? Eller ville hon ha något helt annat, något som skrämde henne mycket mer än hon ville medge?

”Jag vet inte”, svarade Sarah ärligt. ”Allt på Ridgewater är så osäkert just nu med hotet om förbifarten. Det känns själviskt att tänka på personliga känslor.”

Kate sträckte sig fram och klämde hennes hand kort. "Jag vet. Men tänk på det här. Om vi förlorar Ridgewater, vad annat kommer du att ha byggt upp i ditt liv? Vilka band kommer att finnas kvar när egendomen är borta?"

Frågan landade med en obekväm tyngd. Sedan sin olycka hade Sarah lagt all sin energi på att sköta Ridgewater, och använt dess krav för att fylla tomrummet efter sin förlorade tävlingskarriär. Hon hade intalat sig själv att det var hängivenhet, men kanske hade det också varit ett sätt att gömma sig.

"Jag borde nog be honom om ursäkt", sa hon och undvek Kates alltför träffsäkra fråga en aning. "För att jag gjorde stämningen konstig."

"Kanske", instämde Kate och reste sig från sin stol. "Eller så kan du helt enkelt vara ärlig om varför du reagerade så starkt. Det kan vara mer upplysande för er båda."

Med den avskedsvisdomen drog sig Kate tillbaka in, och lämnade Sarah ensam med sina tankar och kören av nattinsekter. Hon smuttade på sitt vin och spelade upp kvällen i sitt sinne, särskilt ögonblicket då hon hade avbrutit paret Hendersons utfrågning. Det omedelbara hoppet till Marcus försvar hade varit instinktivt, oplanerat – och avslöjande, om Kates bedömning var korrekt.

När hade doktor Marcus Webb blivit mer än bara deras vikarierande veterinär? När hade hans goda omdöme börjat betyda så mycket personligen? Var det under stormen, när de hade delat förtroenden i sadelkammaren? Eller när hon såg honom arbeta så försiktigt med deras hästar, med sina milda och säkra händer? Eller var det kanske helt enkelt sättet han såg på henne, som om han verkligen såg *henne*, snarare än bara den kompetenta förvaltaren av Ridgewater.

Oavsett anledningen stod Sarah nu inför den obekväma sanningen att hon hade låtit personliga känslor komplicera det som borde ha förblivit strikt yrkesmässigt. Och genom att göra det, kunde hon ha äventyrat både den yrkesrelation som Ridgewater behövde och den personliga koppling hon inte hade insett att hon ville ha.

Det gälla elektroniska larmet skar genom Sarahs drömlösa sömn och drog henne abrupt till medvetande. Hennes hand famlade i mörkret och fann hennes telefon på nattduksbordet medan hennes sinne kämpade för att identifiera den specifika signalen. Inte ett brandlarm, inte hennes vanliga morgonväckning, utan den distinkta, enträgna tonen hon hade programmerat för Duchess fölbevakare. Hennes hjärta gjorde ett skutt när hon satte sig käpprakt upp, plötsligt helt vaken, och kisade mot den ljusa skärmen som bekräftade vad hon redan visste: Duchess var i värkarbete.

”Äntligen”, mumlade hon och svängde benen över sängkanten. Den digitala klockan lyste 02:17. Självklart skulle stoet välja mitt i natten ... och Sarah hade bara fått en timmes sömn, efter att ha legat vaken alldeles för länge och tänkt på den katastrofala dejten med Marcus.

Sarah brydde sig inte om att tända lampan, utan klädde på sig med muskelminnet i mörkret. Jeans drogs på över hennes sovshorts, en gammal t-shirt greps från stolen, stövlar vid dörren. Hennes fingrar satte automatiskt upp håret i en slarvig hästsvans medan hon kontrollerade fölappen. Duchess vitalparametrar visade förhöjda stressnivåer, hennes rörelsemönster indikerade aktivt värkarbete snarare än bara preliminär rastlöshet.

Sommarnatten omslöt henne när hon klev ut, varm och tjock av fuktighet. Syrénsång utgjorde ett obevekligt soundtrack när hon joggade mot ladan, hennes ficklampsstråle studsande över den välbekanta stigen. Stjärnor punkterade det sammetsmörka himlavalvet och erbjöd precis tillräckligt med ljus för att avteckna ladans silhuett mot natthimlen.

Sarahs tempo ökade när hon hörde Duchess plågade gnäggande från halva gårdsplanen. Inte de typiska ljuden av en rutinmässig fölning.

"Lugn, tjejen", ropade hon, tände lamporna i ladan och skyndade till Duchess spilta. Det fuxfärgade stoet var synbart upprört, svett mörknade hennes päls till en djup kopparfärg, sidorna hävde sig av ansträngning. Medan Sarah tittade på, föll Duchess ner på knä, lade sig ner kort, och kämpade sig sedan upp på fötter igen med ett grymtande av obehag. Stoets obehag var påtagligt, hennes ögon var vida och rullade av ångest.

Sarah smög in i spiltan, lät erfarna händer löpa längs Duchess svullna sidor och kontrollerade hennes vulva. Stoet var definitivt i aktivt värkarbete, men något kändes fel. Fölet borde vara på väg ut nu, med tanke på intensiteten i Duchess sammandragningar och det faktum att fölvakten hade larmat, vilket betydde att suturerna hade gått sönder. Sarahs fingrar sonderade försiktigt och kände efter de förväntade framhovarna och mulen. Istället kände hon en enda hov och vad som verkade vara en bog eller ett knä.

Hennes mage knöt sig av oro. Ett felläge på fölet var farligt för både sto och föl, särskilt ett så värdefullt som detta. Hon behövde hjälp, behövde en veterinär. Behövde Marcus.

Tanken på att ringa honom sände ett fladder av obehag genom hennes bröst. Deras middag på golfklubben hade slutat så tafatt, den lätta kopplingen de hade börjat skapa hade krossats av paret Hendersons intrång och den spända tystnad som följde. De hade knappt pratat sedan dess, deras interaktioner begränsade till korta, yrkesmässiga utbyten om dokumentationen för förbifarten. Nu var hon tvungen att ringa honom mitt i natten, för en akut situation som skulle kräva att de arbetade tätt inpå varandra.

Duchess gav ifrån sig ett plågat gnäggande och krafsade frenetiskt i halmbädden. Stoets lidande gjorde Sarahs beslut omedelbart. Personligt obehag var irrelevant när en hästs liv hängde på en skör tråd.

Hon tog fram sin telefon och tryckte på den akutkontakt hon hade programmerat. Telefonen ringde tre gånger innan Marcus svarade, hans röst tjock av sömn.

"Doktor Webb."

"Marcus, det är Sarah McKenzie. Duchess håller på att föla, men det är ett problem. Presentationen är fel, jag kan bara känna ett ben." Hon gjorde sitt bästa för att låta lugn och professionell, trots sin rädsla.

Det blev en kort paus, sedan ljudet av rörelse. "Hur länge har hon haft aktivt värkarbete?" Alla spår av sömn hade försvunnit från hans röst.

"Svårt att säga exakt. Jag kollade henne senast vid tio. Larmet gick för bara några minuter sedan, men hon är redan utmattad och stressad."

"Jag är på väg. Håll henne så lugn som möjligt. Låt henne inte ligga ner under längre perioder om du kan låta bli. Jag är där om tjugo minuter."

"Tack", sa Sarah, men han hade redan lagt på.

Hon stoppade undan telefonen och riktade sin uppmärksamhet tillbaka mot Duchess. "Hjälp är på väg, vackra flicka", mumlade hon och strök stoets svettiga hals. "Håll ut bara."

Sarah rörde sig snabbt och samlade ihop utrustning samtidigt som hon höll ett vaksamt öga på Duchess. Hon rullade fölvagnen närmare och kontrollerade att den innehöll allt de kunde behöva: rena handdukar, jod för navelsträngen, obstetriskt glidmedel, en svanslinda.

Därefter satte hon upp extra belysning och placerade två starka LED-lyktor för att belysa spiltan utan att skapa hårda skuggor. Takfläkten rörde om den varma luften och gav en viss lindring från den klibbiga nattvärmen. Sarah fyllde en hink med rent vatten och tillsatte en mild antiseptisk lösning för att tvätta sig med.

Mellan förberedelserna återvände hon till Duchess och erbjöd milda beröringar och lugnande ord. "Lugn nu. Vi löser det här snart." Stoet verkade finna viss tröst i hennes närvaro och lutade sig lätt mot Sarahs beröring när hon strök hennes hals.

Sarah tittade på sin klocka upprepade gånger och räknade minuterna. Duchess blev alltmer plågad, hennes vackra päls var nu glänsande av svett, hennes andning ansträngd. Stoet cirklade rastlöst och föll ibland ner på knä innan hon kämpade sig upp igen på Sarahs uppmaning.

När strålkastare slutligen svepte över ladans öppna sida och skar genom mörkret utanför, kände Sarah en våg av lättnad så intensiv att den nästan fick knäna att vika sig. Hon hörde däck på grus, sedan en bildörr som slog igen, följt av ljudet av snabba fotsteg.

Marcus dök upp i dörröppningen, klädd i hastigt pådragna jeans och en skrynklig t-shirt. Hans mörka hår stod åt alla håll, men hans ögon var alerta och fokuserade.

"Hur är det med henne?" frågade han och gick direkt till spiltan utan att vänta på svar.

"Alltmer plågad", svarade Sarah och klev undan när han kom in. "Värkarna är starka men inte produktiva."

Marcus nickade och drog på sig undersökningshandskar medan han pratade. "Låt oss ta en titt."

Han närmade sig Duchess med lugna, självsäkra rörelser och mumlade till stoet med en låg, lugnande ton.

"Du hade rätt", sa han efter en stund. "Fölet ligger i felläge. Ena benet är bakåt, vilket gör det omöjligt för bogarna att passera genom födelsekanalen." Han rätade på sig och mötte Sarahs blick direkt. "Vi måste rätta till läget innan hon utmattar sig helt. Jag kommer att behöva din hjälp. Det här är ett jobb för två."

Sarah nickade. Marcus sträckte sig efter sin väska, drog fram axellånga obstetriska handskar och en stor flaska glidmedel.

"Jag behöver att du håller henne stående och lugn medan jag rättar till fölets läge", förklarade han och drog på sig de långa handskarna. "Om hon lägger sig ner får vi arbeta med det, men det är lättare om hon är upprätt."

"Jag förstår", sa Sarah och band upp sitt hår stadigare från ansiktet. Hon gick fram till Duchess huvud och tog tag i grimskaftet. "Jag håller henne stadig."

När de positionerade sig runt det plågade stoet möttes deras blickar kort. I det ögonblicket verkade spänningen från deras misslyckade middag avlägsen och oviktig jämfört med uppgiften framför dem. Ett tyst samförstånd passerade mellan dem, ett gemensamt åtagande som överskred personliga komplikationer.

"Redo?" frågade Marcus.

Sarah nickade och vände sin uppmärksamhet mot att lugna Duchess. Vilken konstig stämning som än dröjde kvar mellan dem fick vänta. Just nu var allt som betydde något att föra detta värdefulla föl säkert till världen.

Ladan blev tyst förutom Duchess ansträngda andning och det enstaka låga mumlet från Marcus medan han arbetade. Sarah höll båda händerna stadigt om stoets grimma och viskade milda försäkringar i hennes ryckande öra medan hon iakttog Marcus ansikte. Hans panna var rynkad i koncentration när han sträckte sig djupt in i födelsekanalen, musklerna i hans arm spändes synligt av ansträngning. En svettdroppe rann ner längs hans tinning trots fläktarna som surrade ovanför, ett bevis på både den fuktiga natten och intensiteten i hans fokus.

"Lugn, duktig tjej", lugnade Sarah när Duchess rörde sig obekvämt. "Du är fantastisk."

"Jag kan känna benet", rapporterade Marcus, hans ansiktsuttryck spänt av koncentration. "Det är helt utsträckt bakåt, vilket är anledningen till att vi har problem. Jag måste böja knät och föra det framåt." Han tryckte djupare, vilket fick Duchess att rycka till och försöka dra sig undan.

"Stilla", mumlade Sarah, bibehöll sitt grepp medan hon strök stoets hals. Hennes handflata blev fuktig av svett, Duchess fuxfärgade päls var mörk av fukt i det starka lyktljuset. Stoets sidor hävde sig med varje ansträngt andetag, hennes ögon rullade så att vitorna syntes av ångest.

"Ge mig förlossningskedjan", bad Marcus och sträckte ut sin fria hand utan att titta upp.

Sarah sträckte sig efter den rena, rostfria kedjan som hängde på fölvagnen och lade den försiktigt i hans handflata. Deras fingrar snuddade vid varandra kort, men ingen av dem uppmärksammade det, helt fokuserade på uppgiften.

En häst i en närliggande spilta gnäggade mjukt, störd av den ovanliga nattliga aktiviteten. Utanför fortsatte syrsorna sin ändlösa sommarkör, omedvetna om dramat som utspelade sig därinne.

Marcus arbetade stadigt, hans ansikte stelt av intensiv koncentration. Sarah kunde känna värmen som strålade från hans kropp när de stod tätt tillsammans i det trånga utrymmet, doften av hans tvål blandades med de välbekanta ladugårdsdofterna av hö, hästsvett och den skarpa doften av antiseptiskt medel.

"Fick den", muttrade han efter vad som verkade vara en evighet. "Jag har lyckats få öglan på kedjan runt kotan."

Sarah gav honom en ren handduk för att torka svetten ur ögonen, och återvände sedan omedelbart med sin uppmärksamhet till Duchess, som blev alltmer rastlös. Stoets kraftfulla muskler darrade under hennes svettdränkta päls, hennes svans piskade i upprördhet.

"Nu kommer den knepiga delen", förklarade Marcus och bytte position. "Jag måste guida benet framåt samtidigt som jag håller fölet stabilt. Det kommer att vara obekvämt för henne."

Sarah nickade och spände sig. "Vi är redo, eller hur, Duchess?" viskade hon till stoet, även om hennes fasta grepp om grimman motsade hennes milda ton.

Det som följde var en intrikat dans av subtila rörelser och försiktigt tryck medan Marcus arbetade för att rätta till fölets läge. Sarah iakttog hans ansikte och läste varje minimal förändring i hans uttryck för tecken på framsteg eller oro.

Duchess stönade, ett djupt, gutturalt ljud som verkade komma från hennes innersta. Hennes ben darrade av ansträngningen att förbli stående.

"Nästan där", uppmuntrade Marcus, och lät fortfarande på något sätt lugn trots svettdropparna som nu rann fritt nerför hans ansikte. "En justering till..."

En skälvning gick genom Duchess, följt av en synlig avslappning i hennes hållning. Marcus uttryck skiftade från intensiv koncentration till försiktig lättnad.

"Jag tror vi är klara", sa han och drog försiktigt tillbaka sin arm, kedjan följde med. "Benet är i position nu. Låt oss se om hennes värkar kan göra resten."

De klev tillbaka en aning och gav Duchess utrymme samtidigt som de förblev tillräckligt nära för att kunna ingripa om det behövdes. Stoet cirklade långsamt och föll sedan plötsligt ner på knä. Sarah rörde sig framåt instinktivt, men Marcus hand på hennes arm stoppade henne.

"Det är okej", sa han tyst. "Det här är normalt nu. Fölet är rätt positionerat."

Duchess lade sig ner helt, rullade över på sidan, och kraftfulla sammandragningar böljade synligt över hennes buk. Marcus knäböjde bakom henne, höll hennes svans ur vägen men ingrep inte ytterligare.

"Hon är redo nu", sa han med tydlig lättnad i sitt uttryck när han tittade upp på Sarah. "Naturen kan ta över härifrån."

Sarah knäböjde mittemot honom, hennes blick fäst på Duchess. Stoets sammandragningar intensifierades, hennes andning kom i korta, skarpa stötar.

Sedan, plötsligt, dök två små hovar upp, inneslutna i genomskinliga vita hinnor. De kom längre ut med varje sammandragning, gradvis följda av en liten mule inbäddad mellan benen.

"Perfekt presentation nu", bekräftade Marcus. "Hon klarar det."

De närmaste minuterna passerade i en suddig virvel av aktivitet. Duchess krystande tappert, hennes kraftfulla kropp arbetade för att pressa ut fölet. Med varje sammandragning kom mer av fölet ut, tills slutligen, med en störtflod av vätska, gled hela kroppen ut i världen.

Fölet låg orörligt ett hjärtstoppande ögonblick, fortfarande inneslutet i fosterhinnan. Både Sarah och Marcus sträckte sig fram samtidigt för att rensa hinnorna från de små näsborrarna, deras händer kolliderade i brådskan. Ingen av dem drog sig undan utan arbetade tillsammans för att se till att fölet kunde ta sitt första andetag.

Som om det svarade på deras enträgna omvårdnad, gav fölet ifrån sig en liten fnysning, sedan en starkare, och dess lilla bröstkorg expanderade med dess första andetag. Ett kollektivt andetag av lättnad fyllde spiltan.

"Hej, lilla vän", viskade Sarah, med tjock hals av känslor när hon hjälpte till att rensa de återstående hinnorna från den blöta, gaksiga kroppen. Hingsfölet var brunt som sin morfar Legend, med en perfekt vit stjärna mellan ögonen och en vit strumpa på sitt högra framben.

Duchess återhämtade sig snabbt från sina ansträngningar, sträckte ut sin långa hals för att nosa och slicka sin nyfödda. Hennes modersinstinkter tog över, stimulerade fölet medan hon rengjorde det. Sarah och Marcus arbetade runt henne, kontrollerade vitala tecken och såg till att navelsträngen hade gått av rent.

"Han är perfekt", mumlade Sarah och såg fölet svara på sin mammas omsorger. "Verkligen Legends barnbarn." Hon kunde se den store hingstens inflytande i fölets eleganta huvud och starka bogar, som redan lovade en exceptionell exteriör.

Marcus nickade och använde rena handdukar för att hjälpa till att torka fölets darrande kropp. "Stark hjärtrytm, bra andning, utmärkta instinkter", bekräftade han. "Värd varenda ansträngning."

De tittade i gemytlig tystnad när fölet gjorde sina första vingliga försök att resa sig. Hans gängliga ben spretade åt konstiga håll och vek sig under honom vid första försöket. Duchess gnäggade uppmuntrande och knuffade honom försiktigt med nosen.

"Det blir aldrig gammalt, eller hur?" sa Marcus mjukt. "Oavsett hur många föl man förlöser, är det där första försöket att stå alltid ett mirakel."

Sarah nickade, plötsligt medveten om hur nära de satt, deras axlar nästan vidrörde varandra när de lutade sig mot spiltväggen. Den tidigare spänningen mellan dem verkade ha lösts upp i den gemensamma upplevelsen av att föra nytt liv till världen.

"Jag var inte säker på att jag skulle klara den här typen av akutsituation under fältförhållanden när jag först kom hit", erkände Marcus. "Efter Sydney, med all utrustning och stödpersonal ... ifrågasatte jag om jag var kapabel till den här typen av solojobb."

Sarah vände sig om för att se på honom och såg en sårbarhet i hans uttryck som hon inte hade lagt märke till förut. "Du räddade dem båda i kväll", sa hon enkelt. "Jag hade inte klarat det utan dig."

Deras blickar möttes över det kämpande fölet, som hade lyckats få frambenen under sig medan bakbenen fortfarande vacklade osäkert. Något förändrades i den gemensamma blicken, ett ömsesidigt igenkännande som överskred deras tafatta middag och efterföljande obehag.

Utanför ljusnade det första svaga gryningsljuset den östra himlen och sände bleka ljusstrimmor genom ladans öppna sidor. Nattens drama höll på att ta slut när en ny dag, och ett nytt liv, började.

Utan att diskutera det satte de sig sida vid sida på en höbal precis utanför spiltan och såg mor och son knyta an i det stärkande ljuset. Deras axlar vidrörde varandra lätt, en liten kontaktpunkt som kändes både naturlig och betydelsefull.

"Vad ska du döpa honom till?" frågade Marcus.

Sarah log och såg fölet äntligen uppnå en stående position, darrande av ansträngning men äntligen upprätt. "Ridgewater Miracle", svarade hon. "För det är vad han är, oavsett vad som händer med förbifarten."

När fölet tog sina första trevande steg mot sin moders mjölk, kände Sarah Marcus hand täcka hennes kort på den grova ytan av höbalen. Beröringen var flyktig men avsiktlig, ett erkännande av något nytt som växte mellan dem, lika nytt och skört som fölet framför dem.

Kapitel åtta

MARCUS KÄNDE DEN STRÄVA ytan på höbalen under handflatan när hans hand vilade ett kort ögonblick över Sarahs. Han drog tillbaka den efter en stund, för att inte vara för framfusig, men den korta kontakten fick det att pirra i huden. Framför dem tog sig det gängliga fölet beslutsamt fram till Duchess sida på ostadiga ben och letade instinktivt efter näring. Stallet var tyst, förutom stoets låga gnäggningar och enstaka stampningar från hovarna i de andra boxarna, som om hela världen höll andan för att bevittna denna nya början.

"Ridgewater Miracle", upprepade Marcus det valda namnet och såg på när fölets sökande mule fann sitt mål. "Det passar honom perfekt."

De första gyllene strålarna från Queenslands soluppgång silade in genom stallets öppna dörrar och målade betonggolvet med varmt ljus. Utanför hade fågelsången börjat ersätta nattens kör av syrsor och cikador och förkunnat den nya dagen. Luften var fortfarande tjock av fuktighet och klibbade mot hans hud trots den tidiga timmen, och den bar med sig en blandning av dofter från hö, hästar och den distinkta metalliska stanken av födsel.

Sarah nickade och släppte inte fölet med blicken. "Efter allt den här lilla krabaten har övervunnit för att komma hit förtjänar han ett namn med betydelse." Hennes röst var mjuk av utmattning, lite raspig efter timmar av att ha lugnat Duchess genom den svåra fölningen.

Marcus kastade en blick på henne från sidan. Sarahs vanliga fattning hade gett vika för något rått och oskyddat, och hennes försvar var tillfälligt sänkt av trötthet och känslor. Slingor av jordgubbsblont hår hade rymt från hennes slarviga hästsvans och ramade in hennes ansikte i en rufsig gloria. Fläckar av halm och fostervätskor märkte hennes kläder, och en strimma av något mörkt löpte över ett av hennes kindben. Hennes händer, som vilade i knät, darrade lätt i efterskalvet av adrenalin och ansträngning.

Trots, eller kanske på grund av, denna oreda slogs Marcus av hur vacker hon såg ut i det milda gryningsljuset. Inte den polerade skönheten från deras middag på golfklubben bara några timmar tidigare, utan något oändligt mycket mer fängslande, mer äkta. Det här var Sarah i sitt rätta element, där hon gjorde det hon var född till att göra, med all förställning bortskalad.

"Jag tror inte vi hade räddat dem båda utan ditt tillvägagångssätt", erkände hon, och hennes ord ryckte honom ur hans drömmerier. "Jag har assisterat vid svåra fölningar förr, men den där tekniken du använde för att ändra läget ..." Hon tystnade och skakade på huvudet i uppenbar beundran.

Marcus kände en värme sprida sig i bröstet över hennes beröm, som var ännu mer värdefullt eftersom det kom från någon vars åsikt han hade kommit att värdera så högt. "Jag lärde mig den tekniken under en rotation inom obstetrik för hästar i Storbritannien", förklarade han. "Men ärligt talat var det din expertis med de här hästarna som gjorde skillnaden. Du visste direkt att något var fel, och du ringde mig i exakt rätt ögonblick."

Sarah log trött. "Lagarbete, alltså."

"Lagarbete", instämde han och såg hur fölet framgångsrikt fick tag om Duchess spene. "Titta på det, perfekt instinkt. Han vet precis vad han ska göra."

"Naturen är märklig på det sättet", mumlade Sarah. "Trots alla våra ingripanden är vissa saker helt enkelt medfödda."

Något i hennes tonfall fick Marcus att vända sig om och se på henne mer uppmärksamt. Hennes blick hade flyttats från fölet till honom, och hennes grågröna ögon sökte hans ansikte med en intensitet som fick pulsen att öka. Luften mellan dem tycktes förtätas, laddad med outtalade tankar.

"Vissa saker är det", instämde han, med en röst som var lägre än han hade avsett.

En hårslinga hade fallit ner över hennes ansikte, och innan han hann tänka efter sträckte Marcus ut handen för att varsamt stoppa den bakom hennes öra. Hans fingrar dröjde kvar mot hennes tinning, och han vågade knappt andas när han kände den mjuka huden under sina valkiga fingertoppar.

Sarah drog sig inte undan. Istället lutade hon sig nästan omärkligt mot hans beröring, och hennes ögon lämnade aldrig hans. Morgonljuset fångade de gröna fläckarna i hennes iris och förvandlade dem till lysande jade bakom hennes praktiska glasögon.

"Marcus", sa hon mjukt, och hans namn var både en fråga och en inbjudan.

Ljudet av fölets ostadiga rörelser tonade bort i bakgrunden när Marcus kände sig dras närmare, lockad av en kraft lika naturlig och oundviklig som soluppgången som spred sig över den östra himlen. Deras ansikten var bara centimeter från varandra, så nära att han kunde känna värmen från hennes andedräkt.

Sedan var hans läppar mot hennes, kontakten var mjuk, frågande. Hennes läppar var mjuka, om än lite nariga efter timmarna av att prata med Duchess genom hennes fölning. Under ett hjärtslag satt hon helt stilla, och han fruktade att han hade missförstått allt, att han hade överskridit en gräns som skulle kosta honom inte bara hans växande känslor för henne utan också deras yrkesmässiga relation.

Men så suckade hon mot hans mun, och hennes hand kom upp för att vila lätt mot hans kind, och den trevande kyssen djupnade till något mer säkert. Hennes läppar skildes åt under hans, en inbjudan att komma närmare, och Marcus svarade med en hunger som förvånade honom med sin intensitet. Ena handen smög sig om hennes nacke, och hans fingrar flätades in i de lösa slingorna i hennes hästsvans, medan den andra förblev stödd mot höbalen för balansens skull.

Världen krympte till kontaktpunkterna mellan dem, och allt annat försvann. Morgonljuset och den fuktiga luften och de låga ljuden från hästarna blev avlägsna och oviktiga jämfört med känslan av Sarahs läppar mot hans. Hennes fingrar krökte sig mot hans stubbiga kind, och den lätta darrningen i dem sände en svarande rysning längs hans ryggrad.

Det var olikt någon första kyss Marcus någonsin hade upplevt, och den bar inte på någon osäkerhet eller tafatthet som hör till nytt territorium. Istället kändes det som ett igenkännande, som att komma hem till en plats han inte hade insett att han hade letat efter. Hennes mun rörde sig mot hans med växande självförtroende, och han matchade hennes rytm och fördjupade kyssen med försiktig passion.

Marcus var vagt medveten om att hans hjärta slog snabbare, om den sträva ytan på höet under hans handflata, om den lätta fukten på Sarahs hud där hans fingrar rörde vid hennes nacke. Men dessa förnimmelser var sekundära till den överväldigande känslan av att det var *rätt* att kyssa henne, som om allt sedan han anlände till Ridgemont, kanske allt sedan han lämnade Sydney, hade lett fram till detta ögonblick.

Det plötsliga ljudet av fotsteg på grusgången utanför stallet krossade den intima bubblan. Sarah drog sig abrupt tillbaka, med ögonen uppspärrade av något mellan förskräckelse och ånger. Marcus drog bort sin hand från hennes nacke och rätade på sig på höbalen, som om det fysiska avståndet mellan dem kunde dölja vad som just hade hänt.

Sarah strök snabbt handen genom sitt rufsiga hår och rättade till sina glasögon med fingrar som fortfarande darrade lätt. Marcus harklade sig och tvingade sitt rusande hjärta att sakta ner medan han med beslutsam professionalism riktade sin uppmärksamhet tillbaka mot fölet. Den snabba övergången från intimitet till anständighet gjorde honom en aning desorienterad, men de närmande fotstegen blev allt högre, och han fick ingen tid att bearbeta det som just hade inträffat mellan dem.

Kate och Emma dök upp i stalldörren, deras silhuetter avtecknade sig mot det allt ljusare morgonljuset. Kate bar på två rykande muggar medan Emma höll i en liten korg som utlovade frukost. Marcus reste sig hastigt, borstade bort hö från sina jeans och försökte få sitt ansikte att se professionellt snarare än förvirrat ut. Den plötsliga omställningen från den intima stunden nyss till ankomsten av Sarahs systrar fick honom att känna sig märkligt exponerad, som om den kvardröjande värmen från Sarahs läppar mot hans på något sätt skulle vara synlig.

"God morgon, ni två", ropade Emma glatt. "Vi tänkte att ni kunde behöva lite näring efter att ha varit uppe hela natten."

Sarah reste sig från höbalen och skapade ett avsiktligt avstånd mellan sig själv och Marcus. "Kaffe?" frågade hon med en röst som var något högre än normalt. "Ni är verkligen räddare i nöden."

Kates blick flackade mellan dem, och ett ögonbryn höjdes nästan omärkligt innan hon räckte en mugg till var och en av dem. "Tänkte väl att ni skulle behöva det. Hur mår vår nyanlända?"

Marcus tog tacksamt emot sitt kaffe och använde muggen som en sköld medan han samlade sig. "Fölet mår anmärkningsvärt bra med tanke på den svåra presentationen", lyckades han säga. Den fylliga doften av kaffe var en välkommen distraktion från den kvardröjande doften av Sarahs hud som fortfarande spökade i hans sinnen.

Båda systrarna gick genast fram till boxen, och deras uppmärksamhet fångades av den nyfödda. Marcus såg hur Kates min skiftade från avslappnat intresse till professionell bedömning, hennes blå ögon smalnade när hon studerade fölets exteriör med en tävlingsryttares vana blick.

"Vackert huvud", kommenterade hon och lutade sig mot boxdörren. "Titta på den profilen, ren Legend. Och de bogarna, Emma, ser du vinkeln?"

Emma nickade entusiastiskt, och hennes mjukare inställning kompletterade Kates tekniska utvärdering. "Han är underbar. De där ögonen är så uttrycksfulla redan, och den där stjärnen är perfekt centrerad." Hon vände sig till Sarah med ett leende. "Värt att vara uppe hela natten för, skulle jag säga."

"Värt varje minut", instämde Sarah och ställde sig bredvid sina systrar. De tre kvinnorna bildade en scen som slog Marcus som typiskt för McKenzie: olika i temperament och stil, men ändå enade i sin djupa kunskap och uppskattning av hästar.

Kate sneglade på Sarah, och hennes läppar ryckte i knappt undertryckt munterhet. "På tal om natten, du ser ut som om du har sovit i en häck, Sare-bear."

"Baklänges, framlänges och sidledes", tillade Emma med ett skratt. "Du har halm i håret, något som inte tål att nämnas på din tröja, och är det där ... ja, det är definitivt fostervätska på dina jeans."

Sarah tittade ner på sig själv och grimaserade. "En yrkesrisk. Det är inte alla av oss som prioriterar att se redo ut för catwalken klockan fem på morgonen, Kate."

Marcus kände en våg av värme vid hennes ovårdade utseende och fann det märkligt förtjusande. Den polerade, kontrollerade kvinnan han först hade mött hade gett vika för någon mer mänsklig, mer tillgänglig och oändligt mycket mer fascinerande.

"Och du, doktor Webb", sa Kate, och vände sin uppmärksamhet mot honom med ett glitter i ögat som fick magen att dra ihop sig av oro. "Du har läppstift på kragen."

Marcus hand for upp till halsen innan han insåg två saker samtidigt: han bar ingen skjorta med krage, och Sarah hade inte haft på sig läppstift. En hetta steg upp i hans ansikte när Emma brast ut i skratt och Kates leende blev triumferande.

"Där fick jag dig", sa Kate självbelåtet. "Inget läppstift, men den där rodnaden talar sitt tydliga språk."

"Kate, sluta terrorisera vår veterinär", skällde Sarah, även om hennes egna kinder hade fått färg. "Han har varit uppe hela natten och räddat vårt mest värdefulla föl. Lite professionell artighet skulle inte skada."

Emma räckte Marcus ett varmt bakverk från sin korg, och hennes min var sympatisk trots munterheten som dansade i hennes ögon. "Bry dig inte om Kate. Hon tror att förhör är en form av gästfrihet."

Marcus tog tacksamt emot bakverket och använde stunden till att återfå sin fattning. "Ingen skada skedd", lyckades han säga och tog en tugga för att sysselsätta munnen innan han kunde säga något komprometterande.

I det ögonblicket valde fölet att försöka sig på en liten trav runt sin mor, och dess gängliga ben vacklade av ansträngningen när det snubblade genom den tjocka bädden, men det visade en förvånansvärd koordination för sina få timmar i livet. Uppvisningen lyckades framgångsrikt avleda allas uppmärksamhet tillbaka till den nyanlände.

"Titta på de rörelserna", sa Kate, och det professionella intresset tog över hennes retsamhet. "Redan vid den här åldern kan man se potentialen. Det där kommer att bli en seriös dressyrstjärna med rätt träning."

"Eller hopphäst", föreslog Emma och sneglade på Sarah. "Med den härstamningen kan han utmärka sig i båda."

"Chiaroscuros avkommor tenderar att vara mångsidiga", erkände Sarah. "Jag tänkte mer på dressyr med honom, med tanke på Kates inriktning, men det är för tidigt att specialisera honom i våra tankar."

Marcus lyssnade med växande uppskattning när systrarna diskuterade fölets potential med den självklara expertis som livslånga hästmänniskor besitter. Deras samtal växlade sömlöst mellan teknisk bedömning och passionerad entusiasm, vilket avslöjade både deras professionella kunskap och personliga engagemang.

"Med Legends blodslinjer på moderssidan ser du på en exceptionell träningsbarhet", förklarade Kate. "Pappa sa alltid att Legends starkaste egenskap inte var hans scope eller hans rörelser, utan hans hjärna. Han förde det vidare till nästan alla sina avkommor."

"Inklusive Duchess", tillade Sarah. "Kommer du ihåg hur snabbt hon utvecklades i sin träning? Kate fick henne att göra byten i vartannat som femåring, när de flesta hästar fortfarande kämpar med grundläggande samling."

"Och Chiaroscuro för in den där Selle Français-flexibiliteten", bidrog Emma. "Titta på de lederna, hur de är byggda. Det kommer att översättas till ett otroligt sväv i hans trav när han är mogen."

Marcus fann sig indragen i deras tekniska diskussion och erbjöd då och då veterinära observationer om fölets utveckling och kondition. Samtalet flöt naturligt över till avelsfilosofi, där Sarah förklarade Ridgewaters noggranna strategi för att bevara sina blodslinjer.

"Vi har varit otroligt selektiva med vilka hingstar vi avlar med Legends döttrar", berättade hon för honom, och hennes professionella passion livade upp hennes drag. "Varje parning övervägs inte bara för fysiska egenskaper, utan också för temperamentkompatibilitet och genetisk mångfald."

"Miracle representerar generationer av noggrann planering", tillade Kate. "Legends mormors mor importerades från Irland vid en tidpunkt då det var nästan oöverkomligt dyrt att föra in kvalitetsblod till Australien. Varje avelsbeslut sedan dess har byggt på den grunden."

Marcus nickade och började på en djupare nivå förstå vad dessa hästar representerade utöver deras betydande penningvärde. "Så han är inte bara ett föl, han är ett arv", konstaterade han. "Den fysiska förkroppsligandet av er familjs vision."

Något i hans ord verkade få genklang hos alla tre systrarna, som utbytte meningsfulla blickar. Sarahs uttryck mjuknade när hon såg tillbaka på honom, ett tyst erkännande av att han hade förstått något grundläggande om Ridgewater.

"Exakt", sa hon tyst. "Det är därför hotet om vägbygget är så förödande. Det handlar inte bara om att förlora egendom eller anläggningar. Det handlar om att förlora den fysiska manifestationen av generationers drömmar."

"Har ni haft någon framgång med vägverket?" frågade Emma.

Sarah skakade på huvudet och rörde sig omedvetet närmare Marcus när samtalet vände sig till Ridgewaters osäkra framtid. "Inte än. Vi samlar fortfarande in dokumentation för vår formella protest. Marcus har varit ovärderlig och tillhandahållit professionella bedömningar av våra specialiserade anläggningar."

"Jag har knappt skrapat på ytan av vad som gör den här platsen speciell", sa Marcus ärligt, medveten om Sarahs närhet; den lätta beröringen av hennes arm mot hans sände en ström av medvetenhet genom honom trots den allvarliga diskussionen. "Men jag är fast besluten att hjälpa till hur jag kan."

Kates blick skärptes, och hon studerade honom med förnyat intresse som gick bortom retsamheter om rodnande kinder. "Är du?" frågade hon, och hennes ton bar en tyngd som antydde att hon frågade om mer än bara hans professionella hjälp.

Marcus mötte hennes utvärderande blick stadigt. "Ja", sa han enkelt. "Det är jag."

Något i hans ton måste ha tillfredsställt henne, för Kate nickade en gång, beslutsamt, innan hon vände sin uppmärksamhet tillbaka till fölet. Det korta utbytet lämnade Marcus med det tydliga intrycket av att ha klarat något outtalat test, även om han inte var helt säker på vilka parametrarna hade varit.

Emma bröt spänningen med en praktisk fråga om fölets första skötselschema, och samtalet återgick till omedelbara veterinära frågor. Ändå förblev Marcus medveten om en subtil förändring i atmosfären, som om hans position inom deras krets på något sätt hade förändrats och blivit mindre den av en utomstående professionell och mer något han inte riktigt kunde definiera, men som kändes oväntat rätt.

Ett skrik vid stalldörren fick Marcus att hoppa till och nästan spilla ut sitt kaffe. En liten blond virvelvind i rosa pyjamasshorts och en hastigt påkastad T-shirt stormade in i stallet, fötterna i omaka gummistövlar, håret ett trassligt bo av sömn. Åttaåriga Jemima tvärstannade framför Duchess box, hennes blå ögon enorma av upphetsning.

”Är det sant? Är det sant? Är fölet här?” krävde hon andlöst och studsade på tårna medan hon försökte kika över boxdörren. ”Mamma, du lovade att väcka mig! Jag kan inte fatta att jag missade det!”

Emma skrattade och slog armen om sin dotters axlar. ”Lugna ner dig, Jem. Det var mitt i natten! Faster Kate och jag missade det också; det var bara faster Sarah och veterinären som var här.”

”Men du sa att jag fick titta!” protesterade Jemima, och hennes underläpp putade ut för ett ögonblick innan nyfikenheten övervann besvikelsen. Hon sträckte på sig och ställde sig på tå för att få en titt på fölet. ”Är det en pojke eller en flicka? Vilken färg har den? Har den några vita tecken? Får jag klappa den? Har ni valt ett namn?”

Marcus fann sig själv leende åt de snabba frågorna, som ställdes utan att hon pausade för att andas. Jemimas entusiasm var smittsam, den rena, ofiltrerade spänningen hos ett barn som hade vuxit upp kring hästar men ännu inte förlorat sin förundran över livets mirakel.

”Oj, en fråga i taget”, sa Sarah och rufsade om sin systerdotters redan kaotiska hår. ”Han är ett hingstföl, han är brun som Legend, han har en perfekt stjärn och en vit strumpa, och ja, du får klappa honom, men varsamt och bara med en av oss där inne med dig, för att se till att hans mamma inte blir upprörd över att någon rör hennes bebis.”

Jemimas ansikte lyste upp av glädje. ”En pojke! Jag hoppades på ett hingstföl. Mamma sa att hingstföl oftast är värda mer pengar, särskilt om de kan användas i avel senare.”

Marcus mötte Emmas blick över barnets huvud, och båda undertryckte leenden åt den sakliga uppräkningen av hästekonomi från en så ung källa. Det var uppenbart att

Jemima sög åt sig allt omkring sig och växte upp i denna värld av professionell hästhantering.

"Vad ska ni kalla honom?" frågade Jemima och gnuggade lydigt händerna med handspriten som Kate hade tagit fram ur sin ficka.

"Ridgewater Miracle", svarade Sarah och öppnade boxdörren för att släppa in sin systerdotter. "Han hade en svår start i livet, och vi var nära att förlora både honom och Duchess. Om inte doktor Webb hade varit här, hade det kunnat sluta väldigt annorlunda."

Jemima vände sig om för att titta på Marcus med ny respekt. "Räddade du dem båda? Som en riktig hjälte?"

Marcus kände en värme stiga uppför halsen vid barnets uppriktiga beundran. "Din faster Sarah och jag arbetade tillsammans", förtydligade han. "Det var ett lagarbete."

Jemima övervägde detta och nickade sedan vist. "Samarbete får drömmen att fungera", reciterade hon, och citerade tydligt något hon hade hört många gånger förut. "Det är vad Mr Jenkins säger på ponnyklubben." Hennes uppmärksamhet återvände omedelbart till fölet, som hade kravlat sig upp igen och betraktade nykomlingen med försiktigt intresse. "Ridgewater Miracle", upprepade hon eftertänksamt. "Det är ett bra namn."

Hon närmade sig fölet med förvånansvärt tålamod, rörde sig långsamt och talade med en mjuk, mild röst som efterliknade de toner Marcus hade hört Emma använda med nervösa hästar. Trots sin tidigare studsande upphetsning förstod Jemima instinktivt hur man beter sig runt ett nyfött föl, och hennes rörelser var långsamma och kontrollerade.

"Hej, Miracle", kuttrade hon och sträckte fram handen för fölet att nosa på. "Jag heter Jemima. När du blir stor ska du bli min tävlingshäst."

Den avslappnade förklaringen, som kom med absolut övertygelse, fick Marcus att blinka förvånat. Innan han kunde formulera ett svar på vad han antog vara barnslig fantasi, fortsatte Jemima med en helt allvarlig ton.

"Vi ska till OS, precis som mormor och morfar gjorde." Hon strök fölets hals med milda fingrar. "Du har den perfekta härstamningen för det. Legends barnbarn och en fransk olympisk mästare som pappa? Du är praktiskt taget designad för prispallen."

Marcus sneglade på de vuxna och förväntade sig överseende leenden åt barnets ambitiösa drömmar. Istället slogs han av de allvarliga blickarna som utbyttes mellan Sarah och Kate, en tyst kommunikation som antydde att de inte fann något särskilt långsökt i Jemimas olympiska ambitioner. Emma såg på sin dotter med en blandning av stolthet och något som kunde ha varit oro, men absolut inte misstro.

Då slog det Marcus, med plötslig klarhet: i den här familjen var en OS-tävling inte en vild fantasi utan en rimlig karriärbana. Jim och Ingrid McKenzie hade tävlat på den nivån, Sarah hade varit på väg dit innan sin olycka, och Kate var laserfokuserad på det målet just nu. För Jemima, uppvuxen i denna miljö av excellens, omgiven av ryttare och hästar i världsklass som hade varit inom räckhåll för internationell ära, var en olympisk framtid helt enkelt den förväntade vägen.

"Tror du att han kommer att vara redo att ridas in när jag är tolv?" frågade Jemima Kate, hennes lilla ansikte plötsligt allvarligt. "Det är om fyra år, så då blir han också fyra. Det var då Legend började sin träning, eller hur?"

Kate nickade, med ett uttryck som var respektfullt snarare än nedlåtande. "Det stämmer, Legend reds in som fyraåring. Men varje häst utvecklas i sin egen takt, Jem. Vi får se hur Miracle mognar. Han kanske behöver ett år till, eller till och med två, och du vet att vi inte kommer att skynda på honom."

"Jag vet", sa Jemima med förvånansvärt tålamod. "Jag planerade bara vårt träningsschema. Jag måste kvalificera mig för juniortävlingar när jag är fjorton om vi ska hålla oss på rätt spår."

Marcus kunde inte låta bli att bli imponerad av barnets kunskap och fokus. Där de flesta åttaåringar kanske drömmer om ponnyer och rosetter, tänkte Jemima redan i termer av kvalscheman och träningsprogressioner. Hon hade ställt sig bredvid fölet med samma utvärderande hållning som han hade sett Kate använda tidigare, och hennes lilla kroppshydda efterliknade den professionella hållningen med kuslig precision.

"Titta på hans ben", sa hon och gestikulerade auktoritativt. "De är så långa redan. Morfar säger att ett föl med långa ben kommer att växa till en häst med bra räckvidd." Hon sneglade på Sarah för bekräftelse. "Det är viktigt för fälttävlan, eller hur?"

"Det är det", instämde Sarah och log varmt mot sin systerdotter. "Du har lyssnat noga på morfars lektioner."

"Alltid", sa Jemima allvarligt. "Han säger att kunskap är lika viktigt som talang om man vill lyckas."

I det ögonblicket försökte fölet sig på ett litet bocksprång, skrämde sig själv med sin egen rörelse innan det pilsnabbt rusade tillbaka till Duchess sida.

"Titta, han försöker redan leka", utbrast Jemima förtjust. "Miracle, du kommer att vara så modig på terrängbanan! Vi kommer att hoppa alla de största hindren, till och med vattenhindren."

Marcus såg på när familjen samlades kring det nya livet, var och en med sina egna förhoppningar och visioner för dess framtid. Kate diskuterade redan potentiella träningsmetoder för när tiden var inne, medan Emma föreslog hanteringstekniker för hans tidiga utveckling. Sarah observerade allt med tyst stolthet och erbjöd då och då sina egna insikter om de avelsegenskaper han skulle kunna föra vidare om han visade sig värdig att fortsätta Legends linje.

Fölet vågade sig bort från sin mor igen och tog vacklande steg runt boxen, och undersökte varje människa med försiktigt intresse. När det nådde Jemima, sträckte det fram sin mule mot hennes lilla hand, och dess näsborrar fladdrade när det tog in hennes doft. Barnet förblev helt stilla och lät fölet ta första kontakten, och hennes tålamod var anmärkningsvärt för hennes ålder.

"Han gillar mig", viskade hon, hänförd, när Miracle nafsade på hennes fingrar. "Vi kommer att bli bästa vänner."

"Jag tror att du har rätt", instämde Emma, med en mjuk min när hon såg på sin dotter. "Ni två knyter redan an till varandra."

Marcus kände sig indragen i cirkeln av familjeband och kände sig inte längre som en utomstående observatör utan på något sätt som en del av detta ögonblick av delat hopp. Fölet, fortfarande fuktigt på sina ställen från födseln, representerade inte bara ett värdefullt tillskott till Ridgewaters avelsprogram utan fortsättningen på ett arv som sträckte sig över generationer, en fysisk länk mellan tidigare prestationer och framtida möjligheter.

När Miracle tog sig tillbaka till Duchess sida, snubblade lätt men återhämtade sig med ökande självförtroende, mötte Marcus Sarahs blick över boxen. Något outtalat passerade mellan dem i den blicken, ett erkännande av en delad möjlighet som sträckte sig bortom fölets lovande framtid. I hennes trötta men strålande ansikte såg han en inbjudan att utforska det som hade börjat mellan dem med den första trevande kyssen, att se vart denna oväntade förbindelse kunde leda.

Morgonsolen strömmade nu fullt in genom stallfönstren och badade dem alla i gyllene ljus. Trots osäkerheten som hängde över Ridgewaters framtid, trots de utmaningar som oundvikligen skulle komma, innehöll detta ögonblick ett löfte som Marcus fann sig ivrig att omfamna. Vad som än hände härnäst visste han med plötslig säkerhet att hans framtid på något sätt var bunden till denna plats, dessa hästar, och framför allt, till den anmärkningsvärda kvinnan som såg på honom från andra sidan boxen, hennes ögon speglade samma hoppfulla igenkänning som han kände i sitt eget hjärta.

"Vi borde låta dem vila", sa han tyst. "Det har varit en lång natt."

"Självklart. Och Sarah, du går och lägger dig också", sa Kate raskt. "Jag övervakar morgonfodringen. Du kan inte ha fått någon sömn alls."

"Inte mycket", sa Sarah med ett trött leende. "Okej ... jag går och ser om jag kan få några timmar. Marcus, klarar du av att köra tillbaka till stan trött?"

För ett vilt ögonblick trodde hans sömndruckna hjärna att hon bjöd in honom att dela hennes säng. Och kanske gjorde hon det, men Jemima hakade genast tag i hans hand och började leda honom mot det stora huset, pladdrande om gästrummet han kunde använda. Ärligt talat var han för trött för att utnyttja något som Sarah eventuellt erbjöd ändå, och det var alldeles för tidigt, efter bara en kyss.

"Jag skulle absolut älska att prova din ananassylt på rostat bröd", sa han som svar på Jemimas fråga. "Jag är utsvulten."

Sarah kom i kapp på hans andra sida, och på något sätt fann han sig själv hållandes hand med två McKenzies, den ljusa, ambitiösa lilla flickan på ena sidan och den kompetenta, hängivna kvinnan han började tro att han kanske höll på att bli kär i på den andra. Och när de gick tillsammans in i den ljusa, heta morgonen, tänkte Marcus att han inte hade känt sig så hoppfull på väldigt, väldigt länge.

Kapitel nio

MARCUS TORKADE SVETTEN UR pannan med underarmen, noga med att inte röra ansiktet med händer som just hade palperat ett fullblods gaffelband. Februarihettan tryckte mot hans hud som en fysisk närvaro och luften var så tjock att man kunde dricka den istället för att andas. Han hade varit i Queensland i över en månad nu, men den obevekliga, utmattande sommarhettan, så annorlunda från Sydneys mer tempererade klimat, skulle ta ett tag att vänja sig vid. Undersökningsspiltan knarrade lätt när den bruna valacken flyttade på vikten.

"Stå still", mumlade han till hästen och lät en hand glida nerför djurets ben för att känna efter värme eller svullnad. Fullblodet, en stilig femårig valack vid namn Firefly, hade bara tävlat sex gånger innan han pensionerades på grund av bristande snabbhet. Nu stod han tålmodigt i spiltan, med en päls som glänste av hälsa trots hans medelmåttiga tävlingsresultat, ett bevis på Emmas rehabiliteringsprogram.

"Duktig pojke", berömde Marcus och kände en våg av tillfredsställelse när han inte hittade några tecken på inflammation eller ansträngning.

"Hur ser han ut?" Sarahs röst kom strax bakom hans vänstra axel, där hon tyst hade observerat undersökningen. Hon stod med ett anteckningsblock i handen, hennes jordgubbsblonda hår uppsatt i sin vanliga praktiska fläta, även om några slingor hade rymt i fuktigheten och krullade sig runt hennes ansikte.

"Helt friskförklarad", bekräftade Marcus, rätade på sig och mötte hennes blick med ett leende som kändes lika naturligt som att andas. "Inga problem med gaffelbanden, utmärkt bentäthet och muskulatur, och hans andningsfrekvens är perfekt. Din syster har gjort ett strålande jobb med hans rehabilitering."

Sarah nickade och gjorde en anteckning. "Emma har en särskild gåva för de trasiga." Hon klev närmare och kikade på hästens ben. "Den potentiella köparen är särskilt orolig för hans vänstra framben. I hans historik står det att han blev lite halt där efter sitt sista lopp, även om Emma inte har märkt av någon hälta."

"Inget jag kan upptäcka med böjproven", sa Marcus och lät handen glida nerför benet i fråga en gång till. "Men jag röntgar gärna om hon vill ha ytterligare bekräftelse."

Sarah log, och uttrycket lyste upp hennes ögon på ett sätt som fick det att dra ihop sig behagligt i hans bröst. "Jag sa till henne att du skulle erbjuda det. Vi får se vad köparen säger."

"Belysningen här inne är mycket bättre", konstaterade Marcus och tittade upp på de nya LED-panelerna som Sarah hade installerat längs taket i behandlingsområdet. "Det gör undersökningen mycket mer exakt."

"Ditt förslag", påminde Sarah honom och lade till något i sina anteckningar. "Fast jag börjar tro att du försöker försätta oss i konkurs med alla dessa förbättringar innan förbifarten hinner göra det."

Tonen var lättsam, men Marcus uppfattade den underliggande spänningen. Förbifartsfrågan var fortfarande olöst; deras formella protest var inskickad men de väntade fortfarande på svar från transportmyndigheten.

"Jag ser bara till att allt dokumenteras ordentligt", svarade han och matchade hennes försök att låta obesvärad. "Varje uppgradering av anläggningen stärker vårt argument om Ridgewaters specialiserade natur."

Sarah nickade, och hennes blick mötte hans med en förståelse som gick bortom ord. De hade tillbringat otaliga timmar tillsammans med att arbeta med dokumentationen kring förbifarten, och deras gemensamma syfte skapade ett band som kändes alltmer livsviktigt för dem båda.

"Ni sitter ihop vid höften nuförtiden, eller hur?" sa Pip glatt och bröt deras ögonblick när hon gick förbi, ledande en raggig shetlandsponny. "Jag börjar tro att Marcus bor här istället för inne i stan."

Sarah rodnade omedelbart om kinderna, och rodnaden spred sig över hennes ansikte på ett sätt som Marcus fann absurt förtjusande. "Vi arbetar", sa hon bestämt, även om hennes korthuggna ton bara fick Pips leende att bli bredare.

"Självklart gör ni det", instämde Pip med överdriven oskuldsfullhet. "Mycket viktigt professionellt arbete som kräver att ni står precis tio centimeter ifrån varandra hela tiden."

Marcus kände att hans eget ansikte blev varmt, men kunde inte låta bli det lilla leendet som ryckte i hans läppar. "Undersökningen kräver noggrann observation", erbjöd han och försökte låta professionell trots den menande blick Pip gav honom.

”Det är jag säker på att den gör”, svarade Pip med en blinkning innan hon fortsatte på sin väg, med shetlandsponnyn travande lydigt bredvid henne.

Innan någon av dem hann återhämta sig från Pips retsamheter gick Kate och Emma förbi med sina egna hästar, ett matchande par fullblod. Kates ögonbryn höjdes menande när hon såg hur nära de stod, medan Emma inte gjorde något försök att dölja sitt gillande leende.

”Ni ser bra ut, ni två”, ropade Emma, med en medvetet tvetydig innebörd. ”Mycket ... professionella.”

Sarah sänkte sitt anteckningsblock något, och hennes axlar spändes. ”Har inte ni alla jobb att sköta?”

”Massor”, instämde Kate smidigt. ”Men inget lika intressant som att se dig låtsas att du inte är helt betuttad i vår veterinär.”

Innan Sarah kunde formulera ett svar, stormade en liten virvelvind av blont hår och energi in i behandlingsområdet, med hästsvansarna fladdrande bakom sig.

”Farbror Marcus! Farbror Marcus!” ropade Jemima och sladdade till stopp bredvid honom. ”Kan du titta på Sparkys hov? Han går konstigt och mamma säger att du ska kolla den innan jag rider honom.”

Titeln ”farbror” hade dykt upp ungefär en vecka efter Miracles födsel, och även om den hade överraskat Marcus första gången, kände han nu en varm känsla av acceptans varje gång Jemima använde den. Den lilla flickan hade själv bestämt att han hörde hemma i familjekategorin, och ingen, allra minst Marcus, hade rättat hennes antagande.

”Självklart kan jag det, Jem”, sa han och rufsade till hennes hår ömt. ”Låt mig bara bli klar med Firefly här, så ska jag ta en ordentlig titt sen.”

”Tack!” Jemima strålade och studsade lätt på tårna med sin karakteristiska energi. ”Jag sa till Sparky att du skulle fixa honom eftersom du är den bästa veterinären någonsin. Ännu bättre än faster Caroline, och hon är briljant.”

Marcus kände en svällande stolthet över barnets förtroende för honom, så olikt den försiktiga bedömning han hade mött när han först anlände till Ridgewater. "Det är sannerligen beröm av högsta rang", sa han, uppriktigt rörd. "Doktor Burnett är en fantastisk veterinär."

"Men du kan speciella saker också", insisterade Jemima. "Som hur du fixade Miracle när han föddes alldeles fel. Och hur du visade mig hur jag skulle kolla Sugars tandkött för att se om hon var uttorkad." Hon drog i hans ärm. "Kommer Sparky att behöva speciell medicin?"

"Låt oss ta en titt först innan vi bestämmer oss", föreslog Marcus och nickade mot Sarah som redan höll på att släppa ut Firefly ur spiltan. Den enkla koordinationen mellan dem krävde inga ord; var och en förutsåg den andres rörelser med en inövad förtrogenhet.

Han följde efter Jemima till där den kraftiga ponnyn stod bunden vid en bom, hans apelkastade päls glänsande i eftermiddagssolen. Marcus hukade sig ner bredvid ponnyns vänstra framben och lyfte hoven med mild auktoritet.

"Nå, unga dam, visa mig vad du har observerat", sa han och använde den undervisande ton han hade anammat med Jemima. Han hade upptäckt att barnet sög åt sig information som en svamp och mindes allt han berättade för henne med anmärkningsvärd noggrannhet.

Jemima knäböjde bredvid honom, med ett allvarligt litet ansikte. "Han lägger inte full vikt på den när han går, och när jag kratsade den ryckte han till när jag rörde den här delen." Hon pekade på hovens inre kant.

"Utmärkt observation", berömde Marcus, genuint imponerad av hennes detaljsinne. Han undersökte området hon hade pekat ut och hittade en liten spricka som lätt kunde ha förbisetts av mindre uppmärksamma ögon.

"Du hade helt rätt som lade märke till det här", sa han till henne och kände den svällande tillfredsställelsen som kom med att undervisa en naturligt begåvad elev. ”Det finns en liten spricka här. Han kanske håller på att utveckla en hovböld.”

Jemima nickade högtidligt. ”Stackars Sparky, det skulle göra jätteont.”

Marcus rengjorde området noggrant, undersökte djupet på sprickan och kontrollerade digitalpulsen. ”Med rätt behandling tror jag att han kommer att bli bra. Säg mig, vad säger dina instinkter att du ska göra?”

Jemima tänkte efter. ”Om vi tätar sprickan, men han håller på att få en böld, skulle det göra saken värre, eller hur?”

”Mycket bra!” berömde Marcus. ”Istället ska jag verka bort lite av hoven och se om det finns någon infektion där inne. Kan du hämta mig en hovkniv och lite jodoformspray?”

Marcus kände Sarahs närvaro innan han såg henne, den nu välbekanta doften av hennes schampo blandad med de jordiga stallukterna. Hon stod i närheten och iakttog hans interaktion med sin systerdotter med ett mjukt uttryck som fick hans hjärta att hoppa över ett slag.

”Det ser ut som att du har skaffat dig en lärling”, kommenterade hon och gestikulerade mot Jemima som redan hämtade den nödvändiga utrustningen.

”Den bästa sorten”, instämde han och mötte Sarahs blick över Jemimas huvud. ”En som är uppmärksam och ställer de rätta frågorna.”

Det som förblev outsagt mellan dem, men ändå förstått, var hur naturligt det här kändes, denna integration i Ridgewaters rytm, i familjen McKenzies liv. Marcus kunde inte längre föreställa sig sina dagar utan dessa stunder, utan Sarahs tysta kompetens och Jemimas sprudlande tillit.

När han började behandla Sparkys hov, glad över att inte hitta någon begynnande böld, insåg Marcus med fullständig klarhet att Carolines tillfälliga vikariat hade blivit något helt annat, något permanent och livsviktigt som han inte var beredd att ge upp, oavsett vad transportmyndigheten beslutade om förbifarten.

Det låga mullrandet kom först, ett djupt mekaniskt morrande som verkade vibrera genom marken under Marcus fötter. Han tittade upp från Sparkys hov, för ett ögonblick förvirrad av ljudet som inte passade in i Ridgewaters vanliga symfoni. Innan han kunde identifiera källan lade han märke till något mycket mer spännande: den omedelbara, elektriska förändringen hos McKenzie-kvinnorna runt omkring honom.

Sarah rätade abrupt på sig och sänkte sitt anteckningsblock till sidan när hon vände huvudet mot uppfarten. Rörelsen var så plötslig, så alert, att Marcus påmindes om ett sto som vädrar något i vinden. På andra sidan gården övergav Emma en till hälften rykttad häst, och lät ryktborsten dingla från sina fingrar när hon klev ut från skötselplatsen. Till och med Kate tystnade mitt i en mening när hon pratade med Nicolas, hennes blonda huvud lätt på sned som för att bättre uppfatta ljudet.

Mest dramatisk var Pips reaktion. Den lilla kvinnan hade justerat ett träns på shetlandsponnyn vid sadelkammardörren. Vid det första mullrandet stelnade hon till och lyfte huvudet skarpt. Ett ögonblick senare hade hon släppt tränset helt och låtit det falla glömt till marken. Innan Marcus hann bearbeta vad som hände, hade Pip helt övergett shetlandsponnyn, som hastigt fångades upp av Nicolas, och sprang över gården, hennes ansikte förvandlat av ren, ohämmad glädje.

”Det är Harry!” skrek hon, och hennes röst bar över gården. ”Harry är här!”

Marcus stod förbryllad och såg ett moln av damm stiga upp bortom ladan, vilket förebådade ankomsten av vilket fordon det nu var som hade orsakat sådan uppståndelse. Han släppte försiktigt Sparkys hov och rätade på sig, nyfikenheten tog överhanden över hans professionella fokus.

"Vem är Harry?" frågade han och tittade på Sarah för en förklaring.

Men Sarah var redan i rörelse, hennes eget ansikte upplyst av oväntad glädje. "Harry Kittredge", sa hon över axeln, som om det skulle förklara allt. "Kom!"

"Harry *Kittredge*?" sa Marcus vantroget. Alla som var involverade i hästnäringen i Australien kände till det namnet, men det kunde väl inte vara ...

Dammolnet blev större, och sedan dök fordonet upp bakom raden av eukalyptusträd som kantade uppfarten. Marcus blinkade, imponerad trots sin förvirring. Den tävlingsgröna lastbilen var enorm, en specialbyggd hästtransport som glänste i eftermiddagssolen. Kromdetaljer fångade ljuset, nästan bländande i sin lyster, och professionella skyltar prydde sidorna: "Kittredge Racing" präglat i elegant gyllene skrift ovanför ett stiliserat hästhuvud. Fordonet talade om seriösa pengar och seriösa hästkrafter, både mekaniska och fyrbenta.

När lastbilen stannade på vändplanen framför stallkomplexet, svängde förardörren upp. En man klev ner med de avsiktliga rörelserna hos någon som inte längre var i sin första ungdom men fortfarande var kraftigt byggd. Han bar prydliga khakibyxor och en blå button-down-skjorta som lyckades se både dyr och praktisk ut på samma gång. En väl använd Akubra-hatt skuggade hans ansikte tills han tittade upp och avslöjade tjocka vita ögonbryn över genomträngande blå ögon i ett ansikte som var väderbitet av årtionden under den hårda australiska solen.

Pip nådde honom precis när hans stövlar träffade marken, och trots hennes huvudstupa rusning verkade han helt förberedd på hennes ankomst. Hans väderbitna ansikte sprack upp i ett brett leende när han öppnade armarna och fångade den lilla kvinnan när hon kastade sig över honom. Kramen lyfte henne helt från fötterna, och hennes armar slogs om hans nacke när han snurrade henne en gång innan han satte ner henne.

"Där är min tjej!" dånade han, rösten djup och grov men varm av äkta tillgivenhet. "Vackrare för varje gång jag ser dig, vilket inte borde vara möjligt!"

Pips skratt var ren förtjusning. "Och du är mer full av struntprat varje gång, vilket definitivt inte borde vara möjligt! Varför ringde du inte och sa att du skulle komma?"

"Och missa att se den där minen i ditt ansikte?" kontrade han och behöll en arm om hennes axlar när han vände sig för att hälsa på de andra som hade samlats runt lastbilen. "Dessutom vet jag aldrig när jag kan slita mig från staden förrän jag redan är på väg."

Marcus såg fascinerat på när Harry hälsade på varje McKenzie-syster i tur och ordning. Med Emma blev det en varm kram och en mild förfrågan om "de där trasiga hästarna du har". Kate fick ett fast handslag som övergick i en halvkram, tillsammans med en detaljerad fråga om hennes senaste dressyrresultat. När han kom till Sarah mjuknade hans sätt något, hans handslag åtföljdes av en forskande blick.

"Hur är det med ögonen, flicka?" frågade han, och hans grova ton lyckades på något sätt få den personliga frågan att låta som enkel omtanke snarare än ett intrång.

"Det går ganska bra", svarade Sarah med en lätthet som förvånade Marcus. Hon diskuterade sällan sin synnedsättning så öppet. "Bättre än väntat, faktiskt."

"Bra, bra", nickade Harry, som om han själv hade varit delaktig i hennes återhämtning. "Och den här stiliga, långe killen bredvid dig? Nytt ansikte sedan mitt senaste besök."

Sarahs hand vilade lätt på Marcus underarm, en ledig beröring som ändå sände en värme som spred sig genom honom. "Det här är doktor Marcus Webb, vår nya veterinär. Han har varit ovärderlig sedan han kom till oss, särskilt med Miracles svåra fölning."

Harrys genomträngande blå ögon fäste sig på Marcus med en intensitet som kändes som att bli skannad av en medicinsk apparat. Blicken var bedömande men inte ovänlig, som om han katalogiserade varje detalj av Marcus utseende och uppträdande i ett enda svep.

"Legends sonson hade svårt att anlända, hade han?" frågade Harry och sträckte fram en valkig hand.

Marcus tog emot handslaget och fann att hans eget grepp matchades perfekt, varken för fast eller för mjukt. "Det var nära ögat ett tag", erkände han. "Fölet låg fel, men vi lyckades rätta till det i tid."

Något i hans svar verkade tillfredsställa Harry, vars uttryck värmdes något. "Bra jobbat, då. Vi har inte råd att förlora den blodslinjen." Han släppte Marcus hand med en nick som kändes märkligt nog som ett godkännande. "Valde Caroline Burnett ut er personligen, gjorde hon?"

"Det gjorde hon", bekräftade Marcus, förvånad över frågan.

Harry grymtade gillande. "Den kvinnan kan sin sak. Har aldrig träffat en veterinär med bättre instinkter för hästar; önskar att hon ville flytta ner till Gosford och komma och jobba för mig. Om hon tycker att ni håller måttet, då duger ni för mig."

Från vem som helst annan kunde det villkorliga godkännandet ha känts nedlåtande, men det fanns något i Harrys sätt, en rättfram äkthet som fick det att framstå som ett uppriktigt beröm istället. Marcus fann att han rätade på sig lite, märkligt nöjd över att ha klarat denna oväntade utvärdering.

Jemima trängde sig igenom folksamlingen, oförmögen att längre hålla tillbaka sin upphetsning. "Farbror Harry! Har du med dig fler hästar till oss? Är det därför du har den stora lastbilen?"

Harrys ansikte förvandlades helt när han hukade sig ner till barnets nivå, hans väderbitna drag mjuknade i genuin förtjusning. "Fröken Jemima, se på dig! Växer som ogräs sedan jag såg dig sist. Och ja minsann, jag har med mig några speciella hästar som behöver McKenzie-magin." Han duttade henne lätt på näsan. "Kom igen, jag måste få av de här stackars djuren från lastbilen. Det har varit en lång resa."

Som om tillkallad av hans ord öppnades passagerardörren på lastbilen, och en ung man i tjugoårsåldern klev ner, nickade respektfullt mot Harry innan han rörde sig mot transportens baksida.

Marcus såg fascinerat på när familjen föll in i vad som helt klart var ett välbekant mönster. Emma ropade på Nicolas och bad honom öppna karantänstallet, medan Kate hämtade ett anteckningsblock från sadelkammaren med vad som såg ut som förberedda intagsblanketter. Sarah gick för att övervaka organisationen, och Pip förblev klistrad vid Harrys sida.

Scenen framför honom avslöjade lager av förbindelser som Marcus inte hade varit medveten om förrän nu. Harrys närvaro hade förvandlat McKenzie-kvinnorna, lockat fram olika sidor hos var och en av dem, och deras interaktioner med honom avslöjade aspekter av deras personligheter som Marcus inte hade uppskattat fullt ut tidigare. Kate visade en värme hon vanligtvis reserverade för sin närmaste familj, medan Emmas vanliga milda uppträdande överlagrades av ett ivrigt professionellt intresse. Sarah verkade mer avslappnad, och en del av hennes noggrant upprätthållna kontroll mjuknade i Harrys närvaro.

Men det var Pips förvandling som var mest slående. Den lilla kvinnan som alltid bar sig med kapabel självständighet lutade sig nu mot Harrys sida med tilliten hos någon som visste in i märgen att de var trygga och värdesatta. Den legendariska tränarens arm vilade över hennes axlar i en gest som talade om djup tillgivenhet.

Det fanns en historia här, djup och betydelsefull, som Marcus ännu inte kunde dechiffrera. Men när han fångade Sarahs blick tvärs över gården och fick hennes varma, inkluderande leende, kände han en våg av tillhörighet, av att bli inbjuden i detta komplexa nät av relationer som utgjorde den utvidgade McKenzie-familjen. Och på något sätt verkade Harry Kittredge, grov och befallande som han var, stå mitt i centrum av alltihop.

Lastrampen på transporten sänktes med ett hydrauliskt väsande och avslöjade den skinande interiören utrustad med vadderade boxar och klimatanläggningar som var mycket mer sofistikerade än vad Marcus hade sett i de flesta hästtransporter. Harrys assistent försvann in och ledde ögonblick senare ut en hög fuxvalack med en vit bläs i ansiktet. Hästen rörde sig försiktigt nerför rampen, med näsborrarna vidgade när han tog in den obekanta omgivningen, men hans uppträdande förblev lugnt, vilket tydde på utmärkt hantering under hans tävlingskarriär.

"Det här är Moonlight Runner", meddelade Harry, och talade med den auktoritativa tonen hos en man som var van vid att bli lyssnad på. "Femåring efter Northern Meteor undan ett Redoute's Choice-sto. Vacker stam, vackra rörelser, men ett andningsproblem utvecklades efter hans tredje start. Försökte en struppipningsoperation, men han återfick aldrig full tävlingskapacitet."

Emma gick omedelbart fram, och hennes erfarna ögon granskade valacken från topp till hov. "Struppipning?" frågade hon, med handen redan på väg mot hästens strupe.

”Lindrig till måttlig”, bekräftade Harry. ”Inte tillräckligt för att påverka en karriär som hobbyhäst eller ens på lägre nivå i fälttävlan, men för mycket för banan. Han är sund på alla andra sätt, fantastiskt temperament. Behöver bara någon som inte pressar honom till maximal ansträngning.”

Marcus såg imponerat på när Emma genomförde en snabb men grundlig bedömning, hennes fingrar palperade försiktigt hästens strupe medan hon mumlade mjukt för att hålla honom lugn. Hennes expertis med rehabiliteringsfall var uppenbar i varje rörelse, varje beröring både diagnostisk och lugnande.

”Jag tror vi kan arbeta med det här”, förklarade hon och ledde valacken några steg för att bedöma hans rörelser. ”Han skulle bli en underbar häst för en vuxen amatör. Kanske för den där nya kunden som letar efter något lugnt men med kvalitetsstam.”

Sarah nickade och gjorde en anteckning på sitt block. ”Box fyra”, instruerade hon. ”Den är förberedd med färskt strö och vatten.”

Assistenten lämnade över valacken till Nicolas för att leverera till den anvisade boxen, och gick in i lastbilen igen, och kom härnäst ut med en kompakt, muskulös brun häst.

”Det här är Red Thunder”, sa Harry, med handen stadigt på hästens hals när den dansade lätt längst ner på rampen. ”Fyllde just fyra, efter Thunder Road. Gav honom ett halvdussin starter men han är för loj! Tror aldrig jag har mött en häst med så lite tävlingsinstinkt. Kom sist varenda jävla gång.”

Marcus lade märke till hur varje McKenzie-syster närmade sig hästarna på olika sätt; deras individuella expertis var omedelbart uppenbar. Medan Emma hade fokuserat på den första hästens fysiska rehabiliteringsbehov, klev Kate nu fram med en tränares blick och bedömde Red Thunders exteriör och rörelser med klinisk distans.

"Bra benstomme för sin storlek", observerade hon och lät en hand glida nerför hans ben. "Och bogarna är fint tillbakalagda. Han kan faktiskt ha potential för hoppning. De kompakta typerna kan ibland vara smidigare över tekniska banor och det kanske intresserar honom mer än galopp."

Harry nickade gillande. "Tänkte väl att du skulle säga det. Han har fjädrar i de där hasorna, har hoppat över sin boxdörr för skojs skull på sista tiden."

Rutinen fortsatte med den tredje hästen, ett långt, elegant grått sto.

"Bara tre år." Harry blinkade mot Sarah. "Inget fel på henne förutom att hon är lite i långsammaste laget. Kanske kan ge dig ett fint föl efter Legend, eftersom du nog vill ge henne minst ett år till innan omskolning. Jag har tagit med alla hennes papper, förstås."

Varje djur bedömdes, tilldelades en box och integrerades i Ridgewater-systemet med inövad effektivitet. Marcus fann sig beundra inte bara deras expertis utan också den outtalade kommunikationen mellan dem. En blick från Sarah skickade iväg Emma för att hämta en viss grimma; en lätt nick från Kate fick Pip att omdirigera Nicolas till att ta en häst till en annan box. Det var som att titta på en dans där varje deltagare kunde stegen utantill.

Under hela processen bibehöll Harry ett grovt men onekligen kärleksfullt uppträdande och besvarade frågor om varje hästs historia med den detaljerade kunskapen hos någon som värderade dem som individer snarare än bara atletiska tillgångar. Marcus noterade hur tränaren kom ihåg inte bara tävlingsstatistik utan också personlighetsdrag, foderpreferenser och till och med vilka hästar som tyckte om att bli kliade bakom vilket öra. Det var den sortens detaljnoggrannhet som kom från någon som genuint brydde sig om hästarna själva, inte bara deras potentiella inkomster.

När den tredje hästen hade installerats återvände Harry själv till lastbilen istället för att skicka sin assistent. "Den sista är speciell", meddelade han och försvann in i transportens inre. Uttalandet sände en våg av förväntan genom den samlade familjen, och Marcus lade märke till att Jemima praktiskt taget vibrerade av spänning, hennes små händer hårt knäppta.

Harry kom ut ledande ett nätt svart sto, kanske högst femton hands i mankhöjd, med ett delikat huvud och intelligenta ögon. Till skillnad från de tidigare fullbloden, som alla hade den gängligare kroppsbyggnaden hos djur avlade för ren hastighet, hade detta sto en mer kompakt ram, med väl välvda revben och kraftfulla bakben. Hon rörde sig nerför rampen med nätta, precisa steg, med öronen spetsade framåt av intresse snarare än ångest.

Istället för att stanna för Emmas bedömning eller Kates utvärdering, ledde Harry stoet direkt till där Jemima stod, hennes blå ögon vida av misstro.

"Det här", meddelade Harry, och hans grova röst mjuknade märkbart, "är Peppermint Twist. Fem år gammal, oklanderlig stam, men blev knappt femton hands, så det var inte tal om någon galoppkarriär." Han stannade framför Jemima och fick stoet att stanna perfekt. "För liten för banan, men perfekt för en viss ung dam som håller på att växa ur sina ponnyer."

Jemimas reaktion var explosiv glädje i sin renaste form. Hennes händer flög upp till munnen, och hon kvävde knappt ett glädjetjut medan hon studsade på tårna, hela hennes kropp leviterade praktiskt taget av upphetsning.

"Till mig?" flämtade hon och tittade från Harry till stoet och tillbaka igen, som om hon inte kunde tro vad som hände. "På riktigt, verkligen till mig?"

Harry nickade, hans väderbitna ansikte veckades av genuin glädje över hennes reaktion. "Verkligen på riktigt", bekräftade han. "Hon har redan grundläggande utbildning, gott uppförande och det perfekta temperamentet för en ung ryttare med stora ambitioner. Förnuftig nog att ta hand om dig, men talangfull nog att växa med dig."

Marcus såg fascinerat på när den legendariska tränaren, en man vars rykte i galoppkretsar gränsade till mytiskt, hukade sig ner till Jemimas nivå, hans massiva hand uppslukade hennes lilla när han lade grimskaftet i hennes handflata.

"Hon kommer att vara perfekt för dig tills Miracle är redo", fortsatte Harry och talade med ett allvar som höjde ögonblicket bortom en enkel gåva. "Tänk på henne som din språngbräda till de stora ligorna. Hon kommer att lära dig vad du behöver veta så att du är redo när den där hingstungen växer upp."

Jemimas ögon fylldes med tårar, och överväldigande känsla gjorde hennes vanligtvis pratsamma natur tillfälligt mållös. Hon kastade armarna om Harrys hals i en våldsam kram som nästan slog av honom hatten, hennes ansikte dämpat mot hans axel när hon förklarade att detta var "den bästa dagen någonsin, i hela världshistorien, någonsin."

Stoet stod tålmodigt under denna uppvisning, hennes intelligenta ögon tog in scenen med det lugna uppträdandet hos en häst som förstod barn. När Jemima äntligen släppte Harry och vände sig till sin nya hästpartner sänkte stoet sitt huvud mjukt och lät små fingrar stryka hennes mjuka mule.

"Hon är perfekt", viskade Jemima, med vördnad i varje stavelse. "Jag ska ta hand om henne bättre än någon annan, jag lovar."

"Jag vet att du kommer att göra det", sa Harry, reste sig upp och rättade till sin hatt. "McKenzies gör alltid rätt för sina hästar. Det ligger i ert blod."

Marcus stod lite avsides och observerade tavlan med växande förståelse. Detta var inte bara en generös gåva från en familjevän. Det var ett erkännande av Jemimas plats i McKenzie-familjens hästtradition, ett erkännande av hennes potential som bar på generationers tyngd. Harry gav henne inte bara en häst; han investerade i hennes framtid, och tillhandahöll bron mellan hennes barndomsponnyer och den seriösa tävlingshäst som Miracle en dag skulle bli.

Förbindelserna mellan dessa människor var djupa och bildade en väv av delad historia och ömsesidig respekt som översteg vanlig vänskap. Marcus förstod fortfarande inte Harrys relation till familjen, särskilt till Pip, som förblev nära tränarens sida under hela förloppet. Men han kunde tydligt se hur central den grova, generösa mannen var i deras liv.

Marcus såg på när Harry plockade fram ett äpple ur fickan som Jemima kunde ge till Peppermint Twist, hans väderbitna ansikte förvandlat av genuin glädje över barnets förtjusning. I det ögonblicket förstod Marcus något djupt om den värld han hade trätt in i när han kom till Ridgewater. Detta var inte bara ett prestigefyllt ridcenter med olympiska blodslinjer och faciliteter i världsklass. Det var en familj i ordets bredaste, rikaste bemärkelse, en som expanderade till att inkludera inte bara de som var förbundna av blod utan av delad passion, ömsesidig respekt och genuin omsorg.

Och på något mirakulöst sätt hade de börjat inkludera honom i den cirkeln och välkomnat honom in i hjärtat av Ridgewater med en generositet som matchade Harrys gåva till Jemima. När han stod bredvid Sarah och såg barnet och hennes nya sto påbörja sitt partnerskap under familjens gillande ögon, kände Marcus en känsla av tillhörighet som var djupare än något han hade upplevt på flera år.

Kapitel tio

SARAH SÅG PÅ NÄR Harry sträckte sig in i sin pickup, efter att alla hästar hade ställts in, och drog fram en stor blå och vit kylbox med ett leende som en man med en hemlighet. "Man kan inte komma tomhänt till Ridgewater", förkunnade han och ställde ner den med en rejäl duns på gruset. "Jag har några fina tigerräkor och förstklassiga biffar här. Tänkte att vi kunde tända grillen och fira våra nyanlända ordentligt."

Den sena eftermiddagssolen kastade långa skuggor över gårdsplanen när Harry vände sig till sin assistent, en ung man som hade förblivit tyst och effektiv under hela avlastningen. "Jake, du kan åka tillbaka till motellet. Se till att få i dig middag inne i stan och en god natts sömn. Hämta mig i morgon bitti."

Sarah sneglade mot Marcus, som stod några steg bort och fortfarande betraktade scenen med det där eftertänksamma uttrycket hon hade lärt sig känna igen. Tanken på att han skulle stanna på middag sände en oväntad fladdrande känsla genom magen. Professionella besök var en sak, fölningar i nödsituationer en annan, men en familjemiddag med Harry Kittredge var något helt annat. Det här var inte den kontrollerade miljön på en restaurang eller stallets välbekanta professionella territorium. Det här var personligt, intimt, hennes familj när den var som mest ofiltrerad.

”Du stannar väl, farbror Marcus?” kvittrade Jemima innan Sarah hann framföra en mer avvägd inbjudan. ”Farbror Harry berättar de bästa historierna någonsin, och mamma gör den smaskigaste potatissalladen, och faster Sarahs ananaspudding är berömd!”

Marcus såg på Sarah med ögonbrynen lätt höjda i en fråga. ”Jag vill inte tränga mig på en familjesammankomst”, sa han, även om något i hans min tydde på att han väldigt gärna ville stanna.

”Du tränger dig inte på”, svarade Sarah, förvånad över hur mycket hon menade det. ”Vi skulle gärna vilja ha dig med.” Hon tackade tyst Jemima för att hon hade öppnat dörren och fått inbjudan att verka avslappnad snarare än tyngd av den växande betydelsen av Marcus närvaro i hennes liv.

Harry klappade beslutsamt ihop händerna. ”Då är det avgjort. Marcus, du kan hjälpa mig med grillen. Jag gillar att ta mått på en man över en het grill.”

Sarah undertryckte ett leende åt Marcus tillfälligt alarmerade min. Harrys bryska sätt skrämde ofta folk till en början, men hon kände den berömda tränaren tillräckligt väl för att känna igen värmen under hans kärva yttre. Om något var Harrys inbjudan ett tecken på acceptans, inte ett förhör.

"Jag fixar tillbehören och rör ihop en snabb ananaspudding att slänga in i ugnen", erbjöd hon sig. "Emma, om du vill göra i ordning kvällsfodret till de nyanlända så är jag säker på att Nicolas kan sköta resten av fodringen. Kate, kan du ge mig ett handtag? Pip, kan du kanske sätta på ljusslingorna på verandan innan det blir mörkt? Och Jemima, dina händer är alldeles smutsiga, gå och tvätta dig!"

När alla skingrades till sina tilldelade uppgifter kom Sarah på sig själv med att gå bredvid Marcus mot huset. Deras axlar nuddade lätt vid varandra, en tillfällig beröring som ändå sände en känsla av medvetenhet ilande över hennes hud.

"Harry bits inte, du vet", sa hon tyst när hon lade märke till den lätta spänningen i Marcus hållning. "Han bara skäller för syns skull."

Marcus småskrattade, ljudet lågt och varmt. "Jag har hört historier om hur Harry Kittredge fått härdat racingfolk att börja gråta med en enda blick."

"Åh, den delen är sann", medgav Sarah med ett leende. "Men bara när de förtjänar det. Harry sparar sin skräckinjagande sida för dem som behandlar hästar illa eller tar genvägar med deras välbefinnande."

Deras samtal tystnade när de kom fram till huset, där bakre verandan redan hade förvandlats inför middagen. Pip tände ljusslingorna som spänts upp mellan stolparna, deras mjuka sken knappt synligt i det falnande dagsljuset men som lovade värme och belysning när kvällen djupnade. Det stora träbordet hade rensats från sitt vanliga virrvarr av träningsscheman och avelsregister och var nu täckt med en blekt men ren bordsduk i glatt blå- och gulrutigt mönster. Citronellaljus stod redo i mitten, deras distinkta doft svävade redan subtilt på brisen när Kate tände dem.

Bortom verandan sträckte hagarna ut sig mot den nedgående solen, där flera hästar betade fridfullt med pälsen förgylld av det gyllene ljuset. Duchess och Miracle höll till i den närmaste hagen, fölets rangliga ben bar honom i lekfulla cirklar runt hans mer stillsamma mor.

”Det här är vackert”, sa Marcus, hans röst mjuk av uppskattning. ”Som något från ett reportage i en lantlivstidning.”

”Det är hemma”, svarade Sarah enkelt. Ordet bar på en tyngd, särskilt nu med hotet från förbifarten som svävade över allt. Hon trängde undan tanken, fast besluten att inte låta den mulna kvällen.

I köket hade Kate redan börjat plocka fram ingredienser till en massiv skål med potatissallad. ”Jag tänkte att vi håller det enkelt”, sa hon när Sarah kom in. ”Potatissallad, grönsallad och lite av det där surdegsbrödet jag köpte igår. Harry hade med sig halva havet och en ko, att döma av den där kylboxen.”

Sarah tog en skärbräda och började skiva en ananas. Genom fönstret kunde hon se Harry och Marcus vid den enorma tegelgrillen som pappa hade byggt för årtionden sedan. Harry gestikulerade yvigt medan Marcus nickade, hans hållning gradvis mer avslappnad medan de pratade.

”Så”, sa Kate, hennes ton medvetet nonchalant medan hon hackade tomater till salladen. ”Marcus stannar på middag.”

Sarah höll blicken på ananasen. ”Jemima bjöd in honom. Det hade varit oartigt att säga emot henne.”

”Mmm”, hummade Kate neutralt. ”Och jag är säker på att du precis skulle be honom att gå när hon sa något.”

Sarah gav sin syster en blick. ”Vi arbetar fortfarande med dokumentationen för förbifarten. Det är inte orimligt att ha en professionell middag.”

”Med ljusslingor och Harrys specialräkor för festliga tillfällen?” Kate log brett. ”Väldigt professionellt.”

”Åh, lägg av”, muttrade Sarah, även om hon inte riktigt kunde undertrycka sitt eget leende. ”Det är tillräckligt komplicerat utan dina kommentarer.”

Kates min mjuknade. "Det behöver inte vara komplicerat, du vet. Han är en bra man. Vem som helst med ögon kan se hur han tittar på dig."

"Det är just det som är problemet", erkände Sarah tyst. "Jag har inte pålitliga ögon." Erkännandet kostade på, ett medgivande av den sårbarhet hon vanligtvis höll begravd under lager av kompetens och kontroll.

Kate gjorde en paus i salladsberedningen, hennes blick var direkt. "Din syn må vara nedsatt, men det är inte ditt omdöme. Du vet att han är annorlunda."

Innan Sarah hann svara kom Pip inrusande och pladdrade om vinalternativ och kuvert. Stunden av systerlig bekännelse var över, men Kates ord dröjde kvar och ekade i Sarahs tankar medan hon slutförde salladsförberedelserna.

Utomhus hade Harry tagit kommandot över grillen, den fylliga doften av stekta biffar blandades med den skarpa doften av citronellaljus och den söta parfymen från frangipaniblommor som hängde tung i den fuktiga kvällsluften. Hans dånande skratt hördes över gården när han underhöll Marcus med vad som verkade vara en livfull historia, hans händer gestikulerade vilt medan Marcus lyssnade, uppenbart fängslad.

"...och då stannade den jäkla hästen tvärt vid startboxen, bockade av sin jockey, vände om och travade tillbaka till stallet!" Harrys röst steg triumferande. "Dyraste hästen i fältet, tre Grupp 1-segrar på sitt samvete, och han bestämde sig för att racing inte stod på hans agenda den dagen!"

Marcus skratt förenades med Harrys, och ljudet värmde något i Sarahs bröst när hon bar salladsskålen till bordet. Ljusslingorna lyste nu för fullt när skymningen djupnade och kastade ett mjukt sken över sällskapet. Jemima sprang omkring och dukade fram tallrikar och bestick med mer entusiasm än prydlighet, medan Kate korkade upp vinflaskor med sin vanliga tysta effektivitet.

”Behövs det någon hjälp?” frågade Marcus när Sarah närmade sig, hans blick mötte hennes med en värme som fick henne att kippa efter andan en aning.

”Jag tror vi har allt under kontroll”, svarade hon och ställde ner skålen. ”Men tack.”

Harry vände en biff med expertens precision. ”Ni McKenzie-tjejer har alltid skött ett väloljat maskineri. Er far tränade er väl.”

”Det var han tvungen till”, ropade Kate från bordet. ”Mamma var värdelös i köket. Alla hennes talanger fanns i sadeln.”

”Eller i betäckningsboxen”, tillade Pip med ett skratt. ”Kommer ni ihåg när hon brukade sova i stallet under fölningssäsongen? Pappa fick bära ut frukost till henne varje morgon i flera veckor.”

När tallrikar med mat började cirkulera och glasen fylldes kom Sarah på sig själv med att iaktta hur Marcus smälte in i deras familjekrets. Han skickade runt fat, skrattade vid rätt tillfällen och bidrog gradvis med sina egna veterinäranekdoter till samtalet. Den inledande nervositet hon känt inför att ha honom med på deras intima familjemiddag försvann allt eftersom kvällen fortskred, och ersattes av en känsla av riktighet som var både tröstande och lätt alarmerande i sin intensitet.

Harry gav sig in i en annan historia om ett berömt temperamentsfullt sto som hade vunnit Melbourne Cup trots att hon försökt anfalla varje skötare som närmade sig henne. Hans händer rörde sig uttrycksfullt när han talade, hans ansikte animerat av berättarglädje. Runt bordet lutade sig hennes systrar framåt, fångade av den välbekanta magin i Harrys berättelser även om de förmodligen hört just den här historien förut.

Det som slog Sarah mest var Marcus genuina intresse, sättet han lyssnade på, inte med artig uppmärksamhet utan med verkligt engagemang. När han ställde frågor var de insiktsfulla och visade på en förståelse för racingvärlden som tydligt imponerade på Harry. De två männen hade hittat en gemensam grund och fann kontakt över delad kunskap och ömsesidig respekt för hästarna i hjärtat av deras yrken.

När ett skratt bröt ut vid Harrys poäng fångade Sarah Marcus blick över bordet. Han log, ett litet, privat uttryck endast avsett för henne. I det ögonblicket, med ljusslingor som blinkade ovanför och det varma sorlet från familjesamtalet omkring dem, tillät Sarah sig själv att erkänna vad hon noggrant hade undvikit: Marcus Webb passade in här, inte bara på Ridgewater, utan i hennes liv. Och den insikten var samtidigt den mest naturliga och mest skrämmande tanke hon haft på flera år.

Marcus balanserade sin tallrik på knäet, den frestande doften av perfekt grillade räkor fick hans mage att kurra uppskattande. Harry hade visat sig vara en mästare vid grillen och tillagat varje skaldjur till saftig perfektion. Runt bordet var tallrikarna överfulla med biffar, räkor och färgglada sallader, vinglasen fylldes och fylldes på igen medan samtalet flödade lika lätt som shirazen Kate hade öppnat.

"Kan du skicka potatissalladen, Marcus?" frågade Emma och sträckte sig över bordet.

Han räckte över den stora keramikskålen, fortfarande halvfull trots allas generösa portioner. "Det här är utsökt", sa han uppriktigt. "Jag har inte ätit en hemlagad måltid som den här sedan..." Han tystnade och insåg att han faktiskt inte kunde minnas senast han hade njutit av ett sådant avslappnat överflöd. Absolut inte under de sista spända åren av sitt äktenskap, när middagarna hade blivit slagfält av tyst förbittring.

"Har sjukhusets cafeteriamat tröttat ut dig?" frågade Harry med ett vetande skratt. "Levde själv på den i tre veckor när jag bytte höft. Trodde jag aldrig skulle få smaka riktig mat igen."

"Så illa är det inte", skrattade Marcus, "men det är en värld av skillnad mellan en mikrovärmd färdigrätt och det här." Han pekade på sin tallrik, där en perfekt grillad biff låg bredvid en hög av Emmas potatissallad.

Jemima, som hade varit ovanligt tyst medan hon koncentrerade sig på att sluka sin middag, tittade upp med såsiga kinder. "Farbror Harry har alltid med sig den bästa maten", förklarade hon. "En gång hade han med sig en hel rökt lax som var större än jag!"

"Inte svårt, lillskruttan", replikerade Harry ömt. "Till och med Pip är längre än du, och det vill inte säga lite."

Pip, som satt med benen i kors på sin stol för att bli längre, kastade en brödbulle på Harry med van precision. Han fångade den med en hand utan att ens titta, hans reflexer motsade hans ålder. "Fräcka gubbe", log hon. "Bara för att jag inte blev lång betyder det inte att jag inte kan rida cirklar runt dig."

"Det har du aldrig kunnat", rättade Harry och bredde smör på den fångade bullen med medvetna rörelser. "Inte ens när du var femton och visade upp dig för att imponera på mig."

Marcus iakttog utbytet med fascination. Det lättsamma gnabbet mellan den lilla kvinnan och den bryska tränaren avslöjade en historia som var mycket djupare än han först hade antagit. "Hur länge har ni två känt varandra?" frågade han, genuint nyfiken.

Pips ansikte lyste upp, och Sarah stönade godmodigt. "Nu har du ställt till det", sa hon till Marcus. "Hon kommer att berätta hela sagan."

"Det är en fantastisk historia!" protesterade Pip, och vände sig sedan till Marcus med en livlighet som dansade i hennes mörka ögon. "Min mamma brukade städa hus när vi först flyttade till Australien från Filippinerna. Jag var åtta, pratade bruten engelska och var hästtokig redan då." Hennes händer rörde sig uttrycksfullt medan hon talade och målade bilder i luften. "En av hennes stamkunder var den här griniga gamla gubben med racingtroféer över hela huset."

"Jag var inte gammal", avbröt Harry och pekade anklagande på henne med en räka. "Jag var fyrtio, i min bästa ålder!"

"Uråldrig", insisterade Pip med en blinkning. "Hur som helst, medan mamma städade stirrade jag på hans racingfoton, helt fascinerad."

Marcus märkte att han lutade sig framåt, fångad av historien trots sig själv. Det fanns något magnetiskt i Pips berättande, hennes animerade uttryck och den genuina värme som genomsyrade hennes minnen.

"Det här pågick i månader", fortsatte hon. "Jag som stirrade på hans foton medan mamma jobbade. Jag visste inte att han var berömd, trodde bara att han verkligen gillade hästar. Så en dag kom han på mig när jag låtsades vara jockey och använde en mycket dyr bronsskulptur som min häst."

Harrys väderbitna ansikte mjuknade vid minnet. "Minsta, magraste ungen jag någonsin sett, som gjorde ljud som en kommentator och studsade upp och ner som om hon galopperade i Melbourne Cup. Istället för att bli generad över att bli påkommen tittade hon mig bara rakt i ögonen och sa: 'Din hästs huvud är för högt. Den blir trött snabbare på det sättet.'"

Bordet brast ut i skratt, Jemimas höga fnitter blandades med Kates mer återhållsamma småskratt och Emmas varma skratt. Sarahs ögon fick rynkor i vrårna när hon log, ljusslingorna reflekterades i hennes glasögon när hon sneglade på Marcus och bjöd in honom att dela familjens munterhet.

"Jag hade tittat på galopplopp på TV", förklarade Pip, hennes kinder rosiga av vin och minnen. "Jag visste egentligen ingenting, men jag älskade att se hur jockeyerna satt och rörde sig."

"Hon hade blick för det, redan då", sa Harry, hans kärva röst mjuknade av otvetydig stolthet. "Naturlig talang som man inte kan lära ut."

"Så vad hände?" frågade Marcus, nu helt uppslukad av historien.

"Han frågade om jag ville se riktiga galopphästar", fortsatte Pip. "Min mamma höll på att svimma när Harry Kittredge själv erbjöd sig att köra mig till sitt stall medan hon städade."

"Din mamma gjorde rätt i att vara misstänksam", inflikade Kate torrt. "En främmande man som erbjuder sig att ta hennes barn för att titta på hästar."

"Förutom att min mamma vid det laget visste exakt vem han var", kontrade Pip. "Alla i racingvärlden visste det. Så hon sa ja, och jag fick se fullblod på nära håll för första gången." Hennes uttryck blev drömskt vid minnet. "Jag hade aldrig sett något så vackert i hela mitt liv. De där magnifika varelserna med ben som fjädrar och ögon fulla av eld."

Harry tog över berättelsen, hans djupa röst mullrade av kära minnen. "Ungen var en naturbegåvning. Iakttog allt med de där stora ögonen, ställde smarta frågor. I slutet av besöket hjälpte hon mina stallpojkar att kratsa hovar och fylla vattenhinkar som om hon hade gjort det hela sitt liv."

"Jag började åka dit varenda ledig stund jag hade, cyklade för att komma fram", sa Pip. "Först som stalltjej, mockade boxar och lärde mig markarbete. Sedan som motionsryttare när jag var fjorton, och lärlingsjockey vid sexton."

Marcus kastade en blick på Sarah, som betraktade Pip med en systers tysta stolthet. Familjebandet mellan dem var inte biologiskt, det visste han, men i det ögonblicket verkade det precis lika starkt som blodsband.

"Bästa lättviktsjockeyn jag någonsin tränat", förklarade Harry och höjde sitt vinglas mot Pip. "Hon skulle ha blivit en mästare om hon inte hade fallit för den där soldatpojken."

En flyktig skugga passerade över Pips uttrycksfulla ansikte, men ersattes snabbt av ett leende som rymde både sorg och acceptans. "Vissa saker är värda att ge upp en karriär för", sa hon tyst och lyste sedan upp igen. "Dessutom håller de här fräcka ponnyerna mig fullt sysselsatt, och till och med du måste medge att det blir betydligt färre brutna ben!"

Samtalet flöt runt bordet, från Pips jockeydagar till Kates senaste dressyrresultat och Jemimas ponnyklubbstävlingar. Marcus drogs in i diskussionen utan ansträngning, hans inledande nervositet sedan länge bortglömd. När han nämnde en utmanande operation han hade utfört på universitetskliniken ställde Harry intelligenta frågor som visade på en djup förståelse för hästars fysiologi, och de andra lyssnade med genuint intresse.

När andra portioner skickades runt insåg Marcus att han upplevde något han hade saknat utan att helt ha förstått att det fattades honom: värmen i att höra till en grupp som accepterade honom fullständigt. I Sydney hade middagar varit nätverkstillfällen, noggrant iscensatta evenemang där samtalen hölls inom trygga professionella ramar. Här, under det varma skenet från ljusslingorna och med det avlägsna gnäggandet från hästar som en mjuk bakgrundsmusik, vandrade samtalet fritt mellan yrkesexpertis och personliga berättelser, seriösa diskussioner och stormande skratt.

Harrys blick mötte Marcus över bordet, hans genomträngande blå ögon granskande men inte ovänliga.

”Så, doktor Webb, tänker du stanna kvar i Ridgemont när Caroline kommer tillbaka från sin sabbatsledighet?”

Frågan träffade närmare Marcus osäkerhet än han hade velat, men innan han hann formulera ett svar tog Sarah till orda.

”Vi hoppas kunna övertyga honom”, sa hon, hennes ton avslappnad men ögonen, när de mötte Marcus, bar en värme som fick hans hjärta att hoppa till. ”Det har alltid funnits mer jobb än vad en hästveterinär kunde hantera i distriktet, och Ridgewater skulle verkligen behöva en veterinär med hans expertis permanent.”

”Det kanske är en meningslös fråga om den där förbifarten blir av”, anmärkte Harry, och hans min mörknade tillfälligt. ”Jävla byråkrater med sina kartor och ingen förståelse för vad de förstör.”

”Vi kämpar emot det”, sa Marcus bestämt och förvånade sig själv med den våldsamma beskyddarinstinkt han hörde i sin egen röst. ”Sarah och jag har dokumenterat allt, vi bygger upp ett fall för anläggningens specialiserade natur.”

Harry höjde ögonbrynen en aning åt Marcus användning av ”vi”, och ett litet leende lekte i mungiporna på hans väderbitna mun. ”Det var goda nyheter”, sa han och nickade gillande. ”McKenzies har aldrig backat från en strid, och de kan behöva allierade med yrkesmässiga meriter.”

Den självklara inkluderingen, antagandet att Marcus skulle stå med familjen mot hotet om förbifarten, lugnade något i hans bröst. Utan att medvetet ha planerat det hade han lierat sig med Ridgewaters framtid, gjort deras kamp till sin egen. Insikten borde ha skrämt honom, denna snabba integration i en värld han hade trätt in i för mindre än två månader sedan. Istället kändes det som att hitta fast mark under fötterna efter år av osäkerhet.

Medan måltiden led mot sitt slut kom Marcus på sig själv med att utbyta enstaka blickar med Sarah över bordet.

Varje blick kändes betydelsefull, laddad med outtalad förståelse. När hennes systrar började duka av och Harry drog igång ännu en galoppanekdot för Jemimas skull fångade Sarah hans blick igen, och tittade sedan menande mot hagarna där den nedgående solen målade landskapet i spektakulära orange och rosa nyanser.

Inbjudan i hennes blick var omisskännlig, och Marcus kände en förväntan sprida sig genom honom, varm och löftesrik. Vad som än väntade kände han sig inte längre som en utomstående som tittade in. På något sätt, under loppet av en enda kväll, hade han korsat en tröskel från besökare till något mer, välkomnad in i hjärtat av denna anmärkningsvärda familj med samma generositet som Harry hade visat en liten filippinsk flicka som stirrade på galoppfotografier för så många år sedan.

Sarah såg på medan hennes systrar och Harry pratade och skrattade, deras skratt värmde kvällsluften. Solnedgången hade målat himlen i spektakulära strimmor av guld och karmosinrött, för vackert för att slösas bort inomhus. Hon vände sig till Marcus, som satt bredvid henne; deras stolar hade gradvis flyttats närmare varandra under middagen. "Skulle du vilja se lite mer av Ridgewater medan vi fortfarande har lite ljus kvar?" frågade hon, och förvånade sig själv över hur stadig hennes röst var trots fjärilarna i magen.

Marcus ögon lyste genast upp. "Det skulle jag gärna vilja."

Hon ledde honom bort från verandan, smärtsamt medveten om Pips vetande leende och Kates höjda ögonbryn. Harry, gudskelov, drog högljutt igång en ny galopphistoria, vilket effektivt drog allas uppmärksamhet från deras avfärd. Sarah gjorde en mental anteckning om att tacka honom senare.

De gick i kamratlig tystnad över gårdsplanen, gruset knastrade mjukt under deras fötter. Luften var tung av fukt, men dagens värsta hetta hade skingrats och lämnat efter sig en värme som svepte in dem som en bekväm filt. När de passerade huvudstallet pekade Sarah mot en smal stig.

"Den här leder till mitt favoritställe", sa hon och kände sig plötsligt blyg över att dela något så personligt. "Det är som bäst i solnedgången."

Stigen ledde dem mellan hagar där hästar betade fridfullt i det gyllene kvällsljuset. Duchess och Miracle stod tillsammans under ett utbrett eukalyptusträd, fölets gängliga ben hade äntligen funnit stabilitet medan han nöjt mumsade på gräs bredvid sin mor. Längre bort upptog Legend sin speciella högstängslade hage, hans en gång så kraftfulla kropp visade nu den milda nedgången av hög ålder i den lätta svankningen av ryggen, men huvudet hölls fortfarande med en mästares värdighet.

"Han är en avkomma till båda dina föräldrars OS-hästar, eller hur?" frågade Marcus och stannade för att titta på den gamla hingsten. "Det är ett stort arv att förvalta."

Sarah nickade, en välbekant stolthet värmde hennes bröst. "Mamma ägde inte sin OS-hingst, men när hon emigrerade från Sverige hade hon ett avtal med hans ägare om flera strån av hans sperma." Hon vilade armarna på staketets överliggare, det väderbitna träet var lent under hennes handflator. "Pappas sto fick fem föl med den hingsten. Det sista, Starlight, blev ännu en fantastisk banhoppare. Legend var hennes sista son, och nu har vi hans sonson i Miracle, från en av hans bästa döttrar i Duchess. Generationer av noggrann avel, allt potentiellt om intet på grund av ett streck på en karta."

Bitterheten i hennes röst förvånade henne. Hon hade inte menat att nämna förbifarten, inte under denna sällsynta stund av frid, men hotet hängde över allt nu och färgade till och med de vackraste kvällarna med rädsla.

Marcus axel tryckte mot hennes när han gjorde henne sällskap vid staketet. "Berätta för mig vad du ser för Ridgewaters framtid", sa han mjukt. "Utan förbifarten i bilden. Vad är din dröm för det här stället?"

Frågan överrumplade henne. Sedan brevet om förbifarten kom hade hon varit så fokuserad på att bekämpa hotet att hon knappt hade tillåtit sig att tänka bortom det. "Jag..." hon tvekade och samlade sina tankar. "Jag vill utöka avelsprogrammet, självklart. Men jag har också funderat på att specialisera mig mer inom terapeutisk ridning."

De började gå igen och följde staketlinjen där den svängde mot en ås med utsikt över den lilla sjön som gett Ridgewater sitt namn. Sarah kom på sig själv med att dela planer som hon inte helt hade formulerat ens för sina systrar.

"Min olycka förändrade mitt perspektiv", erkände hon och tog sig försiktigt fram längs den ojämna stigen. Hennes problem med djupseendet krävde extra koncentration på obekant terräng, särskilt i det falnande ljuset. "Det finns något kraftfullt med hästar som terapi, inte bara för fysisk rehabilitering utan också för emotionellt helande. Jag har sett det med några av Emmas och Pips räddningshästar, hur arbetet med problemhästar hjälper människor med problem."

Marcus lyssnade uppmärksamt och ställde eftertänksamma frågor som hjälpte till att förtydliga idéer som hon bara hade format till hälften. Hans genuina intresse uppmuntrade henne att utveckla sina tankar, beskriva hagar som kunde byggas om, instruktörer som kunde anställas, program som kunde utvecklas.

"Du har tänkt igenom det här ordentligt", konstaterade han när de nådde toppen av åsen. "Det är en vacker vision."

De stannade vid utsiktsplatsen med utsikt över sjön, som nu var en spegel som reflekterade solnedgångens spektakulära färger. Vattnet skimrade i karmosinrött och guld, helt stilla i den vindstilla kvällen. Grodor ropade från de vassbevuxna kanterna, deras kör avbröts av enstaka plask från en hoppande fisk.

"Det här är det", sa Sarah mjukt. "Min favoritplats på ägorna."

Marcus stod tätt bredvid henne, hans närvaro solid och lugnande. "Jag förstår varför", mumlade han. "Det är spektakulärt."

Sarah vände sig lite för att möta honom, deras närhet var plötsligt elektrisk i det gyllene ljuset. "Marcus", började hon, inte helt säker på vad hon ville säga men kände ett behov av att tala, att erkänna den växande kopplingen mellan dem. "Jag är glad att du stannade ikväll. Inte bara för middagen, utan... här. På Ridgewater. Med oss."

Med mig, sa hon inte, men orden hängde ändå i luften mellan dem.

Hans ögon, varma och bruna och intensiva, mötte stadigt hennes. "Jag är också glad", svarade han, hans röst djupare än vanligt. "Mer än jag kan uttrycka ordentligt."

De professionella gränserna de hade upprätthållit började lösas upp i solnedgångens sken. Sarah kom på sig själv med att studera hans ansikte med ny frihet, noterade de svaga linjerna i hans ögonvrår, den starka kurvan på hans käke som nu var skuggad av kvällsstubb, den lätta locken av mörkt hår mot hans krage.

"Jag har tänkt på den där morgonen", sa Marcus, hans blick föll kort ner till hennes läppar. "Efter att Miracle föddes. När vi..."

"Kysstes", avslutade Sarah åt honom, hennes hjärta slog snabbare. "Det har jag också."

Ett pulsslag av tystnad sträckte ut sig mellan dem, spänd av möjligheter. Sedan, med en subtil förflyttning som kändes både plötslig och oundviklig, rörde de sig mot varandra. Hans hand kom upp för att kupa hennes kind, fingrarna gled in i hennes hår när deras läppar möttes.

Den första beröringen var mild, frågande, men fördjupades snabbt när Sarah svarade med oväntad intensitet. Hon hade hållit tillbaka så länge, upprätthållit noggrann kontroll i varje aspekt av sitt liv, att frigörelsen var nästan överväldigande. Hennes händer fann hans axlar, fingrarna krökte sig in i de solida musklerna när hon tryckte sig närmare.

Marcus gav ifrån sig ett mjukt ljud mot hennes läppar, hans fria arm svepte runt hennes midja för att dra henne mot sig. De snubblade till lite, rörde sig bakåt tills Sarah kände det fasta trycket av en staketstolpe mot ryggen, vilket gav välkommet stöd då hennes knän hotade att ge vika.

Kyssen intensifierades, månader av spänning och attraktion kristalliserades i detta ögonblick. Hans fingrar trasslade in sig djupare i hennes hår och lossade hennes praktiska fläta tills slingor föll fritt runt hennes ansikte. Sarahs händer flyttade sig från hans axlar till hans nacke, kände den mjuka strykningen av hans hår mot hennes fingrar, värmen från hans hud.

Allt annat försvann, solnedgången, sjön, de avlägsna ljuden från gården. Det fanns bara Marcus, smaken av honom, den solida värmen från hans kropp mot hennes, den milda brådskan i hans händer. Hon förlorade sig i kyssen, i spänningen av att äntligen erkänna det som hade byggts upp mellan dem sedan den där stormiga natten i sadelkammaren.

När de till slut skildes åt en aning, båda andades häftigare, höll Sarah ögonen slutna en stund för att njuta av känslan. Marcus vilade sin panna mot hennes, hans andedräkt varm mot hennes läppar.

"Jag har velat göra det där igen sedan ögonblicket Miracle föddes", erkände han, hans röst lätt sträv. "Faktiskt sedan långt innan dess, om jag ska vara ärlig."

Sarah log, hennes ögon öppnades och mötte hans blick, varm och intensiv. "Jag har velat att du skulle det", erkände hon och kände sig lättare av bekännelsen.

Han kysste henne igen, långsammare den här gången men inte mindre intensiv, hans händer kupade hennes ansikte med en ömhet som fick hennes hjärta att värka. Sarah slog armarna om hans nacke, tryckte sig närmare, kände den solida värmen från honom mot henne från bröst till lår.

"Faster Sarah! Farbror Marcus! Mamma säger att ni ska komma tillbaka för ananaspuddingen innan Pip äter upp allt!"

Jemimas röst, hög och klar i kvällsluften, bröt ögonblicket. Sarah drog sig motvilligt tillbaka och mötte Marcus ögon med en blandning av beklagande och road min.

"Perfekt tajming", mumlade hon, hennes händer gled långsamt från hans axlar.

Marcus skrattade lågt, ljudet vibrerade genom hans bröstkorg där den pressades mot hennes. "Din systerdotter har imponerande lungor. Jag tror de hörde henne i Brisbane."

"Hon kom åtminstone inte och letade efter oss", svarade Sarah och sträckte upp handen för att stoppa sitt upplösta hår bakom örat, plötsligt självmedveten om sitt rufsiga utseende.

Marcus fångade hennes hand och förde den till sina läppar i en gest som inte borde ha känts så intim men på något sätt gjorde det. "Vi borde nog gå tillbaka", sa han, även om hans ton antydde att han hellre skulle göra vad som helst annat.

"Antagligen", instämde Sarah, men gjorde inga omedelbara ansatser att gå.

De stod kvar en stund till i det gyllene ljuset, motviljan tydlig i bådas hållning. Slutligen klev Sarah bort från staketstolpen, slätade ut sina kläder och försökte återställa ordningen på sitt hår.

"Kom nu", sa hon och sträckte sig efter hans hand. "Min ananaspudding är verkligen värd att skynda sig för, och den är bäst varm direkt från ugnen."

De gick tillbaka längs stigen hand i hand, deras fingrar sammanflätade i den avslappnade intimiteten hos nyblivna älskare. Ibland snuddade deras axlar vid varandra, och varje kontakt sände en värme som spiralformigt spred sig genom Sarah, en berusande blandning av spänning och belåtenhet hon inte hade upplevt på flera år, om någonsin.

När de närmade sig huset, där ljuden av skratt och samtal drev från verandan, saktade Sarah ner stegen, motvillig att återförena sig med gruppen och späda ut den intimitet de hade delat. Marcus verkade förstå utan ord och stannade i de djupnande skuggorna under ett eukalyptusträd.

"Sarah", började han, lågt och allvarligt. "Jag vill att du ska veta att det här, vi, det betyder något för mig. Det är inte tillfälligt eller bekvämt."

Hon klämde hans hand, hennes hjärta var fullt. "Jag vet", svarade hon enkelt. "För mig också."

Han böjde sig ner för att snudda sina läppar mot hennes en gång till, en kort, söt kontakt som bar löftet om mer som skulle komma. Sedan, med synlig motvilja, skildes de åt en aning, även om deras händer förblev sammanlänkade när de gick den sista biten till verandan, där ljusslingor tindrade som jordbundna stjärnor och värmen från familjen väntade på dem.

Kapitel elva

Marcus justerade dentalröntgenapparaten och torkade svetten från pannan med ärmen. Februari i Queensland var obarmhärtig och morgonhettan sipprade redan in genom klinikens fönster trots den kämpande luftkonditioneringens tappra försök. Han sneglade på sin klocka, sedan mot dörren för vad som kändes som femtielfte gången på lika många minuter, en vana han blev alltmer medveten om närhelst han väntade på att Sarah McKenzie skulle dyka upp.

Hovar klapprade mot betongen och Marcus såg upp med en pinsam iver, bara för att känna ett sting av besvikelse när Emma McKenzie ledde in en fullblodsvalack i behandlingsområdet. Han kontrollerade snabbt sina ansiktsdrag och bjöd på ett professionellt leende som han hoppades inte avslöjade hans tillfälliga missräkning.

"God morgon, Emma", sa han och gick för att hjälpa henne manövrera den höga fuxen in i behandlingsboxen. "Hur är det med Pennine idag?"

"Lite sur över att bli transporterad i värmen", svarade Emma och klappade valackens svettiga hals. "Men han gick på som en gentleman, vilket är framsteg. För en månad sedan skulle han ha satt hovarna i marken och vägrat överväga att ens gå i närheten av en transport."

Marcus nickade uppskattande och såg hur fullblodet lutade sig lätt mot Emma och sökte trygghet i den okända klinikmiljön. Trots sin imponerande storlek fanns det något förtjusande sårbart över den före detta galopphästen, vars öron nervöst ryckte till när han inspekterade behandlingsrummet.

"Sarah hade tänkt följa med", sa Emma, och hennes lediga ton motsades av den medvetna blicken i hennes ögon. "Men hon vänjer av förra säsongens föl från deras mammor idag, och du vet ju hur hon är med de små liven."

"Självklart", svarade Marcus och fokuserade intensivt på att justera röntgenplåtarna till rätt höjd, i hopp om att det kliniska lysrörsljuset dolde hettan han kände sprida sig uppför halsen. "Avvänjning kräver noggrann uppmärksamhet, ifall något av fölen gör något dumt som att springa genom ett stängsel."

Emma hummade instämmande. "Fast jag tror att du också skulle ha fått särskild uppmärksamhet, om inte avvänjningen var planerad till idag."

Marcus fumlande lätt med utrustningens kontroller, överrumplad av Emmas direkthet. Sedan den där kvällen vid sjön för tre dagar sedan hade han och Sarah bara haft korta, professionella interaktioner, deras nyfunna kontakt bekräftad men outforskad mitt i Ridgewaters ständiga krav och hans klinikschema.

"Ska vi ta en titt på de där tänderna?" sa han och styrde medvetet samtalet till säkrare mark. "Har han visat några svårigheter med att tugga sitt foder?"

"Nej", svarade Emma och lät honom nådigt byta ämne. "Men jag vill ändå utesluta eventuella större problem innan jag lägger ut honom till försäljning. Och Sarah sa att han kastade med huvudet när hon red honom igår. Det kan vara något med tänderna ... eller så kan det bara ha varit för att det var ett oväder på ingång."

Marcus nickade och drog på sig undersökningshandskar medan han mentalt förbannade sin puls som ökade vid blotta omnämnandet av Sarah i sadeln. Bilden dök upp objuden i hans tankar: Sarah på den kraftfulla fullblodshästen, hennes hållning perfekt trots sina synproblem, den jordgubbsblonda flätan studsande mot hennes rygg när hon guidade hästen genom noggranna övergångar. Han hade aldrig sett henne rida, insåg han med ett sting. Kanske snart.

"Pennine är fortfarande huvudskygg", varnade Emma när Marcus närmade sig med tandgrimman. "Tävlingsstallet använde brems närhelst de behövde arbeta runt hans huvud, vilket inte direkt har byggt upp hans förtroende för processen."

"Vi tar det lugnt", försäkrade Marcus henne och höll sina rörelser medvetet långsamma. Han sträckte fram handen, handflatan platt, och lät valacken undersöka hans doft innan han försiktigt strök den långa bläsen. Pennines näsborrar vidgades, hans ögon var vaksamma men inte panikslagna.

"Duktig kille", mumlade Marcus och introducerade gradvis den specialiserade grimman. "Ingenting att oroa sig för här."

Emma stod vid Pennines bog med en hand vilande på hans hals, och hennes tysta närvaro var uppenbart lugnande för valacken. "Han har kommit så långt", sa hon mjukt. "När jag fick honom på auktionen vibrerade han praktiskt taget av spänning hela tiden, kunde inte ens stå stilla för att bli borstad. Och nu är han lammfrom; han lät Jemima kratsa hovarna i morse."

Marcus uppmuntrade försiktigt Pennine att öppna munnen, imponerad när hästen lydde med minimalt motstånd. "Jag är förvånad att du fick bort henne från hennes nya häst tillräckligt länge. Peppermint Twist, eller hur? Har hon bett om att få sova i hennes box än?"

"Det kan du lita på, hon är helt betagen", sa Emma med ett skratt. "Fast inte lika fokuserad på stoet som hon är på Miracles framtida karriär. Hon planerar redan deras OS-debut!"

Marcus log och satte försiktigt in plåten för röntgenbilden. "McKenzie-ambitionen börjar tidigt, ser jag."

"Det är genetiskt", bekräftade Emma. "Sarah var likadan, hon planerade Fires tävlingskarriär innan hon ens var inriden."

Omnämnandet av Sarahs före detta tävlingshäst gjorde dem båda allvarliga för ett ögonblick. Att en fälttävlanshäst på internationell nivå dog under tävling var en välsignat sällsynt händelse; Marcus hade slagit upp det efter att Sarah berättat det absolut nödvändigaste och hade blivit förvånad över det enorma stödet för Sarah ... liksom ilskan från hästokunniga som verkade tro att allt man gjorde med hästar förutom att låta dem springa vilt var djurplågeri.

"Sarah har ridit Pennine några gånger nu", fortsatte Emma i ett medvetet lättsammare tonläge. "Säger att han har utmärkt potential om tänderna inte besvärar honom. Jämna gångarter, ett gott psyke."

Marcus nickade och fokuserade på att positionera röntgenutrustningen medan hans tankar skingrades som skrämda fåglar. Att Sarah red igen, även om det bara var för nöjes skull, kändes betydelsefullt. Caroline hade nämnt en gång att Sarah efter olyckan hade dragit sig tillbaka från ridningen nästan helt och istället fokuserat på driften och avelsprogrammet.

"Hon har ridit mer på sista tiden", tillade Emma, som om hon läste hans tankar. "Kate tycker att det är ett gott tecken, även om hon förstås inte hoppar. För farligt."

Marcus justerade de sista inställningarna på maskinen, hans händer stadiga trots ett fladder av något hoppfullt i bröstet. "Det låter verkligen positivt", instämde han och höll sin ton professionellt neutral medan tankarna rusade och han undrade om denna förändring hade något att göra med den senaste utvecklingen mellan dem. Hjälpte hans stöd Sarah att återfå sitt självförtroende? Eller var han arrogant som trodde att det hade något med honom att göra överhuvud taget?

"Stå stilla, duktig påg", mumlade han till Pennine, som hade börjat bli rastlös. Valacken lugnade sig vid hans lugna ton, vilket tillät Marcus att slutföra röntgensekvensen. Under hela proceduren bibehöll Marcus sitt professionella fokus, med varsamma händer och precisa rörelser, men under denna kompetenta yta gled hans tankar upprepade gånger till Sarah.

Till hur hon hade känts i hans armar vid sjön, till löftet i hennes ögon när de motvilligt hade återförenats med hennes familj på verandan, till det tysta samförståndet som hade passerat mellan dem följande morgon när han stannade till vid Ridgewater för att se till Miracle. Något hade förändrats mellan dem, något fortfarande skört och odefinierat men onekligen betydelsefullt.

Marcus höll på att ta de sista röntgenbilderna när klinikens sidodörr öppnades och med den kom en ny våg av het luft och den omisskännliga gestalten av doktor Caroline Burnett. Hon vaggade snarare än gick in, med sin åttamånadersgravida mage först, och hennes normalt raska rörelser var förvandlade till det försiktiga navigerandet hos någon vars tyngdpunkt dramatiskt hade förskjutits.

"Emma McKenzie, nämen ser man på!" utbrast Caroline, och hennes ansikte lyste upp av genuin glädje. "Jag visste inte att du skulle komma in med en häst idag. Är det Pennine? Jag känner igen honom från dina sociala medier; vilket vackert djur!"

Emma vände sig från där hon hade lugnat fullblodet och sprack upp i ett brett leende. "Caro! Titta på dig, du ser ut att kunna spricka när som helst."

Caroline skrattade och vilade båda händerna på sin runda mage. "Säg inte det ordet, snälla. Jag har tre veckor kvar enligt min förlossningsläkare, även om den här lilla fotbollsspelaren verkar fast besluten att sparka sig ut tidigare."

Marcus observerade deras lättsamma samspel och lade märke till den genuina tillgivenheten mellan dem. Caroline hade nämnt sin nära vänskap med Sarah flera gånger, men det var tydligt att hennes band sträckte sig till hela familjen McKenzie.

"Hur mår alla på Ridgewater?" frågade Caroline och sänkte sig försiktigt ner på en pall nära behandlingsområdet. "Jag tänker hela tiden att jag ska komma ut på ett rent socialt besök, men mellan kliniktider, mödravårdstider och smygtupplurar har jag knappt haft tid att andas."

"Vi mår alla bra", svarade Emma och strök Pennines hals medan Marcus tog av tandgrimman. "Det är avvänjningsdag idag, vilket är anledningen till att Sarah inte kunde komma. Och Jemima har inte slutat prata om stoet Harry gav henne, om du undrar varför hon inte har tjatat på dig om klinikbesök."

"Aha, så det är därför mina eftermiddagar har varit misstänkt fria från åttaåriga utfrågningar om veterinärhögskolan", skrattade Caroline. "Säg till henne att jag saknar hennes oändliga frågor, är du snäll? Och jag ska absolut komma och se det här berömda stoet så fort bebisen tillåter mig att sitta bekvämt i en bil igen."

Marcus avslutade med att packa undan tandutrustningen och vände sig professionellt till Emma. "Jag ser inget onormalt på röntgenbilderna, vilket är goda nyheter. Jag skickar de digitala bilderna till dig så att du kan dela dem med potentiella köpare, om det behövs."

Emma log glatt. "Tack så mycket! Fast jag måste boka in fler röntgenbilder – Fireflys potentiella köpare bestämde sig för att ta en bild av det där benet, och de vill också ha en kontroll för kissing spines."

"Självklart", nickade Marcus och ordnade redan mentalt om sitt schema. "Tisdag morgon skulle passa bra."

Efter att ha bokat in tiden och utbytt några fler artighetsfraser med Caroline ledde Emma ut Pennine, och valackens hovar klapprade stadigt över betonggolvet. Kliniken verkade plötsligt tyst i deras frånvaro, och surret från luftkonditioneringen blev mer påtagligt.

"Låt oss titta på de där röntgenbilderna ordentligt", föreslog Caroline och pekade mot kontorsdelen. "Mina fotleder kommer att uppskatta att få sitta ner."

Marcus hjälpte henne att navigera den korta sträckan till den bekväma kontorsstolen, oförmögen att undertrycka ett leende åt hennes klumpiga rörelser. Han hade haft sin anställningsintervju med Caroline före jul och funnit henne vara en rask, effektiv veterinär som hade skrämt honom en aning med sin kompetens och direkta sätt. Den höggravida kvinnan framför honom nu ägde fortfarande samma skarpa intellekt, men graviditeten hade på något sätt mjukat upp henne och gjort henne mer tillgänglig.

"De här blev bra", kommenterade han och tog fram de digitala röntgenbilderna på datorskärmen. "Jag var orolig efter att ha raspat hans tänder att det skulle kunna vara ett problem med den här framtanden, men allt ser normalt ut."

Caroline lutade sig fram så mycket som hennes mage tillät, med ena handen frånvarande gnuggande på stället där hennes bebis verkade öva gymnastik. "Bra jobbat", godkände hon. "Tydliga bilder, särskilt med tanke på hans huvudskygghet. Emma nämnde det när hon bokade tiden."

"Han var förvånansvärt samarbetsvillig", svarade Marcus. "Emmas rehabiliteringsarbete är imponerande."

"Familjen McKenzie har alltid haft den rätta touchen", instämde Caroline. "På tal om imponerande arbete, jag hörde från Hendersons igår."

Marcus spände sig lätt, minnet av deras pinsamma middagsavbrott var fortfarande färskt. "Jaså?"

Ett medvetet leende ryckte i Carolines läppar. "De öser beröm över dig nu. Något om hur du hanterade deras dotters ponny förra veckan. Tydligen diagnostiserade du ett oklart neurologiskt problem som veterinären som gjorde besiktningen hade missat?"

"Knappast oklart", invände Marcus, även om han inte kunde låta bli att känna en rodnad av yrkesmässig tillfredsställelse. "Ponnyn hade subtila tecken på vestibulär sjukdom. Huvudlutningen var knappt märkbar om man inte visste vad man skulle leta efter."

"Nåväl, enligt Regina Henderson är du nu den enda veterinären de kommer att överväga för sina dyrbara djur", sa Caroline, hennes ton varm av godkännande. "En helomvändning från deras utfrågning på restaurangen."

Marcus sysselsatte sig med att stänga röntgenfilerna, i hopp om att hans min inte avslöjade för mycket vid insikten att Sarah uppenbarligen hade dissekerat deras katastrofala dejt med sin väninna. "Ett yrkesmässigt rykte tar tid att etablera i ett nytt samhälle", sa han diplomatiskt. "Det är naturligt för kunder att vara försiktiga med att anförtro sina värdefulla djur åt någon de inte känner."

Caroline studerade honom ett ögonblick, hennes skarpsynta ögon missade ingenting. "Och på tal om att etablera sig i samhället", fortsatte hon och flyttade sig lite för att försöka hitta en bekvämare position, "det är faktiskt det jag ville diskutera med dig idag."

Marcus vände sin fulla uppmärksamhet mot henne och noterade hur hennes ton skiftade från ledig till mer allvarlig.

"När de andra delägarna och jag först diskuterade min mammaledighet var planen enkel: anlita en vikarie i sex månader, och sedan gradvis återgå till arbetet när bebisen var några månader gammal", började Caroline och vilade båda händerna på sin framträdande mage. "Men verkligheten av det stundande föräldraskapet har fått oss att ompröva vissa saker."

Marcus nickade uppmuntrande och kände på sig att hon hade mer att säga.

"Sanningen är att jag hade för mycket att göra redan innan jag blev gravid", fortsatte hon. "Hästpraktiken har vuxit snabbare än vi förväntat oss. Det finns mer än tillräckligt med arbete för två heltidsanställda hästveterinärer i den här regionen."

En insikt infann sig när Caroline mötte hans blick direkt. "Du erbjuder mig en fast anställning", sa Marcus, och möjligheten var både överraskande och kändes märkligt rätt.

"Bättre än så", rättade Caroline. "Jag erbjuder dig partnerskap. De andra veterinärerna håller med mig; du passar perfekt in och du kommer att vara en tillgång för kliniken." Hon log brett. "Och smådjurs- och boskapsveterinärerna kommer inte att behöva kliva utanför sin bekvämlighetszon när jag skriker på hjälp."

Marcus blinkade, tillfälligt mållös. När han hade accepterat vikariatet hade han sett det som tillfälligt, ett andrum medan han funderade ut sina nästa steg efter debaclet i Sydney. Möjligheten till en fastare tillvaro, att bygga något varaktigt här i Ridgemont, hade inte ingått i hans planer.

"Jag vet att det är ett stort beslut", fortsatte Caroline, och hennes uttryck mjuknade vid hans uppenbara förvåning. "Och verkligen annorlunda än klinikarbete på ett universitet. Men du har imponerat på mig, Marcus. Och ännu viktigare, du har imponerat på våra kunder, även de svåra. Dina kirurgiska färdigheter är utmärkta, ditt bemötande av både hästar och människor är klockrent, och du har integrerats anmärkningsvärt väl i samhället."

"Jag är smickrad", lyckades Marcus få fram, medan tankarna rusade. "Och ärligt talat, något förvånad."

Caroline log. "Var inte det. Bra hästveterinärer är svåra att hitta. Och kundlistan växer varje månad."

Hon lutade sig fram något, hennes uttryck var allvarligt. "Jag tänker inte ljuga för dig, Marcus. Jag vill inte återgå till sextiotimmarsveckor och akuta utryckningar mitt i natten med en nyfödd hemma. Med dig som delägare skulle jag kunna schemalägga vanliga arbetstider och överlåta fölningar och kolikfall klockan två på natten främst till dig." Hon gjorde en paus, och en glimt dök upp i hennes ögon. "Fast något säger mig att du inte skulle ha något emot de samtalen om de kom från vissa gårdar."

Marcus kände hur hettan steg uppför halsen, men Caroline fortsatte innan han hann formulera ett svar. "Tänk bara på saken, okej? Du behöver inte bestämma dig omedelbart. Klinikens ekonomi är öppen för dig om du vill granska den, och vi kan diskutera villkoren för partnerskapet när du är redo."

Marcus nickade, fortfarande i färd med att bearbeta det oväntade erbjudandet. "Det ska jag. Tack för ditt förtroende."

Caroline tystnade då, och såg på honom med ett uttryck som antydde att deras samtal inte var helt över. "Det finns något annat du borde veta", sa hon, och hennes ton skiftade från professionell till personlig, "om du överväger att slå rot här."

Marcus höjde ett ögonbryn och väntade på att hon skulle fortsätta.

"Jag har känt Sarah McKenzie sedan vi var tio år gamla", började Caroline. "Vi delade en ponny på ponnyklubben ett år när min blev halt. Hon var alltid den hängivna, den fokuserade. Hon slog mig med hästlängder i varje tävling, även när vi tävlade på samma häst. Redan då var hon uppe i gryningen och mockade boxar medan vi andra fortfarande gned sömnen ur ögonen."

Marcus nickade och försökte bibehålla ett neutralt uttryck trots det omedelbara intresse hennes ord väckte. Han hade hört bitar av Sarahs historia från olika källor, fragment som målade en ofullständig bild av kvinnan som alltmer hade upptagit hans tankar.

"Efter hennes olycka", fortsatte Caroline med mjukare röst, "förändrades allt. Inte bara hennes ridkarriär, utan hela hennes inställning till livet. Hon blev..." Caroline tvekade, som om hon letade efter de rätta orden. "Tillbakadragen. Kontrollerad. Som om hon genom att sköta varje detalj på Ridgewater perfekt, kunde kompensera för det hon hade förlorat."

Marcus sträckte sig efter en penna på skrivbordet, hans fingrar behövde något att göra medan han tog in Carolines ord. "Förlusten av djupseendet måste vara förödande för vilken ryttare som helst", sa han försiktigt. "Särskilt på den nivån av tävling."

Caroline nickade. "De fysiska begränsningarna var en sak, men det var mer än så. Sarah hade alltid definierat sig själv genom ridning, genom tävling. När det togs ifrån henne..." Hon skakade på huvudet. "Hon omdirigerade all den passionen, all den drivkraften, till Ridgewater och sina systrar. Blev chefen, organisatören, den som håller ihop allt."

Marcus snurrade pennan mellan fingrarna och mindes hur han först hade uppfattat Sarah, den kompetenta, något distanserade yrkeskvinnan som skötte Ridgewater med metodisk precision. Så olik kvinnan som hade kysst honom vid sjön, som hade låtit honom få glimtar av sårbarhet under sin noggrant uppbyggda fasad.

”Hon har aldrig riktigt släppt någon nära”, fortsatte Caroline med en direkt blick. ”För fokuserad på att först nå toppen som tävlingsryttare, och sedan på att hålla ihop allting för familjen. Det var några dejter genom åren, men inget seriöst. Ridgewater blev hela hennes värld, särskilt efter att hennes olycka gav Jim möjlighet att gå i pension på riktigt.”

Marcus rynkade pannan lätt. ”Gav Jim möjlighet?”

”Jim McKenzie var nästan sjuttio när Sarahs tävlingskarriär tog slut”, förklarade Caroline. ”Han och Ingrid hade pratat om att resa, se Australien i den där löjliga husbilen han hade köpt på ett infall. Men de kunde inte lämna gården utan någon kompetent som skötte saker och ting. Emma var för fokuserad på sina räddningshästar, Kate för tävlingsinriktad själv för att hantera den administrativa sidan, och Pip...” Caroline log ömt. ”Tja, Pips talanger ligger på andra områden.”

”Så Sarah klev in”, konstaterade Marcus och knackade nu försiktigt med pennan mot skrivbordet.

”Hon gjorde mer än att kliva in”, rättade Caroline. ”Hon förvandlade sig från internationell tävlingsryttare till företagsledare nästan över en natt. Lärde sig allt om avelsprogram, anläggningsskötsel, skattekonsekvenser av att driva ett ridcenter. Sarah gör aldrig något halvdant.”

Marcus nickade och tänkte på den minutiösa dokumentation Sarah hade sammanställt för protesten mot förbifarten, de noggranna register hon förde över varje djur på Ridgewater. ”Hon är verkligen grundlig”, instämde han, medveten om att hans ton avslöjade mer än han avsåg.

Carolines skarpsynta ögon missade ingenting, ett litet leende lekte i hennes mungipor. ”Vilket för mig tillbaka till min poäng”, sa hon, nu med en mildare ton. ”Om du överväger partnerskap i praktiken, bör du förstå vad du skulle förbinda dig till. Inte bara professionellt, utan..." hon tvekade, och fortsatte sedan mer försiktigt, "i termer av kopplingar i samhället."

Marcus lade ner pennan och mötte hennes blick direkt. "Du menar Sarah."

Caroline nickade, utan att försöka låtsas som om hon inte visste om den växande kopplingen mellan dem. "Sarahs värld kretsar kring Ridgewater. Den som kommer in i hennes liv skulle behöva förstå det, att uppskatta vad gården betyder för henne och hennes familj."

"Jag tror att jag börjar göra det", svarade Marcus tyst.

"Bra", sa Caroline och reste sig med synbar ansträngning. "För den expansion av praktiken jag nämnde skulle innebära att bygga starkare band med Ridgewater. Deras avelsprogram växer, och om vi antar att förbifarten inte förstör allt de har byggt upp, kommer de att behöva konsekvent veterinärstöd i många år framöver." Hon stannade vid dörren, och hennes uttryck mjuknade. "Bara något att tänka på medan du funderar över partnerskapet."

Med det vaggade hon ut ur kontoret och lämnade Marcus ensam med sina tankar och tandröntgenbilderna som fortfarande lyste på datorskärmen.

Han stirrade på bilderna, det välbekanta mönstret av kindtänder och framtänder hos en häst, men hans tankar var på annat håll. Carolines erbjudande representerade mer än bara professionell utveckling eller ekonomisk trygghet. Det innebar att slå rot i Ridgemont, att bli en del av detta samhälle på ett permanent, meningsfullt sätt. Efter det smärtsamma uppbrottet från hans liv i Sydney, bar tanken på att etablera sig här både på lockelse och farhågor.

Och så var det Sarah. Deras förbindelse hade fördjupats, utvecklats från professionellt samarbete till ömsesidig respekt till något mycket mer personligt vid sjön. Den kvällen under ljusslingorna med Harry och hennes familj hade visat honom en vision av tillhörighet som han inte hade insett att han längtat efter.

Marcus stängde av datorn och röntgenbilderna försvann från skärmen. I deras ställe såg han en möjlig framtid ta form, en som han inte hade tillåtit sig att föreställa sig förrän Carolines oväntade erbjudande gjorde den påtaglig. Partnerskap i en blomstrande praktik. Ett samhälle som gradvis hade accepterat honom, även kunder som Hendersons som till en början hade tvivlat på hans meriter. Och mest betydelsefullt, en växande relation med Sarah, med all hennes komplexitet, styrka och noggrant bevakade sårbarhet.

Han tänkte på Emmas tillbakalutade kommentar om att Sarah hade ridit mer på sista tiden, en detalj som på ytan verkade obetydlig men som han misstänkte representerade en djupgående förändring för någon som hade dragit sig tillbaka från sadeln efter ett trauma. Var det en slump att denna förändring sammanföll med hans ankomst till Ridgewater? Eller fann Sarah, precis som han, oväntat helande i deras växande förbindelse?

Klinikens telefon ringde och drog honom tillbaka till nuet. När han sträckte sig för att svara insåg Marcus att hans beslut om Carolines erbjudande redan höll på att formas, och det blev fastare för varje tanke på jordgubbsblont hår i solskenet, på familjemiddagar under ljusslingor, på ett gemensamt syfte i att skydda Ridgewater. Detaljerna skulle behöva noggrant övervägas, men den grundläggande frågan, den om huruvida Queensland kunde bli ett hem, verkade ha besvarat sig självt utan att han märkt det.

Kapitel tolv

Sarah torkade svetten från pannan med handledens baksida, noga med att inte kladda på avelsregistren hon höll på att uppdatera. Avvänjningen hade gått smidigare än väntat, med endast smärre dramatik från ett särskilt högljutt hingstföl som hade protesterat mot separationen från sitt sto med teatraliska gnägganden som ekade över egendomen. Nu, i den relativa tystnaden under den sena förmiddagen, hade hon dragit sig tillbaka till skrivbordet i sadelkammaren för att komma ikapp med pappersarbetet, medan de välbekanta dofterna av hö och hästsvett var en betryggande konstant när hon arbetade.

En stor industrifläkt surrade i hörnet och rörde om den tunga luften utan att riktigt kyla ner den. Sarah hade dragit ihop håret i en stramare fläta än vanligt, fast besluten att hålla varenda hårstrå på plats och borta från nacken i den tryckande fuktigheten.

Hon studerade avelsplanen framför sig och räknade mentalt ut datum för den kommande säsongen. Legend betäckte sällan ston naturligt längre, men de tappade honom fortfarande en gång i veckan under avelssäsongen, och hans spermakvalitet var fortfarande utmärkt trots hans stigande ålder. De skulle behöva vara strategiska med vilka ston som skulle få hans dyrbara genetik i år, som möjligen var den gamle hingstens sista säsong i aveln. Åtminstone hade de flera hundra strån säkert frysta, även om många köpare föredrog färsk sperma.

Hennes penna svävade över schemat medan tankarna vandrade iväg, inte till avelsutsikter utan till Marcus Webb. Tre dagar hade gått sedan de kyssts vid sjön, och hon hade knappt haft ett ögonblick att bearbeta vad som hade hänt mellan dem. Förberedelserna för avvänjningsdagen hade upptagit all hennes tid, följt av den faktiska separationen av föl från ston, en process som krävde hennes fulla uppmärksamhet för att förhindra skador eller rymningar. Ändå, även i hennes mest hektiska stunder, dök minnen av den där kyssen oväntat upp och framkallade ett fladder i magen som inte hade något att göra med professionella angelägenheter.

Ett ljud vid ingången ryckte henne ur tankarna. Hon tittade upp och kisade lite för att fokusera på den långe gestalten som avtecknade sig som en silhuett mot det starka dagsljuset utanför. Pulsen ökade innan hjärnan hade registrerat vem det var, hennes kropp kände på något sätt igen Marcus innan hennes medvetna sinne hann ikapp.

”Upptagen?”, frågade han och klev in i det skuggiga rummet. Han bar sin klinikskjorta med uppkavlade ärmar som avslöjade solbrända underarmar, och kragen var uppknäppt i halsen som en eftergift åt värmen. Hans mörka hår krullade sig lätt av svett vid tinningarna och han bar på en liten papperspåse från det lokala bageriet.

”Uppdaterar bara avelsregistren”, svarade Sarah, nöjd med att hon lät normal trots hjärtats plötsligt snabbare slag. ”Avvänjningen är helt klar, tack och lov. Inga trasiga staket, inga skador utöver några skrapsår.”

Marcus kom närmare, hans stövlar tysta mot betonggolvet. ”Emma sa att du har ett system som fungerar som ett urverk när jag träffade henne på kliniken.”

”Många års övning”, sa Sarah med ett litet leende. ”Fast jag misstänker att stona var lika redo att bli av med sin avkomma som fölen var motvilliga att lämna dem. Sex månaders diande tar ut sin rätt.”

Han stannade bredvid hennes skrivbord, så nära att hon kunde känna den rena, tvåliga doften av honom under den svaga antiseptiska doften som alltid hängde kvar vid hans klinikkläder. Hans närhet gjorde henne akut medveten om sitt eget tillrufsade skick, den svettfuktiga t-shirten som klibbade mot ryggen, och hårslingor som smitit ur flätan och krullade sig mot hennes nacke.

”Varför är du här?”, frågade hon och fasade nästan för svaret. ”Jag väntade dig inte idag.”

”Jag har en tid för en rutinmässig tandkontroll bara ett par minuter härifrån. Kunde inte motstå att titta förbi. Jag tog med den här till dig”, sa han och placerade papperspåsen på kanten av hennes skrivbord. ”Aprikoswienerbröd. Damen på bageriet sa att det är din favorit.”

Sarah kände en värme sprida sig i bröstet över den enkla gesten. ”Mrs Carmichael har ett gott minne”, sa hon och öppnade påsen för att upptäcka att bakverket fortfarande var lite varmt. ”Tack. Det var omtänksamt.”

”Faktum är”, sa Marcus och flyttade vikten lite, en gest hon nu kände igen som nervositet, ”att wienerbrödet bara är ett preliminärt erbjudande. Jag hoppades att du skulle kunna tänka dig ett andra försök till middag. Eller snarare, inte middag precis."

Sarah tittade upp och noterade rodnaden på hans kinder som inte helt berodde på värmen. "Inte middag?", upprepade hon, och hennes egen röst avslöjade en gnutta osäkerhet.

"En picknick", förtydligade han. "Vid sjön här på Ridgewater. I eftermiddag, ifall du är ledig. Inget märkvärdigt, bara lite vin, ost, bröd. Den sortens måltid som inte involverar Hendersons eller golfklubbspolitik."

Omnämnandet av deras katastrofala första dejt på Ridgemont Country Club fick Sarah att grimasera lätt.

"Jag vet inte", sa hon långsamt, medan hennes naturliga försiktighet gjorde sig påmind. "I eftermiddag är det meningen att jag ska ta hand om de nya fullbloden som Harry tog hit..."

Marcus nickade, och hans min visade ingen besvikelse över hennes tvekan. "Jag har faktiskt redan pratat med Kate och Emma", sa han. "Kate nämnde att hon gärna hjälper Emma med Harrys hästar. Hon vill ändå göra en grundlig bedömning av det grå stoet, se om hennes exteriör och rörelser är tillräckligt bra för att betäcka henne med Legend."

Sarah blinkade, genuint förvånad. "Har du redan pratat med dem?"

"Jag hoppas inte att jag gick över gränsen", sa han snabbt. "Jag tänkte bara att du kanske skulle vara orolig för att arbetet inte skulle bli gjort, och jag ville undanröja det hindret om jag kunde."

Omtanken bakom hans handling berörde henne djupt. Marcus hade varit uppmärksam, lärt sig Ridgewaters rytmer och ansvarsfördelningen mellan systrarna. Ännu viktigare, han hade känt igen en av hennes grundläggande rädslor, det ständiga behovet av att se till att allt flöt på smidigt, och hade tankfullt tagit itu med det.

"Du gick inte över gränsen", försäkrade hon honom. "Det var faktiskt väldigt... insiktsfullt."

Hans axlar slappnade av en aning, och leendet som spred sig över hans ansikte fick något varmt att veckla ut sig i hennes bröst. "Så, är det ett ja till picknicken?"

Sarah fann sig själv nickande innan hon helt hade bestämt sig för att tacka ja. "Ja. En picknick låter faktiskt underbart." Hon tittade ner på sina dammiga jeans och svettfläckiga tröja. "Fast jag behöver duscha och byta om först."

"Självklart", sa Marcus snabbt. "Vad sägs om klockan fyra? Då borde den värsta hettan ha lagt sig."

"Fyra är perfekt." Sarah kunde inte riktigt hålla tillbaka leendet som ryckte i hennes läppar. "Ska jag ta med mig något?"

"Bara dig själv", svarade han. "Jag tar hand om resten."

När han vände sig om för att gå ropade Sarah efter honom: "Marcus?" Han stannade och tittade tillbaka över axeln. "Tack. För att du tänkte på systrarna och schemat. Det betyder mycket."

Hans uttryck mjuknade, med en tydlig förståelse i blicken. "Jag lär mig", sa han bara. "Vi ses klockan fyra."

Sarah såg honom gå, den långe gestalten som återigen avtecknade sig mot det starka ljuset utanför innan han försvann ur sikte. Hon tittade ner på avelsplanen hon hade arbetat med, de prydliga raderna med namn och datum kändes plötsligt mindre angelägna än de hade gjort för några ögonblick sedan.

Med ett litet leende stängde hon registerboken och sträckte sig istället efter aprikoswienerbrödet. Bakverket var sött och frasigt, en perfekt motvikt till förväntan som nu fladdrade i hennes mage. Klockan fyra kunde inte komma fort nog.

Sarah följde stigen som slingrade sig ner till sjön, hennes nytvättade hår utsläppt runt axlarna istället för i sin vanliga fläta. Hon hade funderat längre än hon ville erkänna över sin klädsel innan hon bestämde sig för en enkel sommarklänning i en mjuk persikofärg som hon lånat ur Kates garderob, med sin systers entusiastiska bifall.

Det kändes konstigt att bära klänning på Ridgewaters ägor där jeans och arbetsskjortor var hennes dagliga uniform, men tillfället tycktes motivera den lilla eftergiften till femininitet. Skorna hade varit den svåraste delen av utstyrseln; högklackat eller öppna tår kom inte på fråga, men det gjorde inte heller hennes slitna arbetsstövlar. Det var Emma som kom till hennes undsättning, med ett par vackra finare cowboystövlar i blekt guldbrunt läder med turkosa sömmar. Sarah kände sig nästan glamorös när hon gick fram i de smörmjuka stövlarna med klänningen som rasslade mjukt mot hennes lår.

När hon rundade stigens sista krök kom sjön till synes, dess yta skimrade som guld i den sena eftermiddagssolen, och med den synen av Marcus som väntade på henne.

Han hade valt den perfekta platsen, en gräsbevuxen glänta under de utbredda grenarna av ett uråldrigt eukalyptusträd vars silverfärgade löv prasslade mjukt i den svalkande brisen från vattnet. En röd- och vitrutig filt låg utbredd på marken, förankrad i hörnen med små flätade korgar som verkade vara fyllda med mat. Marcus själv stod vid kanten av filten och såg ut över vattnet, med ryggen mot henne. Han hade bytt om från sina klinikkläder till khakibyxor och en ljusblå skjorta som framhävde hans breda axlar.

Han kände av hennes närvaro och vände sig om, och leendet som spred sig över hans ansikte utlöste en behaglig eruption av fjärilar i hennes mage. "Du kom", sa han, som om det hade funnits något tvivel.

"Jag sa ju att jag skulle det", svarade Sarah och kom närmare. "Och jag är sällan sen."

"Du är vacker", sa Marcus, och hans blick tog in hennes utseende med öppen uppskattning. "Du brukar inte ha håret utsläppt."

Generat stoppade Sarah en slinga bakom örat. "Det är inte praktiskt med gårdsarbete. För svettigt på sommaren, och för lätt att fastna i saker eller bli täckt av hö."

"Nåväl, det klär dig", sa han och pekade mot filten. "Varsågod, sitt. Jag hoppas att du är hungrig."

Sarah slog sig ner på filten i skuggan och stoppade in benen under sig medan Marcus knäböjde för att packa upp korgarna. Brisen från sjön var en välkommen lättnad från dagens kvardröjande hetta. Från den här platsen kunde hon se en stor del av Ridgewater utbrett framför sig, det välbekanta landskapet förvandlat till något magiskt i det gyllene ljuset från den sena eftermiddagen.

"Utsikten härifrån blir aldrig gammal", sa hon och tog emot glaset med vitt vin som Marcus erbjöd. "Även om jag har bott här hela mitt liv, kan den fortfarande ta andan ur mig ibland."

Marcus följde hennes blick över egendomen. "Jag förstår varför. Det är spektakulärt." Han arrangerade ostar, färskt bröd och skivad frukt på en träbricka mellan dem. Omsorgen han hade lagt på presentationen var uppenbar, små detaljer som rosmarinkvistar och pyttesmå burkar med olika såser visade på en tankfull uppmärksamhet för detaljer.

"Det här är underbart", sa Sarah, genuint imponerad. "Mycket trevligare än golfklubben."

Marcus skrattade, ett avslappnat och varmt ljud. "Ingen hög ribba, med tanke på hur det slutade. Men jag ville ha något annorlunda den här gången. Något som kändes mer... oss."

Den enkla frasen 'mer oss' sände ett fladder genom Sarahs mage. Det fanns ett *oss* nu, något som höll på att formas mellan dem som motiverade sin egen definition. Hon tog en klunk vin för att dölja sin reaktion och fann det uppfriskande och perfekt kylt.

"Så", sa Marcus och satte sig bekvämare tillrätta på filten, "berätta om hur det var att växa upp här. Hurdan var lilla Sarah McKenzie?"

Frågan var försiktig, nyfiken utan att vara snokande, och Sarah fann sig själv svara med en uppriktighet som förvånade henne. Hon berättade för honom om barndomsdagar som hon tillbringat med att följa efter sin far från hage till hage, och lärt sig namnen och blodslinjerna på varenda häst på egendomen innan hon kunde skriva sitt eget namn ordentligt. Hon beskrev Ridgewater Sunshine, hennes första ponny, en vresig shetlandsponny med en förkärlek för att tvärstanna vid hinder medan Sarah seglade över hans huvud.

"Pappa sa alltid att Sunshine lärde mig mer om ridning än vad någon väluppfostrad ponny hade kunnat göra", fnissade hon och tog emot en till ostskiva från Marcus. "Han lärde mig definitivt hur man ramlar av."

"Caroline har berättat historier om din tävlingsinstinkt på Ponnyklubben", sa Marcus med ett leende, och Sarah skrattade högt.

"Caroline älskar hästar av hela sin själ, och hon är en av de smartaste personerna jag någonsin har träffat, men hon är en usel ryttare. Jag tror ärligt talat att det är något fel på hennes balans. Visste du att hon inte ens kan cykla?"

"Det erkände hon inte!", Marcus började också skratta.

"Jag har aldrig, och jag menar aldrig, sett någon ramla av så lätt. Men hon lät det aldrig avskräcka henne." Sarah log åt minnet. "Vi var båda runt tolv, tror jag, när pappa satte upp mig på en av sina hästar för första gången och lät mig hoppa några riktiga hinder. Jag hoppade en och fyrtio på nolltid, och Caroline tjatade om att få prova också. Han var övertygad om att hon skulle bryta nacken, men vi tjatade och tjatade båda två och till slut gav han med sig." Hon började fnittra igen åt minnet. "Hon ramlade av på anridningen! Hästen – det var Serenity, en av pappas Grand Prix-hopphästar – hade en vana att accelerera till full galopp när hon såg hindret komma, och Caroline åkte av baktill!"

Deras samtal flöt lätt, inte alls som de styltiga utbytena på golfklubbsrestaurangen. Här, med den öppna himlen ovanför och Ridgewater utbrett runtomkring dem, fann de en rytm som kändes naturlig och bekväm. Marcus lyssnade uppmärksamt när hon talade, delade hennes glädje och ställde frågor som visade ett genuint intresse snarare än artig plikt.

När han delade med sig av historier från sin egen barndom på den engelska landsbygden fann sig Sarah vara lika trollbunden. Han beskrev hur han växt upp som son till en lantläkare, och följt med sin far på hembesök från tidig ålder, fascinerad av processen med diagnos och behandling.

"Men det var alltid djuren som verkligen lockade mig", förklarade han, med ögon som lyste av återkallad passion. "Vi hade en granne, Mrs Crowley, som räddade skadat vilt. Igelkottar, rävar, rovfåglar, ja, allt möjligt. Jag tillbringade timmar med att hjälpa henne, och lärde mig hur man bandagerar små lemmar och ger medicin till varelser som definitivt inte ville ha den."

Sarah skrattade och föreställde sig en ung Marcus som försiktigt hanterade en motvillig igelkott. "Så det är därifrån du fått ditt tålamod med svåra patienter."

"Exakt", log han. "Efter en räv med tandabscess verkar även den grinigaste hingsten relativt samarbetsvillig."

Medan de åt och pratade började solen sin nedstigning mot horisonten och kastade längre skuggor över egendomen. Stallet och ridhuset stod som silhuetter mot bergssluttningen, de välbekanta konturerna av Sarahs dagliga liv förvandlade till något nästan magiskt i det rödgyllene ljuset. I fjärran hördes fågelsång och syrsornas spel i gräset, hemmets lugnande ljud utgjorde en perfekt bakgrund till deras samtal.

Hon lade märke till hur Marcus hade positionerat sig så att hon var vänd bort från den nedgående solen och skonade hennes känsliga ögon från dess direkta bländning. Ännu en liten omtänksamhet som han hade visat utan att fästa uppmärksamhet vid det, ytterligare bevis på hans växande förståelse för hennes behov.

När de druckit upp det sista av vinet gled deras samtal naturligt in på djupare ämnen. Sarah fann sig själv dela tankar som hon sällan uttryckte högt, om hur hennes olycka inte bara hade förändrat hennes ridkarriär utan hela hennes inställning till livet.

"Förr", sa hon mjukt och såg ljuset spela över sjöns yta, "levde jag i nuet. Allt handlade om nästa tävling, nästa utmaning. Men efteråt... blev allt en fråga om kontroll, om att förhindra det oväntade." Hon sneglade på honom och fann hans blick fäst vid hennes ansikte. "Det är svårt att lita på saker och ting när ens egen perception inte är att lita på."

Marcus nickade, med förståelse i sitt uttryck. "Du byggde system för att kompensera. Skapade ordning där din syn inte kunde ge den."

"Ja", medgav hon, förvånad och berörd av hans insikt. "Men system lämnar inte mycket utrymme för spontanitet. Eller för att släppa in folk." Hon följde filtens mönster med ett finger. "Det är inte bara min syn jag är rädd för att lita på. Det är mitt omdöme. Min förmåga att se människor klart, bildligt talat."

Marcus var tyst ett ögonblick och verkade noggrant överväga hennes ord innan han svarade. "Jag förstår den rädslan", sa han till slut. "Efter min skilsmässa... ifrågasatte jag allt hos mig själv. Mitt omdöme, mitt värde, min förmåga att läsa av situationer korrekt." Han tittade ner på sina händer. "När ett så grundläggande förhållande bryts ner, undrar man om det någonsin var vad man trodde från början."

Sårbarheten i hans erkännande berörde Sarah djupt. Här var någon som förstod vad det innebar att bygga upp förtroendet igen, inte bara för andra utan för sig själv.

"Jag oroar mig", fortsatte han, nu med lägre röst, "för att inte kunna leva upp till kraven. Till dina krav, till vad Ridgewater behöver i en veterinär, till vad du förtjänar i en...", han tvekade, "i någon som bryr sig om dig."

Den råa ärligheten i hans röst rörde vid något inom Sarah som hade varit noggrant skyddat i åratal. Hon såg ut över egendomen, på arvet hennes familj hade byggt, på världen hon hade format sitt liv kring.

"Jag har aldrig träffat någon som du", sa Marcus, och hans hand sträckte sig efter hennes över filten. "Du har byggt upp något extraordinärt här, och jag hoppas bara att jag kan få vara en del av det."

Hans fingrar fann hennes, och beröringen förankrade henne i ögonblicket medan solen fortsatte sin nedstigning mot horisonten och målade sjön i lysande orange och rosa färger som även hennes nedsatta syn kunde uppskatta fullt ut.

Sarah tittade ner på Marcus hand som täckte hennes, hans beröring varm och solid mot hennes hud. Uppriktigheten han hade visat när han talade om att vilja vara en del av hennes värld skalade bort hennes vanliga försiktighet och lämnade något rått och hoppfullt i dess ställe. Hon vände sin hand under hans, deras handflator möttes, fingrar flätades samman i en gest som kändes både enkel och djup. När hon äntligen höjde blicken mot hans ansikte, fick ömheten i hans uttryck henne att tappa andan.

"Marcus", började hon, men fann att orden var otillräckliga för den våg av känslor i hennes bröst. Istället lutade hon sig framåt en aning, en subtil inbjudan som han omedelbart förstod.

Han rörde sig mot henne med försiktig eftertänksamhet, och hans fria hand kom upp för att kupa hennes kind. Den första beröringen av hans läppar mot hennes var mild, frågande, så annorlunda från den spontana passionen i deras kyss vid sjön dagar tidigare. Denna kyss innehöll medvetenhet, avsikt, ett medvetet val snarare än ett överflöd av känslor.

Sarahs ögonlock fladdrade igen när hon lutade sig in i kontakten, och hennes hand steg för att vila mot hans bröst där hon kunde känna den stadiga rytmen av hans hjärta. Hans läppar var varma och förvånansvärt mjuka, och rörde sig mot hennes med en mildhet som fick henne att längta efter mer. Hon svarade genom att pressa sig närmare, hennes fingrar krullade sig i tyget på hans skjorta.

Kyssen fördjupades naturligt, som ett samtal som finner sin rytm. Marcus hand gled från hennes kind för att vagga baksidan av hennes nacke, fingrarna letade sig in i hennes utsläppta hår. Känslan sände behagliga rysningar längs hennes ryggrad, en motvikt till den växande värmen som spred sig genom hennes kropp.

Runtomkring dem förvandlades världen i solnedgångens härlighet. Sjöns yta blev en duk av lysande färger, som reflekterade Queenslands himmels spektakulära rosa och gyllene nyanser. Fåglar ropade till varandra från träden när de slog sig till ro för kvällen, deras sånger blandades med det avlägsna gnäggandet från hästar när Emma och Nicolas gick runt med kvällsfodret. Dessa välbekanta ljud från Ridgewater, bakgrunden till Sarahs hela liv, blev nu soundtracket till denna nya början.

Marcus drog sig tillbaka en aning, hans ögon sökte hennes med en intensitet som fick henne att känna sig verkligen sedd. Vad han än fann där måste ha lugnat honom, för han log, ett litet, privat uttryck som bara var menat för henne, innan han lutade sig in för att kyssa henne igen.

Den här gången fanns det ingen tvekan. Deras läppar möttes med växande självförtroende, kyssen fördjupades när Sarah lät sina läppar skiljas under hans. Hans svar var omedelbart, hans arm drog åt hårdare runt hennes midja för att dra henne närmare. Med resterna av picknicken bortglömda bredvid dem, flyttade Sarah på sig på filten för att eliminera avståndet mellan dem.

Marcus guidade henne varsamt tills de låg sida vid sida på den rutiga filten, solens sista strålar målade röda highlights i hans mörka hår. Sarah sträckte sig upp för att röra vid hans ansikte, följde den starka linjen av hans käke, den lätta strävheten från kvällsskägget under hennes fingertoppar en fascinerande kontrast till hans läppars mjukhet.

"Du är vacker", mumlade han mot hennes mun, lågt och lite hest.

Den enkla deklarationen, uttalad med sådan uppenbar uppriktighet, rörde vid något djupt inom henne. Ända sedan sin olycka hade Sarah dragit sig undan från sin femininitet, gömt sig bakom praktikalitet och kompetens. Att bli sedd som vacker, inte trots sin försiktiga kontroll utan på något sätt på grund av den, kändes som en gåva hon inte vetat att hon behövde.

Deras kyssar blev mer enträgna, händerna utforskade med ökande djärvhet. Marcus handflata gled längs hennes sida, fingrarna snuddade vid kurvan på hennes midja innan de vilade på hennes höft. Värmen från hans beröring genom det tunna tyget i hennes sommarklänning sände hetta som spiralerade genom henne, och samlades lågt i hennes mage. Sarah fann sig själv pressa sig närmare, hennes ben gled mellan hans, hennes hand rörde sig under fållen på hans skjorta för att känna den varma huden på hans rygg.

Den svalkande kvällsluften mot hennes rodnande hud skapade en ljuvlig kontrast som förstärkte varje känsla. Marcus följde en linje av kyssar längs hennes käke till den känsliga punkten precis nedanför hennes öra, vilket lockade fram ett mjukt ljud från henne som förvånade dem båda. Han drog sig tillbaka en aning, hans ögon mötte hennes med en fråga.

"För mycket?", frågade han, hans andedräkt varm mot hennes fuktiga hud.

Sarah skakade på huvudet och log åt hans omtänksamhet. "Inte för mycket", försäkrade hon honom. "Bara... perfekt."

De kysstes igen, långsammare nu, och njöt av förbindelsen mellan dem. Sarah var akut medveten om deras omgivning, den öppna luften runt dem, det faktum att även om denna del av egendomen var privat, var de fortfarande utomhus. Medvetenheten gav en kittlande egg till deras omfamning utan att pressa dem mot något olämpligt för stunden.

När solnedgångens sista lysande färger började blekna från himlen och ge vika för den annalkande skymningens djupare blå nyanser, drog de sig slutligen isär tillräckligt för att hämta andan. Marcus höll en arm runt henne, hans fingrar lekte tankspritt med en slinga av hennes hår medan de låg vända mot varandra på filten.

"Jag tror", sa Sarah mjukt, "att detta räknas som en mycket mer lyckad dejt än vårt första försök."

Marcus skrattade, och ljudet vibrerade behagligt mot henne där deras kroppar vidrörde varandra. "Definitivt en förbättring", höll han med. "Även om jag inte är säker på att någon restaurang skulle kunna konkurrera med den här omgivningen."

Sarah såg ut över sjön, som nu reflekterade de första kvällsstjärnorna som började synas på den mörknande himlen. "Den är ganska speciell", erkände hon. "Den här platsen har alltid varit min fristad."

"Tack för att du delar den med mig", sa Marcus, och hans uttryck blev allvarligare. "Jag vet vad Ridgewater betyder för dig."

Sarah studerade hans ansikte och fann bara uppriktighet i hans ögon. "Jag tror", sa hon försiktigt, "att jag är redo för att Ridgewater ska vara mer än bara min fristad. Jag vill att det ska vara en plats för nya begynnelser också."

Marcus hand stannade i hennes hår. "Sarah, menar du att..."

"Jag menar att jag vill se vart det här leder", förtydligade hon, plötsligt nervös men fast besluten att uttrycka vad hon kände. "Ordentligt, officiellt. Du och jag."

Leendet som spred sig över hans ansikte var som en soluppgång efter en lång natt. "Det vill jag också", sa han, hans röst varm av känsla. "Även om jag vet att det inte alltid kommer att vara enkelt. Situationen med förbifarten, mitt arbete på kliniken, dina skyldigheter här..."

"Jag är inte ute efter något enkelt", avbröt Sarah honom mjukt. "Jag har ägnat lång tid åt att skapa system för att göra mitt liv förutsägbart, hanterbart. Men vissa saker är värda komplikationerna."

Marcus lutade sig fram och pressade sin panna mot hennes, en gest som var intim och på något sätt grundande. "Vi löser det tillsammans", lovade han. "En dag i taget."

"Tillsammans", ekade Sarah, och ordet kändes rätt på hennes läppar. Hon beseglade löftet med en till kyss, mjuk och söt, medan de första stjärnorna blev klarare ovanför dem och de milda ljuden från Ridgewater i skymningen omgav dem som en välsignelse.

I det ögonblicket, med Marcus armar runt sig och hemmets välbekanta landskap utbrett framför dem, kände Sarah något hon inte hade upplevt på åratal, kanske någonsin: en perfekt balans mellan tryggheten i det hon kände till och den hisnande potentialen i vad som kunde bli. Vilka utmaningar som än väntade skulle de möta dem tillsammans, och den vetskapen fyllde henne med en stilla glädje som överglänste till och med den spektakulära solnedgången som bleknade bakom dem.

Kapitel tretton

Marcus justerade röntgenapparaten och dubbelkollade inställningarna innan Emma skulle komma med Firefly. Tisdagsmorgonen hade grytt ljus och klar, och värmen byggdes redan på trots den tidiga timmen och att februari nästan var över. Marcus kastade en blick på sin klocka, ett pirr av förväntan i magen som hade föga att göra med den yrkesmässiga utmaningen att diagnostisera ett potentiellt fall av kissing spines. Sarah hade nämnt att hon kanske skulle följa med sin syster idag, och utsikten att få se henne fick hans fingrar att fumla en aning med kontrollpanelen. Han ertappade sig själv och log snett. Han kände sig fortfarande som en tonåring när han tänkte på henne.

Ytterdörren till kliniken svängde upp och med den ljudet av en hästtransport som backade utanför. Marcus rättade till sin skjortkrage och drog en hand genom håret innan han klev ut i receptionen. Genom glasdörren såg han snart Emma leda ner Firefly för rampen, och fullblodets fuxfärgade päls glänste i morgonsolen. Och bredvid henne, med ett anteckningsblock i handen och klädd i sina praktiska arbetskläder, stod Sarah.

Hans hjärta gjorde ett löjligt skutt vid åsynen av henne, med det rödblonda håret som vanligt prydligt flätat och blicken fokuserad när hon bockade av något på sin ständigt närvarande lista. Hon tittade upp när han sköt upp dörren, och leendet som spred sig över hennes ansikte sände en flod av värme genom honom.

"God morgon, doktor Webb", ropade hon, och hennes professionella ton motsades av mjukheten i hennes blick. "Vi har en utmaning till dig idag."

"God morgon, mina damer", svarade han och gick för att hjälpa Emma med Firefly. "Och hur mår vår patient i morse?"

Emma räckte över grimskaftet. "Han gick på transporten hur fint som helst, jag är så stolt över honom!"

Marcus gned en hand över Fireflys eleganta hals, och hästen lutade sig lätt mot hans beröring. "Goda nyheter! Okej, så du sa röntgen av det där ena benet och hans ryggrad?"

"Alla fyra benen", svarade Sarah och konsulterade sitt anteckningsblock. "De är särskilt intresserade av det ben som besvärade honom under hans tävlingsdagar, men de har begärt alla fyra, och hans ryggrad."

Marcus nickade och ledde Firefly mot undersökningsområdet. "Vi börjar med stående röntgenbilder av benen, sedan ger vi honom lugnande för ryggradsbilderna. Det är en ganska omfattande undersökning."

"Köparen betalar", sa Emma och följde efter. "Och han är inte billig, för jag har fått honom att hoppa en och tjugo.

Värt att kontrollera precis allt för en häst som kan tävla på den nivån."

Inne i kliniken gav luftkonditioneringen en välkommen lättnad från den stigande hettan. Firefly gick tyst in i undersökningsspiltan och litade helt på Marcus trots att han var nästan en fullständig främling för honom. Vackert tränad, tänkte Marcus, ett bevis på Emmas skicklighet.

"Jag kommer att behöva ungefär en timme för alla dessa röntgenbilder", sa han och tittade upp för att se Sarah betrakta honom intensivt. Medvetenheten mellan dem surrade som en strömförande ledning, där det professionella uppträdandet knappt dolde något mycket mer personligt.

"Perfekt tajming", svarade Sarah. "Du och Emma kan sköta det här; Caroline sms:ade och undrade om jag ville ta en kaffe med henne. Tydligen håller hon på att bli tokig av att vara mammaledig."

"Hon är verkligen inte den som sitter stilla", instämde Marcus och log vid tanken på sin höggravida kollega. "Antagligen håller hon på att omorganisera hela sjukhusets arkivsystem mellan värkarna."

Sarah skrattade, och ljudet fick hans bröst att dra ihop sig på ett behagligt sätt. "Det låter som hon. Hon har redan utarbetat en omfattande träningsplan för bebisen. Jag tror sömnträningen börjar vid ungefär fyra minuters ålder."

"Hälsa henne från mig", sa Marcus och vände motvilligt sin uppmärksamhet tillbaka till Firefly. "Jag har de preliminära resultaten när du kommer tillbaka."

Sarah nickade, och hennes blick dröjde kvar vid honom en stund längre än vad som var absolut nödvändigt. "Vi ses om en timme då."

När hon gick ertappade sig Marcus med att betrakta Sarahs bortvändande gestalt, beundra den självsäkra hållningen på hennes axlar och den beslutsamma rytmen i hennes steg. Trots sina enkla arbetskläder bar hon sig med en omedveten elegans som vittnade om år i sadeln.

När han vände sig om såg han Emma betrakta honom med ett medvetet leende, och han tittade hastigt bort. Dags att sätta igång.

Men även när han ställde in röntgenapparaten fortsatte Marcus tankar att kretsa kring Sarah, kring deras picknick vid sjön, kring hur hon hade känts i hans armar när de hade kyssts under den nedgående solen. Han hade dejtat lite sporadiskt sedan sin skilsmässa, men inget hade påverkat honom som denna växande förbindelse med Sarah McKenzie.

Han kom ihåg Carolines ord om partnerskap i praktiken, möjligheten att slå ner sina bopålar permanent i Ridgemont. Idén hade tagit form i hans medvetande under de senaste dagarna och stärkts till något som kändes alltmer rätt. Inte bara professionellt, utan även personligt, särskilt när han tänkte på Sarah och den potential de precis börjat utforska tillsammans.

Röntgenapparaten surrade när han tog bilder av vart och ett av Fireflys ben, och fullblodet stod tålmodigt stilla hela tiden. Marcus mumlade beröm och kontrollerade varje bild på den digitala skärmen innan han gick vidare till nästa vinkel. Hans professionella fokus vacklade aldrig, trots hans personliga tankar. År av utbildning och praktik hade lärt honom konsten att hålla isär saker, förmågan att vara helt närvarande med sina patienter oavsett vad annat han hade i tankarna.

När han var klar med ryggradsröntgen, med Firefly lätt sederad för att säkerställa fullständig stillhet, hade Marcus en omfattande bild av fullblodets tillstånd. Han studerade de sista bilderna när dörren till kliniken öppnades och förebådade Sarahs återkomst.

"Perfekt tajming", sa han. "Jag har precis gått igenom allt."

Hon kom närmare, och doften av kaffe från kaféet hängde kvar i hennes kläder. "Och vad är domen?

Kommer Firefly att klara granskningen hos sin potentiella nya ägare?"

Marcus pekade på skärmen. "Benet ser inte annorlunda ut än det andra, och jag kan inte se något på något av dem som ger mig minsta anledning till oro." Han pekade på ett specifikt område. "När det gäller den misstänkta kissing spine finns det inget här heller; han har utmärkt avstånd. Han är i toppskick."

Sarah lutade sig närmare för att se skärmen, och hennes axel snuddade vid hans, vilket sände en medvetenhet genom honom även genom deras kläder. "Det är fantastiska nyheter. Emma kommer att bli överlycklig."

"Var är Emma, förresten?" frågade han och insåg plötsligt att hon inte hade kommit tillbaka efter att ha tagit ut en fortfarande omtöcknad Firefly.

"Hon ville inte lasta Firefly förrän han var helt vaken, så hon går med honom", svarade Sarah. "Hon kommer snart."

Marcus nickade och blev plötsligt medveten om deras relativa avskildhet i den tysta kliniken. "Hur var det med Caroline?"

"Enorm", skrattade Sarah. "Och hon klättrar fullkomligt på väggarna, stackarn."

"Det låter bekant", småskrattade Marcus och vände sig lite för att möta hennes blick. "Det var snällt av dig att hålla henne sällskap."

Sarahs uttryck mjuknade. "Hon är min äldsta vän. Dessutom hade hon några intressanta saker att säga om dig."

"Jaså?" Marcus höjde ett ögonbryn, både nyfiken och lite orolig. "Bara smickrande saker, hoppas jag."

"Ganska glödande, faktiskt", svarade Sarah med ett litet leende. "Hon tycker att du är ett utmärkt tillskott till praktiken."

Något i hennes ton antydde att det fanns mer, men innan han hann fråga fortsatte hon.

"Jag undrade", sa hon och lät nonchalant även om hennes ögon höll fast hans intensivt, "om du skulle vilja komma på middag ikväll. I Stora huset. Inget formellt, bara en familjemiddag, men..." hon tvekade, "jag skulle vilja att du var där."

Den enkla inbjudan bar på en tyngd som sträckte sig bortom orden. Familjemiddag i Stora huset var något annat än den improviserade grillkvällen med Harry, eller deras picknick vid sjön. Det representerade en integration i hennes värld på ett nytt sätt, ett medvetet val att föra honom längre in i hjärtat av Ridgewater.

"Det skulle jag väldigt gärna vilja", svarade han, och värme spred sig genom hans bröst vid den genuina glädje som lyste upp hennes ögon vid hans acceptans.

"Bra", sa hon enkelt. "Halv sju? Emma marinerar biffar, och Pip har hotat med att baka sina berömda pumpascones."

"Jag tar med vin", erbjöd Marcus. "Och kanske köper med mig lite färskt bröd från bageriet?"

"Perfekt", instämde Sarah. Deras blickar möttes en stund till, båda medvetna om gränser som flyttades, om något nytt som tog form mellan dem som gick bortom stulna kyssar vid sjön.

Klinikdörren svängde upp och bröt ögonblicket när Emma återvände. "Ursäkta att det tog tid", ropade hon. "Det tog några minuter för Firefly att sluta se dubbelt, men nu är han lastad. Hur ser bilderna ut?"

Marcus vände sig tillbaka till skärmen och gled sömlöst in i sin professionella roll medan hans hjärta fortsatte sin nöjda rytm och redan såg fram emot kvällen. "Utmärkta nyheter", började han och pekade på bilderna. "Jag tror att köparen borde bli mycket nöjd..."

Medan han förklarade resultaten var han intensivt medveten om Sarah som stod bredvid honom, hennes närvaro som ett löfte om något han inte hade vågat hoppas på när han först anlände till Ridgemont. Något som alltmer kändes som att komma hem.

Marcus lade en hand på de två flaskorna Shiraz på passagerarsätet för att hindra dem från att skramla mot varandra när han navigerade den välbekanta grusvägen till Ridgewaters Stora hus. Kvällssolen kastade långa skuggor över hagarna och målade de väderbitna trästaketen i varmt guld. För sex veckor sedan hade han kört samma väg för första gången, en nervös vikarierande veterinär på väg mot vad han hade antagit skulle vara en tillfällig anställning på landsbygden i Queensland. Nu kändes ägorna alltmer som hemma, dess rytmer och rutiner blev lika bekanta för honom som hans egna hjärtslag. Ännu mer överraskande var hur mycket han ville att det skulle vara hemma, hur utsikten om Carolines partnerskapserbjudande och en framtid sammanflätad med Ridgewater och dess rödblonda föreståndare fyllde honom med stilla förväntan snarare än den försiktighet som skilsmässan hade ingjutit i honom.

Han parkerade och samlade ihop sina gåvor: vinet, en flaska lemonad till Jemima och en fortfarande varm surdegslimpa inslagen i brunt papper, vars jästiga doft fyllde bilen. Innan han ens hann nå verandatrappan flög myggnätsdörren upp och Jemima störtade ut med fladdrande flätor.

"Farbror Marcus! Du är precis i tid! Mamma sa att du skulle vara det för veterinärer är alltid punktliga utom när det är en hästakut, och då gäller inga regler!" Hon grep tag i hans arm och drog honom mot dörren med en åttaårings ostoppbara energi. "Tant Pip har bakat sina speciella pumpascones och de luktar fantastiskt men hon låter mig inte äta några förrän till middagen!"

Marcus skrattade och lät sig ledas uppför trappan. "Jag har med mig bröd", sa han och höll upp den pappersinslagna limpan. "Direkt från bageriet."

"Är det surdegsbrödet från Mrs Carmichael?" frågade Jemima ivrigt. "Det är tant Sarahs favorit!"

"Är det sant?" svarade Marcus och låtsades vara okunnig. "Vilket lyckligt sammanträffande."

Inne i Stora huset surrade det av aktivitet och läckra dofter. Köket, med sitt massiva träbord och välanvända bänkskivor, hade blivit verksamhetens hjärta. Kate stod vid det enorma gårdsbordet och placerade metodiskt bestick runt elegant vikta servetter. Emma svävade vid kylskåpet och blandade en marinad i en stor skål, och den fylliga doften av vitlök och örter fyllde luften. Pip stod vid köksön med mjöl som pudrade händer och underarmar medan hon knådade deg till sina berömda scones.

Och där var Sarah, som hackade grönsaker med de precisa, försiktiga rörelser han hade lärt sig känna igen som hennes sätt att kompensera för sin synnedsättning. Hennes hår var uppsatt i sin vanliga fläta, även om några slingor hade rymt för att rama in hennes ansikte. Hon tittade upp när han kom in, och hennes leende värmde hela hennes ansikte på ett sätt som fick hans hjärta att hoppa över ett slag.

"Du kom", sa hon och lade ner sin kniv.

"Skulle inte missa det", svarade han och höll upp sina gåvor. "Vin och bröd, som utlovat." Han sneglade över axeln för att se till att Jemima var utom hörhåll. "Och lemonad, men jag tänkte att det var bäst att kolla med Emma innan jag sa till Jemima att den var till henne."

Sarahs leende värmde hans hjärta. "Du har tänkt på allt. Tack."

"Perfekt tajming", sa Kate och plockade vinflaskorna från hans arm. "Glasen står redan på bordet. En bra shiraz behöver luftas."

Marcus hängde sin jacka på en krok vid dörren. Utan att behöva fråga kavlade han upp ärmarna och gick till spisen där en skål med mjukt smör stod och väntade. Han hittade vitlökspressen i lådan som Pip pekade på, valde ut flera klyftor från terrakottakrukan på fönsterbrädan och började förbereda vitlöksbrödet som om han hade gjort det i det här köket i åratal.

"Titta på det där", anmärkte Emma till ingen särskild. "Mannen hittar i ett McKenzie-kök."

"En värdefull livskunskap", instämde Pip. "Nästan lika viktig som att veta var vi förvarar hästmedicinerna."

Marcus log medan han arbetade, skar brödet och bredde på vitlökssmöret med noggrann uppmärksamhet. "Veterinärutbildningen lär en att snabbt anpassa sig till nya miljöer", erbjöd han. "Även om jag måste säga att det här köket är betydligt trevligare än de flesta operationssalar."

"På tal om veterinärutbildning", började Kate med en avspänd ton men med en skarp blick full av intresse, "nämnde Caroline att du specialiserade dig inom reproduktionsmedicin innan du fokuserade på allmän hästpraktik. Vad fick dig att byta?"

Marcus förstod Kates fråga för vad den var: inte sysslolös nyfikenhet utan en beskyddande systers granskning. "Jag gillade forskningsaspekterna av reproduktion", förklarade han och lade vitlöksbrödet på en bakplåt. "Men jag saknade variationen i allmänpraktiken, utmaningen med diagnostik inom olika system. Och ärligt talat blev politiken inom universitetsmedicin tröttsam efter ett tag."

Sarah tittade upp från sitt grönsakshackande med ett mjukare uttryck. "Universitetspolitik är en alldeles egen sorts mardröm", instämde hon. "Pappa sa alltid att han hellre förhandlade med en grinig hingst än en institutionschef."

"En klok man", småskrattade Marcus. "Åtminstone är hingstens avsikter uppenbara."

”Till skillnad från exfruar”, muttrade Pip, precis tillräckligt högt för att höras, och såg sedan genast ångerfull ut. ”Förlåt, det var taktlöst.”

Istället för att känna sig obekväm fann Marcus att han uppskattade Pips rättframma sätt. ”Ingen fara”, sa han och sköt in vitlöksbrödet i ugnen. ”Du har inte fel. Tydlig kommunikation var inte vår starka sida mot slutet ... eller någonsin, egentligen, om jag ska vara helt ärlig mot mig själv.”

”Deras förlust är vår vinst”, sa Emma bestämt och gav hans arm en stödjande kläm när hon gick förbi. ”Vi uppskattar transparens här.”

”Och kompetenta veterinärer som kan hantera knepiga fölningar och kolik klockan två på natten”, tillade Kate med ett litet leende som antydde att hon kanske höll på att tina upp inför honom trots allt.

Jemima, som hade slagit sig ner vid bordet med sin matteläxa, flikade in. ”Och farbröder som förklarar varför hästar inte kan kräkas, även om det är äckligt! Billy Matthews trodde mig inte förrän jag berättade allt om övre magmunnen, precis som du lärde mig, farbror Marcus!”

Marcus mötte Sarahs blick tvärs över köket, och båda fick bita sig i läppen för att inte börja skratta åt Jemimas allvarliga förklaring. Något varmt och obestämbart växte i hans bröst över att så lätt bli inkluderad i den här familjens rytm, över det självklara sättet de hade vävt in honom i sina samtal och rutiner. Han lade märke till ett litet leende som lekte i Sarahs mungipor när han interagerade med hennes familj, svarade på Jemimas snabba frågor om hästars matsmältning och skrattade åt Pips dramatiska återberättande av en Pony Club-katastrof som involverade en påstridig mamma, en motvillig shetlandsponny och en olyckligt placerad vattenpöl.

”Middag på verandan om fem minuter”, meddelade Kate när hon stack in huvudet. ”Då borde biffarna vara perfekta.”

De bar ut faten till den stora verandan där bordet hade dukats med förvånande elegans och ljusslingor som hängde ovanför och gav ett varmt sken när dagsljuset började falna. Kvällen hade svalnat något och en mild bris bar med sig dofterna av eukalyptus och ett avlägset regn. Marcus hjälpte till att ställa fram maten och fann sin plats helt naturligt mellan Sarah och Jemima utan att behöva fråga.

Biffarna, perfekt grillade på den gamla grillen, serverades med Emmas örtrostade potatis, grillade majskolvar, en fräsch grönsallad, hans vitlöksbröd och Pips pumpascones, som levde upp till sitt legendariska rykte. Vinet flödade fritt bland de vuxna, och samtalet bubblade runt bordet med den otvungna förtrolighet som finns hos människor som verkligen tycker om varandras sällskap.

”Så Marcus”, sa Pip och sträckte sig efter en till scone som hon bredde med en färskost- och gräslöksröra som han redan höll på att bli beroende av, ”vad är det konstigaste du någonsin har behövt plocka ut ur en hästs matsmältningskanal? För jag såg en gång en veterinär dra ut en hel badmössa ur en valack som på något sätt hade kommit åt en låda med kvarglömda saker.”

Marcus skrattade och tog en klunk vin innan han svarade. ”Det var imponerande. Mitt konstigaste var nog julgransbelysning. En miniatyrhäst på ett klappzoo för barn hade lyckats äta i sig ungefär en meter av dem innan någon märkte något.”

”Lyste de fortfarande?” frågade Jemima med ögon stora av fascination och fasa.

”Tack och lov inte”, svarade Marcus och flinade åt hennes min. ”Fast jag var orolig ett ögonblick för att den stackars saten skulle börja blinka som en julgran.”

Skratt utbröt runt bordet, och inte ens Kate kunde behålla sin vanliga återhållsamhet. Allt eftersom måltiden fortskred kom Marcus på sig själv med att berätta historier från sin universitetstid: den ökända anatomiprofessorn som bar samma fluga varje dag i trettio år, gången då han av misstag hade gett sig själv en dos av ett milt lugnande medel när han behandlade ett särskilt svårhanterligt sto.

"Det gjorde du inte!" flämtade Emma och satte nästan vinet i halsen.

"Jo, absolut", bekräftade Marcus. "Jag tillbringade resten av eftermiddagen med att känna mig utomordentligt avslappnad inför allting, inklusive min utvärdering av institutionschefen."

"Blev du godkänd?" frågade Sarah, och hennes ögon glittrade av road förvåning.

"Med glans", flinade Marcus. "Tydligen var jag 'uppfriskande lugn under press'."

När kvällen mörknade flöt samtalet lika lätt som vinet. Jemima skickades så småningom i säng och protesterade hela vägen tills Pip lovade att berätta en speciell historia för henne från sina tävlingsdagar. Emma och Kate började duka av och viftade bort Marcus erbjudanden om att hjälpa till.

"Du är gäst", insisterade Emma. "Dessutom är det Kates tur att ladda diskmaskinen."

"Det är det absolut inte", kontrade Kate, även när hon staplade tallrikar för att ta in. "Men jag gör det ändå för att jag är så storsint."

De försvann in och lämnade Marcus och Sarah ensamma på verandan, där det mjuka skenet från ljusslingorna skapade en intim atmosfär. Det avlägsna gnäggandet från hästarna som gjorde sig redo för natten blev ett stilla soundtrack till stunden.

"Tack för att du kom ikväll", sa Sarah mjukt och vände sig mot honom på bänken de delade. "Det betyder mycket att ha dig här."

"Tack för att du bjöd in mig", svarade han och sträckte sig efter hennes hand. Hennes fingrar flätades naturligt samman med hans, som om de hade gjort det i åratal och inte bara dagar. "Din familj är underbar."

"De verkar ganska förtjusta i dig", erkände hon, och ett leende lekte i hennes mungipor. "Särskilt Jemima. Jag tror att du officiellt har uppnått status som favoritfarbror."

"Det var sannerligen ett högt beröm, med tanke på hennes morbror Harry", mumlade han och lutade sig närmare. "Och du då?"

Sarahs blick mötte hans, och ljusslingorna reflekterades i hennes glasögon och skapade små konstellationer som matchade stjärnorna som dök upp på himlen. "Jag tror att du vet precis hur förtjust jag är", viskade hon.

När deras läppar möttes kändes det som att fortsätta ett samtal de hade fört sedan picknicken vid sjön. Kyssen fördjupades naturligt, hennes hand kom upp för att vila mot hans bröst medan hans fingrar följde hennes käklinje. Tiden verkade stanna, och ljuden från Queensland-natten tonade bort i bakgrunden när de förlorade sig i varandra.

När de till slut skiljdes åt vilade Marcus sin panna mot hennes, ovillig att flytta sig helt. "Jag borde nog gå", sa han motvilligt. "Det börjar bli sent."

Sarahs hand hårdnade något om hans, och hennes ögon mötte hans med tyst övertygelse. "Eller så kan du stanna", föreslog hon. "Om du vill."

Den enkla inbjudan bar på lager av betydelse som fick hans hjärta att hoppa över ett slag. Marcus sökte i hennes ansikte och fann bara klarsynt övertygelse i hennes uttryck. "Det skulle jag vilja", svarade han. "Väldigt gärna."

Hennes leende var svar nog, varmt och fyllt av löften när hon reste sig, behöll hans hand i sin och ledde honom in igen, mot ett nytt kapitel som ingen av dem hade förutsett när han först körde uppför den där grusvägen för sex veckor sedan.

Köket var nu tomt, middagstallrikarna bortplockade och diskmaskinen brummade tyst. Familjen hade taktiskt skingrats till sina egna hörn av det stora huset. Sarahs fingrar förblev inflätade i hans när de rörde sig genom den tysta hallen, förbi fotografier av McKenzies från flera generationer till häst, medaljer och rosetter inramade bredvid familjestunder.

De gick uppför den polerade trätrappan till övervåningen, och träet knarrade mjukt under deras fötter. Marcus kände en märklig blandning av nervositet och förväntan, som en ström som löpte precis under huden. Trots deras tidigare kyssar, deras växande närhet, kändes detta steg betydelsefullt på ett sätt som översteg fysiskt begär.

Sarah stannade framför en dörr i slutet av hallen och vände sig mot honom med ett litet, nästan blygt leende som kontrasterade mot hennes vanliga självsäkerhet. ”Mitt rum”, sa hon enkelt och sträckte sig sedan efter handtaget.

Sovrummet innanför var Sarah i ett nötskal: organiserat utan att vara sterilt, bekvämt utan att vara belamrat. En stor säng med träram dominerade rummet, flankerad av prydliga sängbord med läslampor som kastade ett varmt sken. Bokhyllor längs en vägg var fyllda med ridhandböcker och en och annan deckare. Ett burspråk med en vadderad sittplats erbjöd utsikt över Ridgewaters hagar, nu försilvrade av månskenet. På väggen bredvid byrån hängde inramade fotografier: McKenzie-systrarna som barn med sina ponnyer, en mindre Jemima som log från öra till öra på en liten shetlandsponny, porträtt av Jim och Ingrid med sina olympiska hästar.

”Det är vackert”, sa Marcus och menade det. Rummet kändes som en förlängning av Sarah själv: praktiskt, organiserat, men med en underliggande värme som bjöd in till närmare inspektion.

Hon stängde tyst dörren bakom dem, och plötsligt verkade luften mellan dem laddad med möjligheter. Marcus tog ett steg mot henne, dragen av en osynlig kraft han inte hade kunnat motstå om han så försökt. Deras läppar möttes igen, kyssen djupare nu, obehindrad av risken för avbrott. Hans händer fann hennes midja och drog henne närmare tills hennes kropp pressades mot hans, hennes värme sipprade igenom det tunna tyget i hennes tröja.

Sarahs fingrar arbetade med knapparna på hans skjorta, och varje knapp avslöjade en ny bit hud som hon omedelbart utforskade med varsamma beröringar. Marcus ryste vid kontakten, och hans egna händer gled in under fållen på hennes topp och fann den varma huden på hennes rygg. De rörde sig tillsammans mot sängen, en långsam dans av upptäckt och förväntan.

"Får jag?" mumlade han, med fingrarna vid kanten av hennes tröja. Hon nickade och höjde armarna för att hjälpa till när han lyfte plagget över hennes huvud, och avslöjade en enkel bomulls-bh som på något sätt lyckades vara mer lockande än vad utsmyckad spets skulle ha varit på en annan kvinna.

Marcus följde linjen på hennes nyckelben med vördnadsfulla fingrar och såg hur hennes andning fastnade vid hans beröring. "Du är vacker", viskade han och menade det med varje fiber i sin varelse.

Sarahs händer avslutade sitt arbete med hans knappar och knuffade ner skjortan från hans axlar så att den landade i en hög på golvet bredvid hennes. Hennes handflator pressades mot hans bröst, varma och lätt valkiga från år av gårdsarbete. "Det är du också", svarade hon, och hennes ögon drack in honom med oförställd uppskattning.

De fortsatte att klä av varandra med obesvärade rörelser, varje avslöjad centimeter hud utforskades med händer och läppar. Marcus knäppte upp hennes bh med varsamma fingrar, och hans andning fastnade vid åsynen av hennes bröst, bleka i det mjuka lampskenet. Han böjde sig ner för att pressa sina läppar mot kurvan på hennes hals, lät kyssar vandra ner till hennes nyckelben och sedan ännu längre ner. Sarahs tysta flämtning när hans mun fann hennes bröst skickade en het spiral genom honom, och hennes fingrar hårdnade i hans hår när han retade det känsliga köttet.

Hennes jeans förenade sig snart med den växande högen av kläder bredvid sängen, och hans byxor följde snabbt efter. De stod framför varandra i bara sina underkläder, och ögonblicket balanserade mellan förväntan och uppfyllelse. Marcus drog henne tätt intill sig igen, och känslan av hennes hud mot hans skapade en ljuvlig friktion som fick honom att värka av längtan.

"Jag har tänkt på det här", erkände Sarah, lätt andfådd när hon pressade sig mot honom. "På dig."

"Det har jag också", bekände han och ledde henne varsamt bakåt tills hennes ben mötte sängkanten. "Mer än jag nog borde erkänna."

De ramlade ner på sängen tillsammans, med lemmarna sammanflätade medan de fortsatte sin upptäcktsfärd. Marcus följde kurvorna på hennes kropp med noggrann uppmärksamhet, lärde sig vad som fick hennes andning att fastna, vad som lockade fram de där tysta ljuden från hennes strupe som han snabbt höll på att bli beroende av. Hon var lika nyfiken, hennes händer kartlade hans rygg, styrkan i hans axlar, den känsliga punkten vid basen av hans ryggrad som fick honom att rysa.

Hennes trosor förenade sig snart med resten av deras kläder, hans följde efter några ögonblick senare. Marcus tog sig tid att plocka fram en kondom från sin plånbok och rullade på den innan han placerade sig över henne och tog in synen av henne blottad framför honom, sårbar och tillitsfull och så vacker att det värkte i bröstet.

"Jag vill inte skada dig", mumlade han, medveten om att hon skulle förstå att han menade mer än bara fysiskt. Det stod så mycket på spel här, så många sätt de kunde såra varandra på om det här gick fel.

Sarah sträckte upp handen för att kupa hans ansikte, hennes blick stadig på hans. "Det kommer du inte att göra", sa hon enkelt och drog honom ner till sig.

Deras kroppar förenades med en självklarhet som fick Marcus att tappa andan. Sarah slog benen om hans höfter och drog honom djupare, hennes tysta flämtning blandades med hans stön när de började röra sig tillsammans. Världen krympte till detta rum, denna säng, denna kvinna i hans armar vars varje reaktion vägledde honom. Han höll sina rörelser avmätta till en början, varsamma och frågande, men när Sarahs fingrar grävde sig in i hans axlar och manade honom närmare, snabbare, överlämnade han sig till rytmen de skapade tillsammans.

Tiden verkade sträckas ut och komprimeras samtidigt. Marcus förlorade sig i känslan av henne, i sättet hennes kropp välvde sig under hans, i de tysta ljuden av njutning hon gjorde mot hans öra. Han viskade hennes namn som en bön, hans läppar följde hennes strupe, kurvan på hennes axel, smakade saltet på hennes hud.

Sarah rörde sig med ökande intensitet under honom, hennes andning kom i korta flämtningar som berättade för honom att hon var nära. Han smög in en hand mellan dem, fann centrum för hennes njutning och belönades med ett skarpt skri som hon snabbt dämpade mot hans axel. Känslan av att hon slöt sig omkring honom, åsynen av hennes ansikte förvandlat av njutning, pressade Marcus förbi gränsen för kontroll. Hans orgasm sköljde över honom i vågor, med Sarahs namn på sina läppar när han skälvde mot henne.

De låg sammanflätade efteråt, andningen saktade gradvis ner, hjärtslagen återgick till det normala. Marcus höll henne tätt intill sig, ovillig att skiljas åt även när deras svettdränkta hud började svalna i nattluften. Sarah rörde sig lite, sträckte sig ner för att dra täcket över dem båda och sjönk sedan tillbaka mot hans bröst med en belåten suck.

"Du tänker väldigt högt", mumlade hon efter ett tag, medan hennes fingrar ritade sysslolösa mönster på hans bröst.

Marcus log och pressade en kyss på hennes hjässa. "Tänkte bara att jag aldrig har känt så här förut", erkände han tyst. "Inte ens när jag trodde att jag var lycklig förut, var det inte så här."

Sarah stödde sig på ena armbågen för att se på honom, hennes uttryck mjukt i det svaga lampskenet. "Hur då?"

Marcus övervägde frågan, han ville ge henne den ärlighet hon förtjänade. "Som att jag har hittat något jag inte ens visste att jag letade efter", sa han till slut. "Som att varje fel sväng och misstag på något sätt ledde mig precis dit jag behövde vara."

Hennes ögon fick ett svagt skimmer av hans ord, och hon lutade sig ner för att kyssa honom mjukt. "Jag vet vad du menar", viskade hon mot hans läppar. "Jag trodde att jag visste vad jag ville, hur mitt liv skulle bli. Och sedan förändrades allt efter olyckan. Men nu..."

"Nu?" uppmuntrade han försiktigt och strök en hårslinga från hennes ansikte.

"Nu börjar jag tro att livet ibland tar bort en framtid för att göra plats för en annan", sa hon. "En som kanske är ännu bättre, bara annorlunda än vad man föreställt sig."

Marcus drog henne tillbaka ner för att vila mot hans bröst, och hans armar slöt sig om henne. Utanför försilvrade månen Ridgewaters hagar, och egendomen sov fridfullt omkring dem. I denna tysta stund, med Sarahs värme mot sig och hennes ord ekande i sitt sinne, tillät Marcus sig själv att fullt ut omfamna den framtid som tog form framför honom.

För en man som hade kommit till Queensland och endast sökt en tillfällig frist, en chans att läka och samla sig innan han återvände till det välbekanta, kändes utsikten att stanna, att bygga något varaktigt här, inte längre som en kompromiss eller en reträtt. Det kändes som det mest naturliga valet i världen. När Sarahs andning blev djupare och övergick i sömn, pressade Marcus en varsam kyss mot hennes tinning och slöt sina egna ögon, och började tro att oavsett vilka utmaningar som väntade dem – hotet från vägbygget, kraven från deras respektive karriärer, de oundvikliga komplikationerna med att slå samman två separata liv – så kunde de hantera dem tillsammans.

Kapitel fjorton

SARAH LUTADE SIG MOT verandaräcket, och träet var varmt och välbekant under hennes handflator medan hon såg blixtar klyva den avlägsna himlen. Luften var tung av doften av regn, även om dagens oväder hade dragit förbi Ridgewater för flera timmar sedan och lämnat efter sig en välsignad svalka efter dagar av obeveklig hetta. Bredvid henne stod Marcus så nära att deras axlar nuddade varandra, en otvungen intimitet som fortfarande gav henne en liten rysning, även efter flera dagar med stulna kyssar och gemensamma nätter.

”Jag älskar att titta på oväder på avstånd”, sa hon och lutade huvudet mot horisonten där ännu en blixt lyste upp molnen. ”All dramatik utan något av besväret.”

Marcus skrockade, ett lågt och varmt ljud i den tysta kvällen. ”En mycket praktisk bedömning”, sa han, och hans arm gled runt hennes midja med en lätthet som kändes både ny och på något sätt oundviklig. "Men jag kan tänka mig att ett helt liv på en gård som den här har lärt dig precis hur besvärliga oväder kan vara."

"Du anar inte", instämde hon och lutade sig lätt mot honom. "Förra året slog blixten ner i pumphuset. Vi fick bära vatten till trågen i tre dagar innan elektrikern kunde laga det."

Resterna av deras middag stod bortglömda på bordet bakom dem, tomma vinglas och smulorna från Pips äppelsmulpaj vittnade om en avspänd måltid som avnjutits i trivsamt sällskap. Emma hade tagit med Jemima in till stan på en skolkamrats födelsedagskalas, och Kate gjorde kvällsronderingen, vilket gav dem en sällsynt stund av avskildhet.

Fem dagar hade gått sedan den där första natten tillsammans, fem dagar av att upptäcka varandra på både fysiska och känslomässiga plan. Sarah kom på sig själv med att titta på klockan under arbetsdagen, i väntan på ögonblicket då Marcus skulle komma på middag eller då hon skulle köra till stugan han hyrde efter kvällsronderingen i stallet. Det nya i deras förhållande väckte fortfarande spänning, men under den höll en djupare trygghet på att slå rot.

"Jag har tänkt prata med dig om en sak", sa Marcus och avbröt hennes tankar. Han vände sig för att möta henne, även om hans arm låg kvar runt hennes midja. "Det handlar om min syster, Zoe."

"Hästterapeuten?" frågade Sarah och kom ihåg att han kort nämnt en yngre syster som fortfarande var kvar i Storbritannien.

Marcus nickade och hans min lyste upp. "Precis. Hon är faktiskt helt briljant. Utbildad till instruktörsnivå i Masterson-metoden, men har också en bakgrund inom hästars beteende. Hon specialiserar sig på traumatiserade hästar, särskilt före detta galopphästar och tävlingsdjur med ångestproblem."

Sarahs intresse väcktes omedelbart. "Det låter som precis vad Emma behöver för en del av sina räddningshästar. Som det där nya fullblodet från Harry, den med andningsproblemen. Emma misstänker att det är ångestrelaterat snarare än rent fysiskt."

"Precis vad jag tänkte", instämde Marcus. "Zoe har haft det lite kämpigt i Storbritannien. Hon publicerade en uppsats som ifrågasatte en del traditionella träningsmetoder, och det gjorde henne ganska impopulär hos det gamla gardet. Affärerna har gått trögt." Hans fingrar ritade små mönster mot Sarahs sida medan han talade, en omedveten, familjär gest. "Hon har pratat om att komma till Australien i evigheter, kanske på ett arbetssemestervisum till att börja med. Men hon måste bestämma sig snart; hon fyller 30 nästa år och är inte längre berättigad till det."

"Och du tänker att Ridgewater skulle kunna passa henne bra?" avslutade Sarah hans tanke och övervägde redan möjligheterna.

"Tanken har slagit mig", erkände han. "Men jag var inte säker på hur jag skulle ta upp det utan att verka påflugen." Han sneglade på henne, med en antydan till osäkerhet i blicken. "Det sista jag vill är att du ska tro att jag försöker tränga mig på med min familj i er verksamhet."

Sarah vände sig helt mot honom och lade händerna på hans bröst. "Det känns inte påfluget", försäkrade hon honom. "Det känns som att du tänker på vad som skulle gynna Ridgewater. Och av vad du beskriver verkar din syster perfekt för vad vi behöver. Även om vi inte har heltidsarbete åt henne, skulle hon kunna utgå härifrån ... det finns gott om folk i området som gärna skulle vilja ha en Masterson-utövare regelbundet tillgänglig."

Blixten slog ner igen, närmare den här gången, och lyste upp Marcus ansikte i ett kort, briljant ögonblick. Lättnaden i hans uttryck fick hennes hjärta att dra ihop sig.

"Hon är briljant med hästar", fortsatte han entusiastiskt. "Händer som verkar veta exakt var spänningarna gömmer sig. Och ännu viktigare, hon har den här intuitiva förståelsen för hästars psykologi. Hon kan läsa en hästs ångest och hitta källan snabbare än någon jag känt."

"Har hon erfarenhet av tävlingshästar?" frågade Sarah och räknade redan på hur de skulle kunna integrera Zoes kunskaper i sin verksamhet. "Vi får en hel del klienter som kommer in med hästar med prestationsproblem."

"Stor erfarenhet", bekräftade Marcus. "Jobbade med flera dressyrhästar på olympisk nivå i Tyskland i ett år. Hon är särskilt bra med hästar som har utvecklat ångest efter trauma eller skada."

Sarah nickade fundersamt. "Det skulle vara ovärderligt för oss. Och för Emmas rehabiliteringsprogram, helt perfekt." Hon log. "Skulle hon kunna tänka sig att bo på gården? Mamma och pappas gamla rum är gästrum nu; även när de kommer tillbaka från sina resor bor de i The Shack som de byggde nere vid sjön som sitt pensionärsboende."

"Jag tror att hon skulle älska det", sa Marcus och drog henne lite närmare. "Hon har alltid föredragit att vara nära hästarna hon arbetar med. Att observera dem vid olika tider på dygnet ger henne insikter i deras beteendemönster."

"Har du berättat för henne om oss?" frågade Sarah, och frågan slank ur henne innan hon hann tänka efter. De hade inte uttryckligen diskuterat ramarna för deras förhållande, hur de skulle definiera det för andra, även om verkligheten i det hade blivit allt tydligare för henne.

Ett långsamt leende spred sig över Marcus ansikte. "Det har jag faktiskt. Hon är överlycklig. Säger att det är på tiden att jag hittar någon som förstår en hästveterinärs löjliga arbetstider och maniska hängivenhet."

Sarah skrattade och kände en varm rodnad av glädje över hans ord. "Jag har nämnt dig för mamma och pappa i mina mejl", erkände hon. "Inte i detalj, men tillräckligt för att de har börjat ställa frågor."

"Bra frågor, hoppas jag?" Det fanns en uns av genuin oro under hans retsamma ton.

"Mycket bra", försäkrade hon honom. "Även om mamma redan planerar att förhöra dig grundligt när de kommer tillbaka. Pappa kommer bara vilja veta ifall du kan rida."

"Ah", grimaserade Marcus komiskt. "Min mörkaste hemlighet är avslöjad. Precis som Caroline är jag på sin höjd medioker på hästryggen. Mer en veterinärmedicinsk yrkesman än en ryttare."

"Det kan vi jobba på", sa Sarah och slog armarna om hans nacke. "Jag känner några hyfsade lärare."

Han böjde sig ner för att kyssa henne mjukt, hans läppar varma mot hennes trots den kyliga nattluften. "Det skulle jag gilla", mumlade han mot hennes mun. "Och jag skulle vilja att Zoe träffar dig. Hon är min enda familj, egentligen, sedan våra föräldrar gick bort."

Det enkla påståendet, framfört utan dramatik men med tyngden av hans förtroende, berörde Sarah djupt. "Det skulle jag också gilla", svarade hon. "Och om hennes kunskaper är hälften av vad du beskriver, skulle Ridgewater ha tur som får henne."

Ännu en blixt lyste upp himlen, följd av ett lågt dån av åska. Ovädret höll på att vända tillbaka, vinden tilltog något och förde med sig löftet om mer regn. Ingen av dem rörde sig för att gå in, nöjda i sin gemensamma värme och den växande vissheten om att det som hade börjat mellan dem höll på att bli något stabilt, något med en framtid som kunde inkludera familj, planer och ett gemensamt syfte.

"Jag mejlar henne ikväll", sa Marcus efter en behaglig tystnad. "För att se om hon menar allvar med att flytta."

Sarah nickade och vilade huvudet mot hans axel när de vände sig om för att titta på det annalkande ovädret, hans arm en betryggande tyngd runt hennes midja. Blixtarna verkade inte lika avlägsna nu, och framtiden var plötsligt rik på möjligheter som hon inte hade vågat överväga innan Marcus Webb körde uppför grusvägen till Ridgewater.

Sarah sköt den tunga regeln över Legends boxdörr, nöjd med sin sista kontroll för natten. Den gamle hingsten kom alltid in i sitt stall för natten och slumrade bekvämt stående, med sitt majestätiska huvud sänkt. Dessa kvällsronderingar var en ritual hon sällan hoppade över, oavsett hur frestande det kunde vara att ligga kvar hopkurad mot Marcus på verandan eller, på senare tid, i hennes säng.

Hon dröjde kvar en stund längre än vanligt och betraktade den lugna höjningen och sänkningen av hingstens buk när han andades. Samtalet med Marcus om hans syster hade fått henne att känna sig optimistisk inför Ridgewaters framtid. En kvalificerad hästterapeut skulle vara ett värdefullt tillskott till deras team, särskilt med Emmas ökande fokus på rehabilitering.

När hon vände sig för att gå, fångade något i Legends hållning hennes uppmärksamhet. Han flyttade sin vikt, höjde huvudet, tittade sedan bakåt mot sin flank innan han krafsade en gång i halmen. Gesten var subtil, nästan ingenting, men Sarah stelnade till.

"Legend?" sa hon mjukt och tog ett steg tillbaka till boxdörren.

Hingsten vände huvudet mot henne, och även i det svaga ljuset från ficklampan i hennes hand kunde hon se en spänning i hans näsborrar som inte funnits där för några ögonblick sedan. Han krafsade igen, mer enträget den här gången, och gav ifrån sig ett ljud hon aldrig hört från honom förut, nästan som ett stön.

Sarahs hjärta hoppade smärtsamt mot revbenen. Ett helt liv med hästar hade lärt henne att känna igen de tidiga tecknen på kolik, det potentiellt dödliga tillstånd som hemsökte varje hästägares mardrömmar. Hon skyndade sig att tända taklamporna och återvände sedan för att gå in i boxen, och rörde sig snabbt till Legends sida. På nära håll glänste svetten på hans hals under det starkare ljuset, och hans andning verkade grundare än normalt.

"Det är lugnt, min gubbe", mumlade hon och tryckte handen mot hans flank. Hon kunde känna spänningen i hans muskler, den onaturliga värmen som strålade genom hans päls. När hon lade örat mot hans sida hörde hon dämpade tarmljud, ännu ett varningstecken som vred om magen på henne.

Hennes händer började skaka när hon tog fram sin mobil. Darrningen blev så kraftig att hon var tvungen att använda båda tummarna för att hitta Marcus nummer, och synen blev något suddig i kanterna när paniken drog åt kring hennes bröst. Legend var tjugofyra, en hög ålder för vilken häst som helst, för att inte tala om en hingst. I hans ålder kunde även en lindrig kolik snabbt bli dödlig.

Marcus svarade efter andra signalen; han skulle fortfarande sitta i sin bil på väg tillbaka till stan eftersom han hade en tidig start inplanerad på morgonen. "Saknar du mig redan?" Han lät varm och retsam.

"Det är Legend", sa hon, med en egen röst som var spänd och ansträngd. "Han har kolik. Krafsar, tittar på flanken, svettas. Kan du komma nu? Ta med allt."

Hon registrerade knappt hans omedelbara övergång till professionellt läge, hans försäkran om att han skulle vara där om tio minuter. Hon höll redan på att räkna ut hur snabbt hon kunde hämta promenadgrimman, hur många liter vätska de kunde behöva, om de skulle köra honom till kliniken omedelbart.

När strålkastare svepte över gårdsplanen hade Sarah satt på Legend grimman och gick långsamt med honom upp och ner i stallgången, med handen hårt om grimskaftet. Hingsten rörde sig motvilligt och stannade ibland för att titta på sin mage eller krafsa i marken. Varje gest sände ytterligare en våg av rädsla genom henne.

Marcus klev in, med läkarväskan i handen, ansiktet stramt i det fokuserade uttryck hon hade sett under Miracles svåra fölning. "Hur länge har han visat symptom?" frågade han och gick omedelbart fram till Legends sida.

"Tjugo minuter", svarade Sarah, med en röst som var högre än normalt. "Han var bra vid middagsfodringen, och han såg okej ut när jag kom in för att göra sista kontrollen, men sedan började han plötsligt visa tecken på obehag. Jag är så glad att jag var här!" Hon kunde inte låta bli att tänka, tänk om hon hade varit fem minuter tidigare? Då hade hon gått tillbaka till huset och inte sett någonting.

Marcus nickade, lät övade händer löpa längs Legends hals, kontrollerade hans slemhinnor och tryckte ett stetoskop mot olika punkter på hingstens buk. Sarah följde varje rörelse med plågsam intensitet och försökte läsa av hans ansiktsuttryck för ledtrådar om hur allvarligt det var.

"Hans tarmljud är minskade men närvarande", sa Marcus efter en stund. "Pulsen är förhöjd men inte dramatiskt. Slemhinnorna är rosa. Inga tecken på svår smärta eller plågor än."

"Än", ekade Sarah, och ordet fastnade i halsen. "Vi måste vara aggressiva med det här, Marcus. I hans ålder kan vi inte riskera att vänta tills det blir kritiskt."

Marcus fortsatte sin undersökning, hans rörelser var metodiska och utan brådska. "Ingen indikation på fång eller andra komplikationer." Han rätade på sig och mötte hennes blick direkt. "Det här ter sig som en lindrig förstoppning eller sandkolik, Sarah. Konservativ behandling är indicerad. Promenader, oral vätska och ett milt smärtstillande medel för att hålla honom bekväm medan hans system löser det."

Sarah stirrade på honom, och hennes rädsla övergick i frustration. "Konservativ behandling? Han är tjugofyra år gammal, Marcus. Vi måste vara mer aggressiva, ligga steget före innan det förvärras."

"Vilket är precis varför konservativ behandling är rätt metod", kontrade Marcus och förberedde redan en injektion. "Aggressiva ingrepp medför sina egna risker, särskilt hos en geriatrisk häst. Legend visar bra vitalparametrar, minimal smärta och inga indikationer på tarmvred eller allvarlig förstoppning."

Sarah gick några steg bort och sedan tillbaka, hennes ångest gjorde det omöjligt att stå stilla. "Vi borde åtminstone sonda honom, få in vätska direkt i magen. Och vi borde förbereda oss för att transportera honom till kliniken för ultraljud, eventuellt operation om det behövs."

Marcus skakade på huvudet, hans lugna uppträdande en olidlig kontrast till hennes växande panik. "Sondning i sig medför risker, särskilt aspirationspneumoni. Och att transportera en häst med kolik kan förvärra tillståndet. Hans symtom motiverar inte den nivån av ingrepp."

"Du förstår inte vad han betyder för oss, för mig!" Orden brast ut ur henne, högre än hon avsett, och ekade lätt i det tysta stallet.

Marcus pausade, med sprutan i handen, och mötte hennes blick stadigt. "Jag förstår precis vad han betyder, vilket är varför jag inte kommer att riskera att göra saker värre med onödiga procedurer."

Uttalandet landade mellan dem som en fysisk barriär. Sarah kände tårarna hota, en reaktion hon avskydde hos sig själv, särskilt i professionella situationer. Men det här var Legend, hästen hennes far hade vägrat sälja trots miljonerbjudanden, hingsten vars blodslinjer löpte genom halva deras flock, vars milda närvaro hade varit en konstant under större delen av hennes liv.

"Jag kan inte förlora honom", viskade hon, och rösten sprack. "Inte än. Jag har redan förlorat Fire..."

Marcus uttryck mjuknade, även om hans professionella hållning förblev oförändrad. "Jag vill inte heller förlora honom. Men vi måste lita på den behandling som är lämplig för hans tillstånd, inte reagera baserat på rädsla." Han gav injektionen och räckte henne sedan grimskaftet. "Låt oss gå med honom i femton minuter, och sedan utvärdera igen. Jag har tagit med oral vätska och elektrolyter att ge efter att medicinen har verkat."

Sarah tog emot skaftet, hennes fingrar darrade fortfarande lätt, och återupptog promenaden med Legend i långsamma cirklar. Hingstens öron fladdrade fram och tillbaka mellan dem, som om han med hästlik nyfikenhet följde deras oenighet. Halsen kändes trång, sammansnörd av rädslan hon inte verkade kunna kontrollera, och av frustrationen över att få sitt omdöme ifrågasatt, även av någon vars expertis hon respekterade.

De gick i spänd tystnad, de enda ljuden var Legends hovar mot betongen och enstaka nervösa gnäggningar från andra hästar, som kände av den ovanliga nattliga aktiviteten. Varje minut kändes plågsamt lång medan Sarah väntade på tecken på förbättring, på bekräftelse att Marcus konservativa tillvägagångssätt var det rätta. Men hennes tankar fortsatte att rusa mot värsta tänkbara scenarier, den sort som hade hemsökt henne sedan olyckan som avslutade hennes tävlingskarriär och tog hennes älskade Fire.

"Du tycker att jag överreagerar", sa hon till slut, med liten röst.

Marcus skakade på huvudet och förberedde den orala sprutan med elektrolytlösning. "Jag tycker att du är livrädd för att förlora något dyrbart för dig", svarade han milt.

"Det är inte att överreagera. Det är kärlek. Men i det här fallet driver din rädsla dig att vilja ha ingrepp som skulle kunna göra mer skada än nytta."

Sarah svalde hårt och ledde Legend i ännu en försiktig vända. Hon ville tro på Marcus, lita på hans professionella omdöme som hon hade gjort under Miracles fölning. Men insatserna kändes omöjligt höga, och hennes behov av kontroll, av att göra allt som var möjligt, stred mot den rationella delen av henne som insåg visdomen i hans tillvägagångssätt.

Hon bet ihop tänderna och tvingade sig själv att fortsätta gå fram och tillbaka i stallgången med Legend, hennes stövlar slog mot betongen med skarpa, staccato-ljud som ekade mot det höga taket. De välbekanta dofterna av hö, häst och läder som vanligtvis tröstade henne verkade nu intensifiera hennes ångest, varje andetag fyllde hennes lungor med essensen av allt hon riskerade att förlora. Skuggor samlades i stallets hörn och djupnade med den sena timmen, medan den enda raden av taklampor kastade en dramatisk relief över Legend när Marcus klev fram för att kontrollera hingstens vitalparametrar igen.

"Hans hjärtfrekvens sjunker", rapporterade Marcus, med stetoskopet pressat mot Legends sida. "Tarmljuden förbättras också."

Sarah ville känna sig lättad, men knuten av rädsla i hennes mage förblev spänd och orubblig. Hon hade sett lindrig kolik bli katastrofal alltför många gånger under sin karriär. Minnet av Fires sista stunder flammade oväntat upp i hennes medvetande, inte kolik i hennes fall utan en katastrofal skada, ändå var känslan av hjälplöshet identisk, samma sjuka visshet om att något dyrbart höll på att glida undan trots alla ansträngningar att förhindra det.

Hennes steg blev snabbare, i takt med pulsen. Den rationella delen av hennes sinne insåg att Marcus bedömning troligen var korrekt, att Legend uppvisade lindriga symtom som skulle svara på konservativ behandling. Men rationaliteten kändes avlägsen, överväldigad av den primitiva rädslan för förlust som hade drivit henne sedan olyckan.

Legend var lugnare nu, tittade fortfarande ibland på sin flank men krafsade inte längre. Det lugnande medlet hade verkat och lindrat hans obehag utan att dölja symtomen. Marcus administrerade de orala elektrolyterna effektivt, ena handen stadgade hingstens huvud medan han långsamt pumpade in den enorma sprutan med vätska ner i Legends hals.

"Du är duktig, gamle gosse", mumlade han lugnande till Legend. "Bara lite mer av det här, så kommer du att må mycket bättre."

Sarah tittade på, med armarna hårt korsade över bröstet, fingrarna grävde sig in i hennes biceps. Varje instinkt skrek åt henne att göra mer, ingripa mer aggressivt, ta kontroll över situationen. Hon hade byggt sitt liv kring system och procedurer som minimerade risker, kompenserade för hennes synnedsättning, skapade ordning ur potentiellt kaos. Marcus avmätta tillvägagångssätt kändes som att kapitulera för slumpen, för den oförutsägbarhet hon hade ägnat år åt att försöka eliminera från Ridgewaters verksamhet.

"Vi borde åtminstone förbereda för transport om han blir sämre", sa hon, oförmögen att dölja skärpan i sin ton. "Kliniken har bättre övervakningsutrustning, operationssalar om det behövs."

Marcus avslutade med elektrolyterna innan han svarade och torkade händerna på en handduk. "Om han visar några tecken på att bli sämre, omvärderar vi omedelbart", sa han, med sin röst fortfarande jämn. "Men att flytta honom nu skulle kunna öka hans stress och förvärra koliken. Hans vitalparametrar går åt rätt håll."

"Och om de vänder? Om han lägger sig?" Frågorna forsade ur henne, skarpa av rädsla. "Varje minut räknas vid kolik, Marcus. Vi kan inte bara vänta och hoppas."

"Vi väntar inte och hoppas", rättade han, med ett till synes outtömligt tålamod. "Vi ger lämplig behandling och övervakar noggrant. Det är en betydande skillnad."

Taklamporna flimrade till en kort stund, en påminnelse om stormen som hade dragit förbi tidigare. I det tillfälliga dunklet såg Sarah Legends öron spetsas framåt, ett litet men betydelsefullt tecken på förbättrad medvetenhet. När ljuset stabiliserades, märkte hon andra subtila förändringar: hans hållning mer avslappnad, hans andning mindre ansträngd, spänningen i hans nacke minskade gradvis.

"Titta på hans ögon", sa Marcus tyst.

Sarah tvingade sig att fokusera, att verkligen se bortom sin rädsla. Legends ögon, som hade varit vita i kanterna av obehag tidigare, såg nu mjukare ut, spänningen i hans ansikte hade släppt. Medan de tittade sänkte han huvudet något och blåste ut ett långt andetag, ännu ett positivt tecken.

"Hans tarmljud är alltmer normala", tillade Marcus och tog stetoskopet från öronen. "Det smärtstillande hjälper, men den här förbättringen tyder på att problemet börjar lösa sig naturligt."

Knuten i Sarahs mage lossnade något när hon insåg sanningen i hans bedömning. Legend blev bättre, svarade precis som Marcus hade förutspått att han skulle göra. Insikten väckte en flod av motstridiga känslor: lättnad blandad med pinsamhet, tacksamhet underminerad av kvardröjande ångest, och det mest obekväma av allt, skam över att ha ifrågasatt hans professionella omdöme så högljutt.

"Förlåt", sa hon, och orden fastnade i halsen. "Jag skulle inte ha..."

Marcus skakade på huvudet och avbröt hennes ursäkt. "Gör inte det", sa han milt. "Du behöver inte be om ursäkt för att du bryr dig."

Han närmade sig henne långsamt, som han skulle ha närmat sig en nervös häst, telegraferade sina rörelser tills han stod rakt framför henne. Hans hand sträckte sig ut och rörde vid hennes arm med en mildhet som fick hennes hals att snörpas åt av helt andra skäl.

"Rädsla ser olika ut för alla", fortsatte han och talade så lågt att det inte skulle höras utanför dem. "Vissa blir tysta, vissa blir arga, vissa försöker ta kontroll. Det är bara rädsla i olika kläder."

En snyftning fastnade i hennes hals, oväntad och ovälkommen. Hon försökte undertrycka den, men kvällens spänning hade slitit sönder hennes vanliga fattning bortom all räddning. "Jag kan inte förlora honom", viskade hon, och den verkliga sanningen kom äntligen fram. "Han är allt vi har byggt. Pappas dröm, mammas vision, vår framtid genom hans föl. Han är Ridgewaters hjärta."

Marcus hand flyttade sig från hennes arm till hennes ansikte, och tummen torkade försiktigt bort en tår hon inte hade insett hade fallit. "Jag vet", sa han enkelt. "Och jag kommer inte att låta det hända. Inte om det finns något i min makt att förhindra det."

Löftet i hans ord, vissheten i hans röst, nådde igenom hennes panik på ett sätt som hans kliniska försäkringar inte hade gjort. Det här var inte bara hennes veterinär som talade; det här var mannen som hade börjat väva in sig i hennes livs väv, som förstod vad Legend representerade bortom hans monetära värde eller genetiska bidrag.

"Förlåt att jag skrek", sa hon och lutade sig lätt mot hans beröring. "Det är inte likt mig."

"Jag skulle vara mer orolig om du inte hade blivit upprörd", svarade han med ett litet leende. "Det skulle betyda att du inte brydde dig tillräckligt."

Legend gnäggade mjukt och drog deras uppmärksamhet tillbaka till honom. Hingsten hade sänkt huvudet för att nosa på halmen, ännu ett uppmuntrande tecken. Hans ögon var klarare, hans hållning mer naturlig, även om han uppenbarligen fortfarande kände ett visst obehag.

"Vi borde fortsätta gå med honom", sa Marcus, och det professionella fokuset återvände. "Lätt rörelse hjälper till att stimulera tarmfunktionen."

Sarah nickade och sträckte sig efter grimskaftet. "Jag tar det."

Marcus hand täckte hennes på skaftet. "Vi stannar båda två", sa han. "Turas om att gå med honom under natten. Jag lämnar dig inte ensam med det här."

Det enkla påståendet, framfört utan dramatik eller förväntan på tacksamhet, fastnade någonstans djupt i Sarahs bröst.

"Tack", lyckades hon få fram, orden otillräckliga för känslan bakom dem.

De etablerade en rytm under de följande timmarna och turades om att gå med Legend i långsamma cirklar i stallgången medan den andra övervakade hans vitalparametrar eller förberedde ytterligare elektrolytdoser. Hingsten fortsatte att gradvis förbättras, hans symtom avtog allt eftersom natten blev djupare. Vid tretiden på morgonen var han intresserad av att dricka vatten, ett signifikant positivt tecken på att förstoppningen höll på att lösas upp.

Sarah lutade sig mot boxdörren och såg Marcus kontrollera Legends tarmljud igen. Utmattningen slet i henne, men under den löpte en ström av något som liknade frid. Rädslan hade inte försvunnit helt och skulle inte göra det förrän Legend var helt återställd, men den hade dragit sig tillbaka till hanterbara nivåer och överväldigade inte längre hennes förmåga till rationellt tänkande.

"Din tur att vila", sa Marcus och kom för att stå bredvid henne. "Jag går med honom den nästa timmen."

"Jag klarar mig", insisterade hon, även om hennes kropp förrådde henne med en illa undertryckt gäspning.

"Sarah McKenzie erkänner att hon behöver vila", retades han milt. "Nu vet jag att världen går under."

Ett överraskat skratt undslapp henne och frigjorde en del av nattens ackumulerade spänning. "Okej då", medgav hon. "Väck mig om en timme. Jag menar det."

Marcus nickade, även om något i hans uttryck antydde att han kanske skulle låta henne sova längre om möjligt. "Det finns en tältsäng i sadelkammaren som du använder under fölsäsongen, eller hur? Använd den istället för att försöka sova på en höbal."

"Så krävande", mumlade hon, men protesten saknade hetta. Hon tvekade, sträckte sig sedan upp för att kyssa honom kort, ett tyst erkännande av allt han hade gjort, inte bara för Legend utan för henne. "En timme", upprepade hon mot hans läppar.

Han log, klämde hennes hand innan han tog Legends grimskaft. "En timme", höll han med. "Gå nu, innan du somnar stående som vår patient här."

Sarah fällde ut den lilla tältsängen som stod undanstoppad i sadelkammarens hörn, hennes kropp tung av utmattning. När hon sträckte ut sig, utan att ens bry sig om att ta av sig stövlarna, kunde hon höra det mjuka, stadiga ljudet av Legends hovar och Marcus tysta röst när de gick tillsammans i stallgången. Rytmen var underligt tröstande, en kontrapunkt till rädslan som hade gripit henne tidigare.

Hennes sista tanke innan sömnen tog över var att det kanske inte alltid var en kapitulation att släppa kontrollen. Ibland var det helt enkelt att ge plats åt någon annan att hjälpa till att bära bördan.

Kapitel femton

EN BLIXT KLÖV HIMLEN och lyste upp stallet i ett skarpt, vitt sken innan mörkret åter slöt sig om det. Sarah ryckte till när åskan följde nästan omedelbart – stormen var rakt över dem nu. Regnet hamrade mot plåttaket med en sådan kraft att hon var tvungen att höja rösten för att höras av hästarna, som skiftade nervöst i sina boxar. Två veckor efter Legends lindriga kolikepisod kom hon fortfarande på sig med att titta till den gamle hingsten oftare än de andra, även om han hade återhämtat sig helt under Marcus noggranna behandling.

Hon rörde sig stadigt nerför stallgången, talade mjukt till varje häst i tur och ordning och erbjöd tröst mot det våldsamma ovädret. De flesta hanterade det tillräckligt bra, även om Miracle gömde sig under Duchess med vidöppna ögon. Fölet hade aldrig upplevt en storm av den här magnituden.

"Det är ingen fara, lilla vän", mumlade hon och sträckte sig genom gallret för att smeka hans hals. "Bara lite oväsen, inget att oroa sig för."

Ännu en bländande blixt lyste upp stallet, följd av en åskskräll som verkade klyva världen i två delar. Sarah stödde sig mot Miracles boxdörr när lamporna flimrade illavarslande. Om strömmen gick skulle de vara beroende av ficklampor och nödgeneratorn, som bara var utformad för att upprätthålla de väsentliga systemen i huset. Hon skyndade på takten och ville slutföra sin runda innan mörkret potentiellt komplicerade saken.

När hon kom fram till Legends box i slutet av raden stannade hennes hjärta. Den store hingsten stod inte upp. Istället låg han på sidan i halmen, benen sparkade sporadiskt och svetten mörknade hans bruna päls trots den relativt svala kvällen. Skräckslagen såg hon hur han försökte rulla över på rygg och grymtade av ansträngning och smärta.

"Nej, nej, nej", viskade Sarah och fumlade med boxlåset.

Allvarlig kolik. Inte den lindriga förstoppningen från två veckor sedan, utan något mycket farligare. Hon slet upp dörren och rusade till Legends sida, med repgrimman redan i handen.

"Upp med dig, pojken, du måste upp", manade hon och fäste grimman runt hans svettiga huvud. Om han rullade kunde det orsaka tarmvred, vilket skulle vara dödligt utan omedelbar operation. "Kom igen nu, Legend, upp!"

Med hennes uppmuntran kämpade sig hingsten på fötter och svajade farligt när han väl stod upp. Hans andning kom i ansträngda flämtningar och han tittade genast bak mot sina flanker och krafsade våldsamt i marken. De klassiska tecknen på svår buksmärta, förstärkta långt bortom vad hon hade sett under hans tidigare episod.

Sarah fumlade upp mobilen från fickan och bad en bön att stormen inte hade påverkat mottagningen. Hennes fingrar darrade så illa att hon var tvungen att försöka två gånger för att låsa upp skärmen. Marcus nödnummer var det första numret bland hennes favoriter. Hon tryckte på det och förde telefonen till örat medan hon höll den andra handen stadigt i Legends grimma.

"Kom igen, kom igen", muttrade hon medan det ringde. Legend försökte lägga sig ner igen och hon drog kraftigt i grimman. "Nej! Stå upp, pojken. Du måste hålla dig uppe."

"Sarah?" Marcus röst skar igenom stormens bakgrundsljud. "Vad har hänt?"

"Det är Legend", sa hon med en röst som sprack av rädsla. "Han låg ner, Marcus. Allvarlig kolik, mycket värre än förut. Han svettas ymnigt, krafsar, tittar på sina flanker och försöker rulla. Jag har fått upp honom nu men han vill hela tiden lägga sig ner igen."

"När började symptomen?" Han övergick omedelbart till sitt professionella jag, även om hon kunde höra prassel i bakgrunden, ljudet av honom som tog utrustning och förberedde sig för att åka.

"Jag vet inte exakt. Jag hittade honom precis under min stormkontroll. Men det här är illa, Marcus. Riktigt illa. Han har extremt ont." Sarah svalde en snyftning när Legend stönade, ett hjärtskärande ljud hon aldrig hade hört från honom förut. "Snälla kom fort."

"Jag är redan på väg. Få honom att gå om du kan. Håll honom uppe till varje pris. Ge honom Banamine från akutväskan, doseringen är markerad för hans vikt. Jag är där så fort jag kan."

Samtalet avslutades och Sarah stoppade ner mobilen i fickan och drog Legend mot boxdörren. "Kom igen nu, pojken. Vi måste gå."

Hingsten följde motvilligt efter, varje steg var uppenbart smärtsamt. Hon lyckades få ut honom i den breda mittgången i stallet, där hon skulle ha mer utrymme för att hålla honom i rörelse. Regnet fortsatte att slå mot taket och vatten hade börjat sippra in under de stora skjutdörrarna i slutet av stallet och bildade växande pölar på betonggolvet.

"Kate!" Hon slog sin systers nummer och skrek så fort Kate svarade. "Hämta Emma och Pip! Jag behöver hjälp, det är Legend!"

Blixten lyste upp världen igen och i sitt korta sken såg hon Legends tillstånd med fruktansvärd tydlighet. Hans normalt stolta huvud hängde lågt, hans ögon var matta av smärta och flankerna hävde sig av ansträngda andetag. Hon ville skrika av skräck men tvingade sig själv att ta ett andetag, att hålla sig lugn. Att följa Marcus instruktioner.

Sarah tog akutväskan från sin plats vid stallingången och hittade snabbt Banamine, men hon kunde inte släppa Legend för att använda båda händerna till att fylla sprutan. Hon svor åt sina skakande händer. Hon kunde inte heller se den korrekta doseringen på flaskan och var tvungen att ställa ner den när Legend ryckte bakåt igen. Varje gång han försökte falla på knä drog hon kraftigt i grimman och tvingade honom att stå kvar. Hennes rygg och axlar värkte av ansträngningen att kontrollera den massiva hästen, vars vanliga mildhet hade ersatts av smärtdriven desperation.

Fotsteg plaskade i pölar utanför och sedan kom Kate instörtande genom stalldörren, genomvåt av regn och med uppspärrade ögon. "Vad har hänt?"

"Legend har svår kolik. Jag har ringt Marcus men Legend försöker hela tiden lägga sig ner och rulla. Jag behöver hjälp att hålla honom uppe och gående och att få den här injektionen uppdragen." Sarah lät märkligt lugn i sina egna öron, trots paniken som rev i magen.

Kate nickade, förstod omedelbart situationens allvar och sträckte sig efter akutväskan. "Jag ger honom Banamine."

Ögonblick senare kom Emma och Pip, båda genomblöta efter den korta springturen från huset. De rörde sig med den samordnade organisation som kännetecknar människor som har hanterat akuta situationer med hästar förut.

"Jag har transportskydden", sa Pip och knäböjde redan för att spänna fast skyddsutrustningen på Legends ben ifall han skulle falla trots deras ansträngningar.

Emma tog genast över promenadplikten från Sarah och ledde Legend bestämt i större cirklar så fort Kate hade stuckit nålen i hans hals och injicerat Banamine. "Hur länge har han varit så här?"

"Jag hittade honom för ungefär tio minuter sedan", svarade Sarah. "Marcus är på väg, men i den här stormen..."

De förstod alla den outtalade oron. Vägarna mellan staden och Ridgewater korsade flera lågpunkter som lätt översvämmades. Förseningen kunde bli betydande.

"Jemima är i huset", sa Emma och förutsåg Sarahs nästa fråga. "Hon frågade om hon fick komma och hjälpa till, men..."

Sarah nickade dystert. Om Legend inte överlevde detta skulle det vara förkrossande nog utan att hennes åttaåriga systerdotter bevittnade det. "Kan du skicka henne med Hana och Eunji? Kanske de kan laga lite middag till henne?"

"Bra idé", instämde Emma. Hon tittade på Kate, som omedelbart gick mot huset för att ordna det.

"Jag önskar att Nicolas fortfarande var här", muttrade Pip. "Skulle behöva hans styrka just nu."

"Av alla tillfällen för honom att åka tillbaka till Frankrike", instämde Emma, fortfarande stadigt gående med Legend. Den unge fransmannen hade åkt bara några dagar tidigare då hans arbetsvisum hade löpt ut och de hade ännu inte hittat någon ersättare.

Legend vacklade plötsligt till och drog nästan omkull Emma när han återigen försökte falla till marken. Sarah och Pip rusade fram och lade sin styrka till för att hålla honom upprätt. Hingsten stönade, ett ljud som skar genom Sarah som en fysisk smärta.

"Banamine borde börja verka snart", sa hon, mer för att lugna sig själv än de andra. "Fortsätt bara att gå med honom."

Stalldörren öppnades igen och Kate kom tillbaka med flera starka ficklampor. "Strömmen flimrar i huset", rapporterade hon och delade ut lamporna. "Tänkte att det var bäst att vi var förberedda. Jemima har gått med Hana och Eunji till The Barracks. De har brädspel och snacks för att hålla henne distraherad och Hana lovade att få Jemima i säng och stanna hos henne om vi inte kan komma ifrån före nio."

Ännu en åskskräll skakade stallet och lamporna dämpades ett ögonblick innan de stabiliserades. Legend darrade under Sarahs händer, hans päls nu genomdränkt av svett trots den svala luften.

"Var är Marcus?" viskade hon utan att förvänta sig ett svar. Varje minut som gick minskade Legends chanser att överleva. Om det fanns ett tarmvred hade de väldigt lite tid innan vävnadsdöd började.

Marcus grep ratten med vita knogar och lutade sig framåt som om de extra centimetrarna skulle hjälpa honom att se genom väggen av vatten som forsade nerför vindrutan. Vindrutetorkarna utkämpade en förlorad kamp mot skyfallet och två gånger redan hade han tvingats navigera runt nedfallna grenar. Legends symptom, som Sarah hade beskrivit dem, pekade på en potentiellt dödlig kolik, möjligen med tarmvred. Varje sekund räknades, men stormen verkade fast besluten att sakta ner hans framfart och den normalt välbekanta vägen till Ridgewater förvandlades till en förrädisk hinderbana. Han hade redan varit på väg nästan dubbelt så länge som den normala femtonminutersresan och han hade fortfarande drygt två kilometer kvar.

Vatten forsade över den lågt liggande vägbanken över Wilson's Creek, tillräckligt djupt för att Marcus kände att pickupen tillfälligt tappade greppet. Han höll andan och bad att fordonet skulle hålla kursen istället för att svepas ner i diket. Hjulen fick åter fäste på den översvämmade vägbanan och han fortsatte framåt, mentalt övervägande vilken utrustning han skulle behöva om situationen var så allvarlig som han fruktade.

Hans bil innehöll det nödvändigaste för fältkirurgi, men ett fullständigt bukförfarande på en häst av Legends storlek skulle kräva mer. Han hade tagit med sig allt han kunde tänka sig innan han lämnade kliniken, men förutsättningarna skulle vara långt ifrån idealiska. Bilden av Sarahs ansikte när hon hittade Legend med lindrig kolik två veckor tidigare flimrade förbi i hans medvetande. Det hade varit oro; det han hade hört i hennes röst ikväll var ren skräck.

När han svängde in på Ridgewaters långa uppfart avslöjade en blixt ett förvandlat landskap. Vatten flödade i sjok över hagarna och grusvägen hade blivit en grund flod. Pickupen slirade och gled när han navigerade den sista sträckan, lera stänkte mot fönstren och underredet.

Gårdsbelysningen lyste upp scenen när han stannade så nära stallet som möjligt. Utan att vänta på en paus i skyfallet tog Marcus så mycket utrustning han kunde bära och rusade sedan mot stalldörrarna. Även om det knappt var fem meters avstånd var han genomblöt in på skinnet när han nådde dem.

Där inne bekräftade synen hans värsta farhågor. Legend stod i mittgången, flankerad av systrarna McKenzie. Den magnifike hingstens huvud hängde lågt, hans normalt glänsande päls mörknad av svett. När Marcus närmade sig försökte Legend falla på knä, endast förhindrad av den kombinerade styrkan från Emma och Kate som drog i hans grimma, båda skrikande och manande Legend att röra sig i toner som var helt olika deras normala lugna tystnad runt hästarna.

Sarah vände sig om vid hans ankomst, lättnad och desperation kämpade i hennes ansikte. ”Gudskelov att du är här”, sa hon och skyndade mot honom.

Marcus ställde ner sina väskor och gick omedelbart till Legends sida, hans händer gled vant längs hingstens flanker och buk. Musklerna under hans fingrar var stenhårda av spänning och Legend ryggade undan även för ett lätt tryck. Marcus pressade sitt stetoskop mot olika punkter på Legends bål och hörde nästan ingenting där det normala gurglandet av friska tarmrörelser borde ha funnits.

”Har han haft någon avföring?” frågade han och fortsatte sin undersökning.

”Ingenting sedan jag hittade honom”, svarade Sarah och stod så nära att han kunde känna att hon darrade lätt. ”Vi gav honom Banamine för ungefär en halvtimme sedan, men det verkar inte hjälpa så mycket.”

Marcus nickade dystert. ”Hans temperatur är förhöjd, pulsen är snabb och svag och det finns en betydande buksvullnad.” Han utförde en snabb rektalundersökning som bekräftade hans misstankar. ”Det finns en allvarlig förstoppning och jag känner vad som skulle kunna vara början på ett tarmvred. Han behöver opereras, omedelbart.”

Orden föll som stenar i det tysta stallet, endast avbrutna av regnets obevekliga hamrande mot taket och Legends sporadiska smärtgrymtningar.

”Vi måste få honom till kliniken”, sa Kate och rörde sig redan mot bilnycklarna som hängde vid dörren.

Marcus skakade på huvudet. "Vägen vid Wilson's Creek är nästan oframkomlig nu. Jag tog mig knappt igenom i pickupen och jag borde förmodligen inte ha försökt. En lastbil eller transport med Legends vikt skulle aldrig klara det." Han såg sig omkring i stallet, hjärnan gick på högvarv medan han gick igenom alternativen, inget av dem var bra. "Även om vi kunde transportera honom skulle förseningen troligen vara dödlig."

"Så vad gör vi?" frågade Pip och frågan hängde i luften som stormmolnen utanför.

Marcus mötte Sarahs blick och såg insikten gry där innan han ens talade. "Vi har två val. Vänta tills vägarna är fria och hoppas att han överlever tillräckligt länge, eller..."

"Operera här", avslutade Sarah för honom, knappt hörbart.

"Ja", bekräftade Marcus. "Men ni måste förstå riskerna. Bukkirurgi under fältförhållanden är extremt farligt. Infektion, komplikationer från narkos, begränsad utrustning ... oddsen skulle inte vara goda ens under perfekta omständigheter och dessa är långt ifrån perfekta."

Blixten slog ner igen och lyste upp stallet i skarp relief medan åskan följde nästan omedelbart. Lamporna flimrade illavarslande men höll.

"Om vi väntar?" frågade Emma, fortfarande hållande Legend stadigt medan han darrade av smärta.

"Om det finns ett tarmvred, vilket jag starkt misstänker, innebär väntan vävnadsdöd. När det väl har börjat..." Marcus lämnade meningen oavslutad. De förstod alla innebörden.

Sarah steg närmare honom, hennes ögon låstes fast i hans. "Snälla, Marcus", sa hon. "Vi kan inte förlora honom. Han är allt för oss."

I det ögonblicket såg Marcus bortom hingstens praktiska värde, bortom hans värde som avelsdjur eller hans plats i Ridgewaters verksamhet. I Sarahs ögon såg han vad Legend verkligen representerade: arvet från generationer, den fysiska förkroppsligandet av hennes familjs drömmar och hårda arbete. Hingsten var inte bara ett djur; han var familj.

"Okej", sa han, beslutet var fattat. "Vi opererar här. Men jag behöver er alla och vi måste agera snabbt."

Förvandlingen som följde var anmärkningsvärd. Trots krisen, eller kanske på grund av den, förvandlades systrarna McKenzie till en samordnad enhet som rörde sig med nästan militärisk precision. Emma började omedelbart rensa mittgången, flytta utrustning och sopa betonggolvet. Kate sprang till huset och kom tillbaka ögonblick senare med famnen full av rena lakan och nya presenningar som fortfarande var i sina förpackningar.

"Vi måste skapa en så steril miljö som möjligt", instruerade Marcus och kavlade upp ärmarna. "Och varje ljuskälla ni kan hitta. Taklamporna är inte i närheten av tillräckligt ljusa för kirurgi."

"Jag hämtar de bärbara LED-lyktorna", sa Pip och var redan på väg mot sadelkammaren. "De är alla på laddning."

Sarah gick till ett stort skåp och drog fram flaskor med antiseptisk lösning och sterila handskar. "Vilken narkos kommer du att använda?"

"Jag har tagit med en kombination av ketamin, diazepam och alfa-2-agonister", svarade Marcus och räknade snabbt ut doser i huvudet för Legends vikt. "Men vi måste arbeta snabbt när han väl är nersövd. Fältprotokollet kommer inte att hålla honom sövd lika länge som en gasnarkos skulle göra på kliniken."

Inom några minuter hade stallgången förvandlats. Presenningar täckte golvet, nedtyngda i kanterna med fulla foderhinkar. Rena lakan skapade provisoriska väggar, vilket minskade risken för luftburen kontaminering. Pip och Kate satte upp kraftfulla uppladdningsbara lampor och placerade dem för att eliminera skuggor över det som skulle bli operationsfältet.

Sarah kom in med en balja med varmt vatten och antiseptisk tvål från sadelkammaren. "För att skrubba sig", sa hon enkelt och placerade den på ett litet bord som hade täckts med ett rent lakan.

Marcus nickade tacksamt, imponerad trots omständigheterna av deras effektivitet och förutseende. När han började skrubba sina händer och armar observerade han hur Emma förberedde Legend för narkos och försiktigt satte in en IV-kateter i hans jugularven med skickliga händer.

"Det där har du gjort förut", kommenterade han och bibehöll sitt professionella fokus trots adrenalinet som pumpade i hans system.

"Pappa insisterade på att vi alla skulle lära oss grundläggande veterinärkunskaper och Caroline låter oss öva varje gång hon måste göra en större operation här", svarade Emma och fäste katetern med tejp. "Trodde aldrig att jag skulle förbereda för en bukkirurgi i vårt stall dock."

Utanför fortsatte stormen oförminskat, regnet trummande mot taket i ett konstant dån. Enstaka blixtar lyste fortfarande upp stallet genom de höga fönstren, följt av åskskrällar som fick alla att rycka till. Legend verkade nu bortom att märka det, hans smärta uppenbar i den glasartade blicken i hans ögon och det konstanta darrandet i hans massiva kropp.

"Allt är klart", sa Sarah och kom tillbaka till Marcus sida. Hon hade bytt till rena kläder och bundit tillbaka håret hårt, hennes uttryck var beslutsamt trots rädslan han kunde se under ytan. "Säg vad du vill att vi ska göra."

Marcus inspekterade den provisoriska operationssalen och jämförde den mentalt med den skinande rena operationssalen på kliniken. Inte idealiskt på något sätt, men tack vare systrarna McKenzies ansträngningar, möjligen tillräckligt. Han tog ett djupt andetag och centrerade sig för vad som skulle bli den mest utmanande operationen i hans karriär.

"Okej", sa han. "Då börjar vi." Han steg fram för att administrera narkosblandningen som skulle göra Legend medvetslös. Bakom honom väntade systrarna McKenzie i spänd tystnad, deras ansikten upplysta av de skarpa bärbara lamporna som kastade långa skuggor över det förvandlade stallet. Utanför fortsatte stormen sitt angrepp, men innanför dessa väggar var en annan typ av strid på väg att börja, en som utkämpades med kirurgiskt stål mot den osynliga fienden som hotade Legends liv.

"Jag behöver att ni alla hjälper till att guida ner honom när medlen börjar verka", instruerade Marcus och injicerade den exakt beräknade blandningen i Legends kateter. "Vi måste kontrollera hans fall helt och sedan placera honom på rygg med benen säkrade."

Emma och Pip tog position vid Legends bogar, medan Kate och Sarah lade rep över den stora hästen och flankerade hans bakdel, redo att styra hans nedstigning. Marcus observerade hingstens ögon och noterade det exakta ögonblicket då medlen började verka. Legends ögonlock blev tunga, hans huvud sänktes gradvis.

"Nu", dirigerade Marcus tyst och klev in för att hjälpa till genom att styra Legends huvud. "Börja trycka, guida honom till sin vänstra sida först."

De fyra kvinnorna rörde sig i perfekt synkronisering, applicerade ett mjukt men fast tryck för att styra Legends massiva kropp när hans ben började ge vika. Hingsten sjönk ner på knä, och tippade sedan åt sidan i vad som verkade vara slow motion. De kontrollerade hans fall mästerligt och förhindrade honom från att krascha i golvet eller skada sig i processen.

När Legend väl låg ner krävdes en enorm ansträngning från dem alla för att rulla den halva ton tunga hästen på rygg och säkra hans ben med mjuka rep för att exponera hans buk. Marcus hade redan lagt ut sina instrument på ett sterilt fält, vart och ett perfekt placerat för enkel åtkomst. De bärbara lamporna kastade ett skarpt sken över Legends buk, som var synligt uppsvälld av gasansamlingen orsakad av hindret.

"Sarah, du kommer att assistera mig direkt", sa Marcus. "Emma, övervaka hans vitala tecken kontinuerligt. Kate och Pip, jag behöver er vid lamporna, håll dem riktade exakt där jag arbetar."

Han böjde sig mot hingstens buk och rengjorde ett stort rektangulärt område med tussar doppade i antiseptisk lösning. Hans händer rörde sig med sin vanliga effektivitet, spänningsdarrningarna knappt märkbara när han förberedde sig för att göra det första snittet.

"Börjar nu", meddelade han, med skalpellen i beredskap ovanför Legends mittlinje. "Håll ett öga på hans andning, Emma."

Bladet skar rent genom huden och avslöjade lagren under. Marcus arbetade metodiskt, medveten om varje rörelse på ett sätt han aldrig behövde vara i klinikens kontrollerade miljö. Här måste varje snitt vara perfekt på första försöket, varje kärl identifieras och hanteras med absolut precision. Det skulle inte finnas några andra chanser, ingen extrautrustning, inga kollegor att konsultera om saker gick fel.

Sarah stod bredvid honom och gav honom instrument exakt när de behövdes, torkade regelbundet för att rensa blod från operationsfältet, hennes ögon lämnade sällan hans händer. Marcus fann hennes närvaro grundande, hennes tysta effektivitet tillät honom att bibehålla fullt fokus på den känsliga proceduren som utspelade sig under hans fingrar.

Han skar försiktigt igenom bukhinnan, den sista barriären som skyddade bukhålan. När den delades under hans skalpell möttes han av den omisskännliga lukten av skadad tarm, vilket bekräftade hans värsta farhågor. Legends tjocktarm var allvarligt förstoppad och hade vridit sig, vilket hade strypt blodtillförseln till en betydande del av tarmen.

Precis när Marcus började utforska omfattningen av vridningen, ryckte Legends massiva kropp våldsamt till och slog nästan loss sårhakarna som höll snittet öppet.

"Håll i honom!" dirigerade Marcus skarpt, utan att någonsin ta ögonen från operationsfältet. "Jag behöver mer lugnande medel, Emma. Den extra dosen ketamin finns i den svarta väskan, översta facket."

Emma rörde sig snabbt och förberedde den extra dosen medan Kate och Pip stödde Legends kropp. Sarah behöll sin position, händerna stadiga trots krisen som utspelade sig.

"Administrerar nu", bekräftade Emma och injicerade medicinen genom IV-slangen.

Marcus väntade och räknade tyst sekunder medan medlet verkade, Legends muskler slappnade gradvis av igen. Först då återvände han sin uppmärksamhet till den vridna tarmen framför sig.

"Vridningen är ungefär 180 grader", förklarade han och arbetade försiktigt med händerna runt det massiva organet. "Jag måste placera om den utan att orsaka ytterligare skador på blodkärlen." Proceduren krävde både styrka och finess, att manipulera den tunga, uppsvällda tarmen för att vrida tillbaka den samtidigt som man bevarade dess skadade blodtillförsel. Hans armar och rygg värkte redan, men det fanns inget annat alternativ än att fortsätta nu när han hade börjat.

Blixten slog ner särskilt nära, följt av en öronbedövande åskskräll. Taklamporna flimrade illavarslande och slocknade sedan helt. Nu kom den enda belysningen från de uppladdningsbara lamporna som Kate och Pip höll i, och även deras starka LED-strålar verkade otillräckliga mot det plötsliga mörkret.

Marcus fortsatte att arbeta i skenet av de bärbara lamporna, hans händer vacklade aldrig trots krisen. "Håll lamporna stadigt", dirigerade han lugnt. "Jag är nästan igenom det värsta." Förstoppningen i den tillbakavridna tarmen behövde åtgärdas, en procedur som normalt skulle innebära att man spolade tarmen, vilket var omöjligt i deras nuvarande situation.

"Jag blir tvungen att manuellt bryta upp förstoppningen", sa han och fattade ett beslut som aldrig skulle vara nödvändigt i en riktig operationssal. "Det är inte idealiskt, men vi har inget val om vi vill förhindra ett omedelbart återfall."

Han arbetade metodiskt och använde ett försiktigt yttre tryck för att bryta upp den härdade massan i tjocktarmen, allt medan han övervakade integriteten hos tarmväggen som hade skadats av brist på blodflöde. I en klinisk miljö hade han kanske försökt att avlägsna skadade sektioner, men här, med begränsade resurser, var han tvungen att lita på kroppens anmärkningsvärda förmåga att läka sig själv om den fick chansen.

"Tarmens färg förbättras", noterade han med försiktig optimism när blodflödet återvände till de tidigare vridna sektionerna.

Efter nästan två timmars mödosamt arbete kände sig Marcus äntligen så säker som han kunde vara i den här situationen på att hindret var borta. Det var dags att sy ihop och hoppas att han hade gjort tillräckligt.

"Börjar stänga buken", meddelade han. "Sarah, jag behöver det större suturmaterialet nu."

Lager för lager byggde han upp Legends buk, varje sutur placerades exakt trots hans värkande axlar och rygg. Utanför hade stormen börjat avta, intervallerna mellan blixt och dunder blev längre, regnet mjuknade från våldsamt skyfall till ett stadigt smatter, även om strömmen fortfarande var borta. Pip lutade sig rakt över hans axel och riktade sin lampa direkt dit han arbetade. Han hoppades bara att lampans laddning skulle räcka tillräckligt länge för att han skulle hinna bli klar.

"Hjärtfrekvens och andning stabiliseras", rapporterade Emma med uppenbar lättnad. "Blodtrycket håller sig stadigt."

Tre timmar efter det första snittet placerade Marcus de sista hudsuturerna och tog ett steg tillbaka för att granska sitt arbete. Den prydliga raden av stygn stod i skarp kontrast till de kaotiska förhållanden under vilka de hade placerats.

"Vi måste omedelbart starta en massiv dos IV-antibiotika", sa han och rullade på axlarna för att släppa spänningen som hade byggts upp under maratonoperationen. "Och han kommer att behöva dygnet-runt-övervakning i minst de kommande 48 timmarna."

Som om han kände slutet på prövningen fördjupades Legends andning, hans massiva bröstkorg expanderade mer fullständigt än den hade gjort sedan koliken började. Marcus kontrollerade färgen på hans slemhinnor och fann den betydligt förbättrad, ett annat lovande tecken.

"Han är inte ur faran än", varnade han, utan att vilja skapa falska förhoppningar. "De närmaste dagarna kommer att vara kritiska. Men han har en ärlig chans nu."

Det var exakt i det ögonblicket som lamporna tändes igen och fick dem alla att hoppa till. Pip lät höra ett svagt skratt. "Timing!"

Systrarna McKenzie började städa upp och rörde sig med samma tysta effektivitet som de hade visat under hela operationen, även om utmattningen var uppenbar i varje rörelse. Kate och Pip demonterade den provisoriska operationssalen medan Emma förberedde antibiotikainfusionen under Marcus direktiv.

Sarah stannade kvar vid Marcus sida, hennes blick fäst på den fortfarande medvetslöse Legend. "När kommer han att vakna?"

"Snart nu", svarade Marcus, medan han rengjorde området runt snittet och släppte högen av smutsiga tussar i påsen för kliniskt avfall bredvid sig. "Vi måste vara beredda på att hålla honom lugn och stilla när han gör det."

Hon nickade och vände sig sedan plötsligt helt mot honom. I hennes ögon såg Marcus något som överträffade professionell tacksamhet eller till och med personlig tillgivenhet. Det fanns ett djup av förtroende och något djupare, något som hade vuxit mellan dem genom delade kriser och tysta stunder.

"Tack", viskade hon, rösten stockade sig lätt. "Jag vet inte hur jag ska..."

"Du behöver inte säga något", svarade Marcus mjukt.

Deras blickar möttes över Legends stilla kropp, bandet mellan dem stärkt av vad de just hade uthärdat tillsammans. Stormen utanför hade äntligen passerat och lämnat efter sig det milda ljudet av droppande takfot och de första antydningarna av gryning som lyste upp himlen, synlig genom de höga fönstren. I detta ögonblick av delad lättnad och utmattning som satt djupt i benmärgen, kristalliserades något mellan dem, outtalat men obestridligt.

Legend rörde sig lätt, det första tecknet på återvändande medvetande. Sarahs hand fann Marcus hand över hingstens kropp, deras fingrar flätades samman i en gest som förmedlade allt ord inte kunde fånga. Tillsammans hade de kämpat mot omöjliga odds och segrat.

Kapitel sexton

SARAH KISADE MOT DEN digitala termometern i det svaga ljuset i Legends återhämtningsbox, och lättnad sköljde över henne när hon såg avläsningen. 38,1 grader Celsius. Fortfarande lite förhöjd, men lägre än för fyra timmar sedan. Hon antecknade siffran i anteckningsboken som låg på hennes knä, hennes handstil slarvigare än vanligt, ett tecken på den utmattning som hade satt sig djupt i benmärgen under de tjugofyra timmarna sedan Legends operation.

Ladan andades runt omkring henne i midnattsstillheten, endast avbruten av de enstaka mjuka rörelserna från hästarna i de andra boxarna och det ihållande, rytmiska syrsandet från syrsorna utanför. En enda lampa kastade ett milt sken över det improviserade återhämtningsområdet som de hade upprättat, och lyste upp det organiserade kaoset av medicinsk utrustning: droppåsar som hängde från en ombyggd sadelhängare, sprutor arrangerade efter storlek på en ren handduk ovanpå en uppochnedvänd foderhink, och boken där hon minutiöst hade fört protokoll över Legends vitala tecken, mediciner och vätskeintag.

Sarah rörde på sig på sin improviserade sittplats, en fyrkantig höbal täckt med en gammal hästfilt. Lukten av antiseptiska medel hängde fortfarande kvar i luften, blandad med de mer välbekanta dofterna av hö, häst och det söta lusernhöet de hade försökt fresta Legend med.

Hon lutade sig framåt och placerade sitt stetoskop mot Legends bröst. Hans hjärtslag var starka och stadiga, ännu ett gott tecken. Trettiosex slag per minut. Ner från fyrtiotvå tidigare på kvällen. Hon antecknade även detta, och kontrollerade sedan hans andningsfrekvens genom att räkna de försiktiga höjningarna och sänkningarna av hans massiva bröstkorg. Fjorton andetag per minut. Allt gick åt rätt håll, men inte tillräckligt snabbt för att helt lindra hennes oro.

Legend låg på sidan i den djupt strödda boxen, noggrant placerad för att undvika tryck på operationssåret. De hade lyckats få upp honom en kort stund på morgonen, stöttat hans vikt med selar som hängde från traktorskopan när de hjälpte in honom i återhämtningsboxen, där han hade stått ostadigt i femton minuter innan hans ben började darra av trötthet. Marcus hade varit nöjd med även den korta framgången och förklarat att tidig mobilisering skulle hjälpa till att förhindra komplikationer.

"Vi är på väg, gubben", viskade hon och strök med handen längs Legends hals, kände värmen från hans hud under fingrarna. Hans ögon, nu halvslutna i sömn, fladdrade lätt vid hennes beröring. Hon kontrollerade droppet i hans hals för att se till att den senaste omgången antibiotika flödade ordentligt in i hans ven.

De senaste tjugofyra timmarna hade varit en noggrant koreograferad rotation av vård. Marcus hade stannat under de kritiska första tolv timmarna efter operationen, lärt dem vilka varningstecken de skulle hålla utkik efter, visat hur de skulle övervaka operationsområdet för infektion och upprättat medicinschemat. När han till slut hade blivit ivägkallad för ett annat akutfall den eftermiddagen hade systrarna organiserat sig i skift, där Sarah tog de längsta passen trots de andras protester. Hon kunde helt enkelt inte stå ut med att vara borta, övertygad om att hennes vaksamhet på något sätt bidrog till Legends chans att klara sig.

Det svaga knarrandet från ladugårdsdörren drog hennes uppmärksamhet från Legends andning. Steg närmade sig, tysta men målmedvetna, och Sarah kände igen dem omedelbart. Hennes hjärta slog snabbare, och en förväntan värmde hennes bröst trots utmattningen.

"Någon förändring?" frågade Marcus mjukt när han dök upp i boxdörren, som en siluett mot den mörkare ladan bortom.

"Temperaturen har sjunkit en halv grad", svarade Sarah, hennes röst lite rosslig av att inte ha använts. "Hjärt- och andningsfrekvensen blir också bättre."

Marcus klev in i ljuset och Sarah kände hur något lättade i hennes bröst vid åsynen av honom. Han såg nästan lika trött ut som hon kände sig, hans vanligtvis fläckfria skjorta var skrynklig, men hans ögon var vakna och fokuserade när de mötte hennes. Han bar en tygväska över axeln och två termosar i händerna.

"Jag har med mig proviant", sa han och satte försiktigt ner väskan bredvid hennes improviserade sittplats. "Smörgåsar från den nattöppna macken. Inte gourmetmat, men bättre än inget. Och kaffe. Jag antog att du inte hade ätit."

Sarahs mage kurrade som ett omedelbart svar, vilket fick henne att inse att hon inte kunde minnas när hon senast hade ätit en riktig måltid. "Du är en räddare i nöden", sa hon och menade det mer bokstavligt än den vardagliga frasen antydde.

Han skruvade av locket på en av termosarna och hällde ångande kaffe i det, och räckte det sedan till henne. När hon sträckte sig efter det snuddade deras fingrar vid varandra, varm hud mot varm hud, och Sarah kände beröringen som en elektrisk stöt som for upp längs hennes arm. Deras blickar möttes över den utbytta koppen, ett ögonblick av samhörighet som överskred deras gemensamma oro för Legend.

"Tack", sa hon mjukt, inte bara för kaffet.

Marcus nickade, med förståelse i blicken, när han satte sig på höbalen bredvid henne, deras axlar nästan vidrörde varandra i det trånga utrymmet. Tyngden av hans närvaro bredvid henne kändes helt rätt, som om han hörde hemma där i denna intima nattvaka.

Sarah tog en klunk av kaffet och lät värmen sprida sig genom henne. Det var perfekt, starkt och sött, precis som hon föredrog det. Självklart hade han kommit ihåg det. Under den korta tid de känt varandra hade Marcus uppmärksammat detaljer som andra kanske skulle missa, och noterat hennes preferenser utan att hon behövt berätta för honom.

"Du måste vila", sa han milt, medan hans blick följde de mörka ringarna under hennes ögon, den lätta hängigheten i hennes axlar som hon inte längre riktigt kunde dölja. "Du hjälper honom inte genom att köra slut på dig själv."

Sarah suckade och strök en hand över ansiktet. Hon kände gruset i ögonen, tyngden i sina lemmar som signalerade att hon närmade sig sina gränser. Hennes hår höll på att lossna, med slingor som ramade in hennes ansikte och klibbade fast vid hennes hals.

"Jag vet", erkände hon. "Men jag bara ... jag måste vara här. Jag måste veta att om något förändras, så ser jag det omedelbart." Rädslan som hade drivit henne sedan hon hittat Legend kollapsad i sin box fanns kvar, men nu dämpad av försiktigt hopp.

Marcus sträckte sig ner i sin väska och tog fram en plastinpackad smörgås. "Ät först", sa han, packade upp den och lade den i hennes händer. "Sedan tar jag över i några timmar medan du sover på tältsängen i sadelkammaren."

"Du har jobbat hela dagen", protesterade Sarah, även om hon tacksamt tog en tugga av smörgåsen. Ägg och sallad. Hennes mage kurrade uppskattande.

"Och du har varit här i tjugofyra timmar i sträck, gissar jag", kontrade han, med ett varmt uttryck i blicken när han såg på henne. "Vi gör det här tillsammans, Sarah. Låt mig bära en del av bördan."

Tillsammans. Ordet lade sig runt henne som en varm filt. Hon studerade Legends sovande gestalt, den lugna höjningen och sänkningen av hans andning, synlig under det tunna täcket som täckte honom. Han kämpade fortfarande, var fortfarande här, tack vare Marcus skicklighet och beslutsamhet. För tjugofyra timmar sedan hade hon fruktat att de skulle förlora honom. Nu, för första gången, tillät hon sig själv att verkligen tro att han kanske skulle återhämta sig.

"Hans färg är bättre", konstaterade Marcus och lutade sig framåt för att kontrollera Legends tandkött och lyfte sedan på täcket för att titta på hans mage. "Och operationsområdet ser rent ut. Inga tecken på infektion." Han kastade en blick på hennes anteckningar. "Dessa vitala tecken är uppmuntrande. Om han fortsätter att förbättras i den här takten försöker vi få upp honom igen i morgon bitti."

Sarah nickade och kände en spänningsknut som hon hade burit mellan skulderbladen börja lösas upp. "Han är seg, vår Legend."

"Som sitt folk", sa Marcus tyst, hans blick mötte hennes med omisskännlig värme.

De satt i vänskaplig tystnad en stund, det rytmiska ljudet av Legends andning skapade en fridfull bakgrund medan de åt upp sina smörgåsar. Sarah borstade bort smulor från sina jeans, plötsligt medveten om hur smutsig hon måste se ut efter tjugofyra timmar i ladan. Ändå såg Marcus på henne som om hon var perfekt välvårdad, hans blick varm och uppskattande varje gång den vilade på hennes ansikte. I den tysta intimiteten i midnattsladan kände hon hur murarna hon så noggrant upprätthöll började mjukna.

Legend rörde sig lätt i sömnen, en massiv hov ryckte till när han drömde. Sarah lutade sig omedelbart framåt och kontrollerade att hans droppslang inte hade störts, hennes hand rörde sig automatiskt till hans hals för att känna hans puls. Det stadiga dunkandet under hennes fingertoppar lugnade henne, och hon sjönk tillbaka på höbalen, akut medveten om Marcus axel som lätt tryckte mot hennes.

"Han bara drömmer", sa Marcus mjukt. "Förmodligen jagar han ston över en hage någonstans i sitt sinne."

Sarah log trots sin utmattning. "Det skulle vara typiskt. Även vid tjugofyra års ålder har han fortfarande massor av personlighet. Gillar fortfarande sina damer."

Hon vred den tomma kaffekoppen mellan fingrarna och ställde sedan ner den för att ta fram sin anteckningsbok igen. Hennes händer verkade inte kunna vara stilla, de behövde sysselsättning när känslor hon vanligtvis höll noggrant kontrollerade började komma upp till ytan. Hon kontrollerade Legends diagram för vad som måste ha varit hundrade gången, även om hon kunde varje anteckning utantill.

Marcus tog varsamt anteckningsboken från hennes rastlösa händer, stängde den och lade den åt sidan. "Han är stabil, Sarah. Du behöver inte fortsätta kontrollera var trettionde sekund."

Hon nickade, och sträckte sig sedan omedelbart efter ett löst höstrå, böjde det mellan fingrarna och vävde det till ett litet, invecklat mönster. "Jag vet. Jag bara..." Orden fastnade i hennes hals.

Marcus väntade, tålmodig och kravlös bredvid henne. Kvaliteten på hans tystnad uppmuntrade henne att fortsätta när hon var redo.

"Det var skrämmande", erkände hon till slut. "Att lägga hans liv i någon annans händer, även dina. Jag är van vid att vara den som fixar saker, som fattar besluten." Hon bröt strået i sina fingrar och plockade sedan upp ett nytt. "Jag är inte särskilt bra på att släppa kontrollen."

"Du litade tillräckligt mycket på mig för att låta mig operera", påpekade Marcus.

"Jag hade inget val", sa hon och skakade sedan snabbt på huvudet. "Det där lät fel. Vad jag menar är ... ja, jag litade på dig. Jag litar på dig. Men det skrämde mig ändå mer än något annat har gjort på länge."

Legends andning förändrades något, och de spände sig båda och iakttog tills hans rytm återgick till det stadiga mönstret av djup sömn. Sarah släppte ut ett andetag hon inte hade insett att hon hållit.

"Det är inte bara han", fortsatte hon med bruten röst. "Det är allt han representerar. Min familjs arv, vår framtid, allt vi har byggt upp." Hennes fingrar vred strået så hårt att det knäcktes. "Pappa tackade nej till bokstavligen miljoner för honom, visste du det? Inte på grund av pengarna, utan för att Legend var hans förverkligade dröm, kulmen på decennier av avelsplaner och visioner."

Marcus nickade, hans blick lämnade aldrig hennes ansikte. "Caroline nämnde något om det. Sa att Jim tackade nej till erbjudanden från hela världen."

"Det var en saudisk prins som erbjöd två miljoner", sa Sarah med ett litet leende vid minnet. "Pappa sa till honom att Legend inte var till salu för något pris. Mannen kunde inte förstå det. Fortsatte att höja sitt bud tills pappa till slut sa: 'Vad skulle jag göra med alla de pengarna förutom att försöka avla fram en annan häst som han? Och jag har honom redan här.'"

Hon lutade sig framåt, vilade armbågarna på knäna, kände ett plötsligt behov av att få Marcus att förstå. "Varje föl på den här gården bär hans blodslinje. Tävlingsvinnare och avelsston över hela landet. Han är inte bara en häst, han är ... han är Ridgewaters hjärta." Hon upprepade orden hon hade sagt under hans första kolikepisod, men den här gången var de fyllda av tyst visshet snarare än panik.

"Och att förlora honom skulle kännas som att förlora en del av dig själv", föreslog Marcus tyst.

Sarah tittade upp hastigt, förvånad över hans insikt. "Ja. Exakt så." Hon svalde hårt, kände sig obekvämt blottad men oförmögen att sluta nu när hon hade börjat. "Efter min olycka, efter att ha förlorat Fire..." Hon tvekade lite vid namnet. "Jag kunde inte bära tanken på att förlora något annat viktigt. Så jag försökte kontrollera allt, skapa system för varje tänkbar situation, eliminera så många variabler som jag kunde."

Hon gestikulerade runt i ladan, mot de minutiöst organiserade förråden, de detaljerade diagrammen, de noggrant strukturerade rutinerna som styrde Ridgewaters dagliga verksamhet. "Allt det här ... det är mitt sätt att hålla alla säkra. Hästarna, mina systrar, vår försörjning."

"Men man kan inte kontrollera allt", sa Marcus, förstående. Inte dömande.

"Nej. Det upptäckte jag ganska dramatiskt när jag hittade Legend kollapsad i sin box." Hon försökte skratta, men det lät mer som en snyftning. "Och då var allt jag kunde göra att ringa dig och hoppas ... och lita på."

Hon tystnade, generad över känslan som gjorde hennes röst tjock. Tystnaden i ladan omslöt dem, endast bruten av Legends andning och det enstaka stampet av en hov från de andra boxarna. Marcus närvaro bredvid henne var solid och lugnande, hans kropp utstrålade värme i den svala nattluften.

"Efter att Fire dog", sa hon till slut, "trodde jag att jag aldrig skulle överleva den sortens förlust igen. Och jag bestämde mig för att jag inte skulle behöva det, för jag skulle se till att det aldrig hände. Jag skulle förutse varje problem, förbereda mig för varje nödsituation." Hon skakade på huvudet, ett sorgset leende på läpparna. "Det visar sig att livet inte fungerar på det sättet."

Marcus rörde sig lätt bredvid henne, hans arm strök mot hennes, beröringen skickade en våg av medvetenhet genom hennes kropp trots hennes utmattning. "Nej, det gör det inte", instämde han. "Men det betyder inte att du måste möta de oförutsägbara delarna ensam."

Det enkla påståendet lade sig runt henne som en tröst. Sarah tittade på honom, tittade verkligen, och tog in tröttheten som fanns i hans ansikte, medkänslan i hans ögon, den orubbliga närvaro han hade erbjudit inte bara Legend utan även henne. Han hade stått vid hennes sida genom denna kris, aldrig dömt hennes rädsla eller hennes enstaka vassa ord, och förstått vad som drev henne på ett sätt som få människor någonsin hade gjort.

"Jag är inte särskilt bra på det heller", erkände hon. "Att låta folk hjälpa till. Det känns som ... som att erkänna svaghet."

"Eller som att erkänna att man är människa", kontrade han. "Med samma behov och sårbarheter som vi andra vanliga dödliga."

Det framkallade ett genuint skratt från henne, ljudet märkligt högt i den tysta ladan. Legends öra ryckte till vid ljudet, och Sarah sträckte sig automatiskt ut för att klappa honom på halsen och lugna honom tillbaka i sömn.

"Jag antar att även Wonder Woman behöver förstärkning ibland", medgav hon och kände hur något spänt i hennes bröst började lösas upp.

”Exakt”, sa Marcus, och hans leende värmde hans trötta ögon. ”Och om det är till någon tröst, så hanterar du allt det här med mer värdighet än de flesta skulle klara av i en kris.”

Hon fnös lätt. ”Om du med 'värdighet' menar 'att inte sova på tjugofyra timmar och snäsa åt alla som föreslår att jag tar en paus', då ja, då är jag själva sinnebilden av elegans.”

Marcus skrattade tyst, ljudet svepte om henne som en välbekant filt. Deras axlar vidrördes nu mer bestämt, ingen av dem flyttade sig från kontakten. I det trånga utrymmet i boxen, med Legends massiva kropp som upptog större delen av golvytan, kändes deras fysiska närhet både nödvändig och rätt.

”Tack”, sa hon efter ett ögonblick. ”För att du lyssnade. För att du förstod. För att du inte sa att jag är löjlig.”

”Dina känslor är aldrig löjliga”, svarade han uppriktigt. ”Särskilt inte när det gäller Legend. Eller Fire. Eller Ridgewater, eller din familj, eller något som betyder något för dig.”

Den enkla bekräftelsen, som erbjöds utan plattityder eller försök att förminska hennes rädslor, berörde Sarah djupt. Hon tittade på Legend, på den lugna höjningen och sänkningen av hans bröstkorg när han andades, på operationssåret som läkte rent tack vare Marcus skickliga händer. Sedan tittade hon tillbaka på mannen bredvid henne och fann i hans stadiga blick något hon inte hade förväntat sig att upptäcka mitt i en kris: fullständig acceptans av den hon var, med sårbarheter och allt.

”Jag litar på dig”, sa hon mjukt, och orden kändes som ett mycket större erkännande än vad deras enkla stavelser antydde. ”Med Legend, med Ridgewater ... med allt.”

Marcus rörde sig på höbalen, flyttade sig närmare tills deras lår pressades mot varandra. Värmen från hans kropp verkade omsluta henne, och hon välkomnade den och lutade sig mot honom. När han talade igen var hans ord lägre, mer intima, avsedda endast för hennes öron även om det inte fanns någon annan som kunde höra dem i den tysta ladan.

"Innan jag kom till Ridgewater", sa han, med blicken fäst på Legends sovande gestalt, "kände jag mig aldrig riktigt som att jag hörde hemma någonstans. Inte på riktigt."

Sarah stirrade på honom, förvånad över erkännandet. Hans profil i det svaga ljuset var stark men ändå sårbar, skuggorna accentuerade den lätta rynkan mellan hans ögonbryn.

"Inte ens på universitetskliniken?" frågade hon. "Du var respekterad där, var du inte? Innan ... allt hände."

Han gav ett litet, sorgset leende. "Respekterad, kanske. Men aldrig riktigt accepterad. Min exfamilj såg till det." Hans händer vred sig i hans knä, en gest så lik hennes egna nervösa vanor att Sarah kände en oväntad våg av ömhet. "Hennes far var avdelningschef. Hennes mor satt i universitetets styrelse. Hennes bror var min direkta chef."

"En familjeaffär", sa Sarah mjukt, och insikten grydde.

"Bokstavligt talat", instämde Marcus. "Att gifta in sig i familjen Coleman innebar omedelbar tillgång till de positioner och möjligheter jag hade arbetat i åratal för att förtjäna. Men det innebar också att jag aldrig var riktigt säker på om jag hade uppnått något på egen hand." Han tittade ner på sina händer, starka och kapabla, händer som hade räddat Legends liv. "De fick mig att känna mig som om jag aldrig var tillräckligt bra. Som om varje framgång jag hade berodde på deras kontakter, inte mina färdigheter.”

Sarah motstod frestelsen att sträcka sig efter honom, kände på sig att han behövde avsluta.

”När äktenskapet tog slut förlorade jag mer än bara min fru. Jag förlorade min position, min yrkesmässiga ställning, mitt självförtroende.” Sarah kunde höra den kvardröjande smärtan under hans ord. ”Jag kom till Queensland för att söka en ny start, någonstans där jag kunde bygga upp mig själv igen utan att skuggor hängde över mig.”

Han vände sig mot henne då, hans blick mötte hennes i det svaga ljuset. ”Men här, med dig och Legend och den här platsen...” Han gestikulerade runt omkring dem och omfattade inte bara ladan utan hela Ridgewater utanför dess väggar. ”För första gången känner jag att jag kanske har hittat en plats där jag verkligen hör hemma.”

Den enkla ärligheten i hans ord berörde något djupt inom Sarah. Här var en man som förstod vad det innebar att söka visshet i en oviss värld, som också hade byggt noggranna strukturer för att skydda sig från smärta.

”Du hör hemma här”, sa hon, och orden kändes betydelsefulla trots sin enkelhet. ”Du är en del av Ridgewater nu. En del av oss.”

Marcus sträckte ut handen och kupade försiktigt hennes kind. Beröringen var fjäderlätt, nästan vördnadsfull, hans tumme strök över kurvan på hennes kindben med utsökt omsorg. Sarahs andning fastnade när deras blickar möttes i ärlig samhörighet, barriärerna mellan dem löstes upp i stundens tysta intimitet.

”Sarah”, viskade han, hennes namn som en bön på hans läppar.

Hon såg det då, i djupet av hans ögon, den känsla han hade varit noga med att inte namnge. Inte bara åtrå eller tillgivenhet eller respekt, utan något djupare, något som hade slagit rot under deras gemensamma prövningar och tysta stunder av samhörighet. Något som anmärkningsvärt nog såg ut som kärlek.

Hennes hjärta bultade mot revbenen när hon lutade sig in i hans beröring, hennes egen hand steg för att täcka hans mot hennes kind. Marcus rörde sig långsamt och gav henne tid att dra sig tillbaka om hon ville, men att dra sig tillbaka var det sista Sarah tänkte på. Deras läppar möttes i en trevande kyss, mjuk och frågande först, en varsam utforskning.

Ömheten i den fick henne nästan att bryta samman. Sarah gav ifrån sig ett litet ljud i halsen, hennes hand gled till hans nacke och drog honom närmare. Kyssen fördjupades, hans läppar skiljdes under hennes, smaken av honom, kaffe och något unikt för Marcus, sände hetta som spiralerade genom hennes kropp trots hennes utmattning.

Runtomkring dem fortsatte ladan sin nattsymfoni: prasslet av halm när Legend rörde sig i sömnen, det mjuka knarrandet från gamla takbjälkar som satte sig. Dessa välbekanta ljud av hemmet utgjorde en bakgrund till den obekanta men ändå perfekta känslan av att vara i Marcus armar, hans händer gled nu till hennes midja och drog henne närmare på deras improviserade sittplats.

"Vi borde titta till Legend", mumlade hon mot hans mun, ansvarsfull även nu.

Marcus log mot hennes läppar. "Han mår bra", försäkrade han henne och tryckte en kyss mot hennes mungipa, sedan hennes käke, sedan den känsliga punkten precis under hennes öra som fick henne att rysa. "Stabil och sover fridfullt. Jag har hållit koll på hans andning medan vi pratat."

Självklart hade han det. Denne man som matchade hennes omsorg med sin egen, som förstod hennes ansvar och delade dem utan att bli tillfrågad. Sarah vände på huvudet för att fånga hans läppar igen, hennes kropp smälte in i hans när kyssen blev mer angelägen, och åtrån brände bort det sista av hennes tvekan.

Hans händer var varsamma när de utforskade, gled in under fållen på hennes skjorta för att röra vid den varma huden på hennes rygg och följde kurvan på hennes ryggrad med försiktiga fingrar. Sarah fann sig själv svara med en iver som förvånade henne, hennes egna händer kartlade de starka ytorna på hans bröst genom hans skjorta, kände det snabba slaget av hans hjärta under sin handflata.

"Sarah", andades han mot hennes hals, "om det här inte är vad du vill..."

"Det är det", viskade hon och drog sig tillbaka precis tillräckligt för att möta hans blick. "Du är vad jag vill ha, Marcus. Har varit det sedan den där picknicken vid sjön."

Hans leende lyste upp hans ögon och fick mungiporna att rynkas på ett sätt som fick hennes hjärta att slå ett extra slag. Sedan kysste han henne igen, djupare nu, med en passion som matchade hennes egen. De rörde sig tillsammans från höbalen till den rena halmbädden som hade lagts i närheten för den som övervakade Legend att vila på, och bröt aldrig kontakten, händerna nu angelägna när de hjälpte varandra att klä av sig sina lager av kläder.

Den svala nattluften kysste Sarahs hud när Marcus kastade ner filten för att skydda dem från den stickiga halmen och sedan lade henne varsamt på den, hans kropp följde hennes, en ljuvlig tyngd ovanpå henne. Hans läppar följde en stig från hennes mun till hennes hals, till gropen mellan hennes nyckelben, varje kyss ett löfte, varje beröring en uppenbarelse. Sarah böjde sig under honom, hennes fingrar flätades genom hans hår, ledde honom, lärde sig vad som fick honom att flämta mot hennes hud.

"Du är så vacker", mumlade han, hans röst sträv av åtrå när han såg ner på henne. "Så otroligt vacker."

I detta ögonblick, med hans ögon som drack i henne som om hon vore dyrbarare än allt annat, trodde Sarah honom. De osäkerheter som hade plågat henne sedan olyckan, känslan av att hon på något sätt var mindre än hon hade varit, bleknade under hans beundrande blick. Han såg henne, hela henne, och fann henne vacker.

De förenades med en ömhet som motsade deras brådskande åtrå. Sarah överlämnade sig till stunden, till känslan av Marcus som rörde sig över och inuti henne, hennes kropp svarade på hans som om de hade varit skapta för denna förbindelse. Det var olikt allt hon hade upplevt tidigare, denna perfekta förening av kroppar och hjärtan, denna fullständiga tillit.

I åratal hade hon upprätthållit kontrollen över varje aspekt av sitt liv, byggt system och skyddsåtgärder, och aldrig tillåtit sig att vara sårbar. Nu gav hon sig helt till Marcus, litade på honom med sin kropp som hon hade litat på honom med Legends liv, med själva hjärtat av Ridgewater.

"Jag älskar dig", viskade han mot hennes öra när de rörde sig tillsammans, orden svävade mellan dem som en gåva. "Jag tror att jag har älskat dig sedan första stunden jag såg dig stå i den här ladan, med anteckningsblock i handen, och berätta för mig exakt hur saker och ting skulle göras."

Sarah skrattade mjukt, ljudet förvandlades till ett flämtande när njutningen byggdes upp inom henne. "Jag var hemsk mot dig", medgav hon, hennes fingrar grävde sig in i hans axlar.

"Du var magnifik", rättade han och kysste henne djupt. "Stark och säker och fullkomligt skrämmande."

"Och nu?" frågade hon, hennes röst brast när de rörde sig snabbare tillsammans.

"Nu är du fortfarande magnifik", sa han, hans blick fångade hennes. "Men du är också min, som jag är din. Om du vill ha mig."

"Ja", andades hon, ordet både ett svar och ett utrop när njutningen tog över och de båda slutade prata, och under långa minuter ekade deras flämtningar och mjuka rop i den tysta ladan.

De låg hoptrasslade efteråt, andningen saktade ner, hjärtan återgick gradvis till normal rytm. Marcus sträckte sig efter en annan filt som låg hopvikt i närheten och drog den över deras svalnande kroppar. Sarah kurade ihop sig mot honom, huvudet vilande på hans bröst, och lyssnade på det stadiga slaget av hans hjärta under sitt öra.

På andra sidan boxen förblev Legends andning djup och jämn, hans massiva sida höjdes och sänktes i fridfull sömn. Miraklet i hans överlevnad, i att finna denna oväntade kärlek mitt i en kris, fyllde Sarah med en känsla av förundran. De hade nästan förlorat så mycket, men på något sätt vunnit allt.

”Vi borde nog klä på oss innan Kate kommer för sitt skift vid midnatt”, mumlade Sarah, även om hon inte gjorde någon ansats att lämna värmen i Marcus armar.

”Förmodligen”, instämde han och tryckte en kyss mot hennes hjässa. ”Men inte riktigt än.”

De låg i bekväm tystnad en stund, tittade på Legend som andades, deras kroppar sammanflätade under filtarna. Sarah ritade lata mönster på Marcus bröst, hennes tankar gled iväg till framtiden som plötsligt verkade ljus av möjligheter.

”Jag har tänkt på Carolines erbjudande om partnerskap”, sa Marcus tyst. ”Om att stanna i Ridgemont permanent. Bygga ett liv här.”

Sarah höjde sig på ena armbågen för att titta på honom, hjärtat fullt. ”Med oss? Med mig?”

”Med dig”, bekräftade han, hans hand kom upp för att stryka bort en hårslinga från hennes ansikte. ”Att skydda det här landet och de här hästarna, bygga något som varar. Om det är vad du också vill.”

”Det är det”, sa hon enkelt och lutade sig ner för att kyssa honom. ”Det är precis vad jag vill.”

När de sjönk tillbaka i varandras armar kände Sarah en frid hon inte hade känt på åratal. Utanför fortsatte världen att snurra, med alla sina osäkerheter och utmaningar.

Hotet från förbifarten hängde fortfarande över dem, Legends återhämtning var fortfarande osäker, och kraven på att driva Ridgewater skulle inte minska. Men för första gången sedan sin olycka stod Sarah inte ensam inför dessa utmaningar, och försökte inte kontrollera varje variabel. Hon hade funnit en partner som förstod hennes rädslor, som delade hennes drömmar, som älskade henne inte trots hennes sårbarheter utan på grund av styrkan det krävdes för att erkänna dem.

I detta tysta ögonblick, med Legends stadiga andning som en tröstande rytm och Marcus armar omkring henne, accepterade Sarah slutligen att vissa saker inte var menade att kontrolleras. Vissa saker var bortom pris, bortom mått. Vissa saker var helt enkelt menade att ske.

Kapitel sjutton

SARAH RÖRDE SIG OBEKVÄMT på den hårda plaststolen och drog i kragen på sin blus, som verkade fast besluten att strypa henne. Tre veckor hade gått sedan Legends operation, och även om den gamle hingsten fortsatte att återhämta sig väl, innebar dagen i dag en annan sorts spänning. Ridgewaters öde hängde på en skör tråd när den regionala planeringsnämnden förberedde sig för att höra vittnesmål om de föreslagna förbifartslederna. Hon sneglande på Marcus när han rättade till slipsen vid vittnesbordet, hans lugna professionalism en skarp kontrast till fjärilarna i hennes egen mage.

Takfläktarna surrade ineffektivt och flyttade runt den varma luften snarare än att kyla den. Rummet luktade möbelpolish och den svaga, unkna doften av gamla myndighetsbyggnader. Framför dem arrangerade fem nämndledamöter papper och vattenglas på det långa bordet, deras uttryck varierade från artigt intresse till uppenbar leda. Ordföranden, en gråhårig man med glasögonen vilande långt ner på näsan, tittade på sin klocka innan han knackade på mikrofonen.

"Fungerar den här? Bra. Vi ska nu höra från doktor Marcus Webb angående miljökonsekvensbeskrivningen för den östra förbifartsleden, särskilt vad gäller dess inverkan på Ridgewater ridcenter."

Kate klämde Sarahs hand, medan Emma och Pip lutade sig framåt på Sarahs andra sida. Deras närvaro stärkte henne, en enad front av McKenzie-kvinnor. Trots att de hade ägnat veckor åt att förbereda sig för detta sammanträde, samlat in data och övat på argument, fick vetskapen om att sitta i detta rum medan främlingar beslutade om Ridgewaters framtid Sarah att bli torr i munnen.

Marcus reste sig med lugn självsäkerhet och rättade till sin kostymkavaj när han närmade sig mikrofonen. Hans mörka hår var prydligt kammat, hans skjorta krispig trots värmen. Hon hade sett honom bara timmar tidigare i hans vanliga kläder, när han utförde Legends morgonkontroll med henne, men denna professionella version av honom fick henne fortfarande att tappa andan.

"Tack, herr ordförande, ledamöter av nämnden. Jag heter doktor Marcus Webb, veterinär specialiserad på hästmedicin. Jag har en doktorsexamen från Royal Veterinary College i London, med ytterligare kvalifikationer inom hästkirurgi och reproduktionsmedicin. Jag har praktiserat i Australien i tio år, tidigare vid University of Sydneys hästsjukhus, och de senaste fyra månaderna vid Ridgemonts veterinärklinik, där jag nu är delägare."

Hans ord hördes tydligt i rummet när han talade med auktoritativ självsäkerhet. Sarah kände en våg av stolthet när flera nämndledamöter rätade på sig i sina stolar och uppenbarligen omvärderade mannen framför dem.

"Mitt vittnesmål idag rör den föreslagna östra förbifartsleden och dess potentiella inverkan på Ridgewater ridcenter, en anläggning av betydande jordbruksmässig och ekonomisk vikt för regionen."

Marcus pekade mot den stora kartan som stod på ett staffli bredvid honom och använde en laserpekare för att följa den omtvistade sträckningen. "Den östra dragningen skulle skära rakt igenom den centrala delen av Ridgewaters egendom, ta bort ungefär trettio procent av deras brukningsmark och skapa oöverstigliga utmaningar för deras fortsatta funktion som en förstklassig avels- och träningsanläggning."

Han vände sig åter mot panelen, hans uttryck allvarligt men samlat. "Utöver den uppenbara förlusten av betesmark skulle denna sträckning placera en stor väg genom huvudarenan och inom hundra meter från deras specialiserade avels- och fölningsanläggningar, vilket skulle skapa buller och luftföroreningar som negativt skulle påverka hälsan och välbefinnandet hos deras djur."

En kvinna i panelen lutade sig framåt. "Doktor Webb, skulle anläggningen inte helt enkelt kunna flytta just dessa byggnader till en annan del av sin egendom?"

"Nej, fru ledamot, det skulle de inte kunna", svarade Marcus utan att tveka. "Den nuvarande platsen valdes specifikt för dess dränering, höjdläge och närhet till stallkomplexet där akutvård snabbt kan ges. För bara tre veckor sedan utförde jag en akut kolikoperation på Ridgewater Legend, deras främsta avelshingst, under en svår storm som gjorde transport till en klinik omöjlig."

Sarahs hjärta slog snabbare vid omnämnandet av den fasansfulla natten. Marcus fortsatte, hans röst blev mer passionerad även om hans framförande förblev sansat.

"Om dessa anläggningar inte hade funnits tillgängliga skulle den hästen, värderad till långt över en miljon dollar och oersättlig för deras avelsprogram, ha dött. Detta är ingen överdrift, det är ett veterinärmedicinskt faktum. Att flytta eller bygga om hela Ridgewaters verksamhet skulle kosta tiotals miljoner dollar, vilket vida överstiger markens nominella värde. Ni har kostnadsberäkningar i den dokumentation ni har fått, inklusive offerter ... och ingen av dessa offerter inkluderar inköp av en lämplig fastighet någon annanstans, eftersom det helt enkelt inte finns något på marknaden i sydöstra Queensland, eller ens i norra New South Wales, för närvarande som skulle vara lämpligt. De inkluderar inte heller inverkan på affärsverksamheten, som inte kan bedömas förrän det är fastställt var den nya platsen skulle vara – men den skulle vara betydande, på grund av den lokala kundbas som byggts upp under årtionden och som bidrar med tiotusentals dollar årligen till Ridgewaters vinster."

Ordföranden klottrade något på sitt anteckningsblock. "Och er professionella åsikt om det västra vägalternativet?"

Marcus nickade och använde pekaren för att indikera den andra möjliga dragningen. "Den västra sträckningen erbjuder en lösning som tillgodoser regionens transportbehov samtidigt som den bevarar integriteten för inte bara Ridgewater, utan även flera andra jordbruksverksamheter. Den korsar främst outvecklad buskmark som ägs av Ridgemont Country Club, mark som för närvarande är oanvänd och olämplig för expansion av golfbanan, innan den passerar på den västra sidan av sjön genom statlig mark. Den extra väglängden som behöver byggas är mindre än två kilometer, vilket jag kan försäkra er kommer att vara betydligt billigare än det verkliga värdet av den ersättning som skulle behöva betalas till familjen McKenzie för att flytta och ersätta sin verksamhet på Ridgewater."

Han redogjorde sedan metodiskt för de miljömässiga fördelarna med den västra sträckningen och hänvisade till viltkorridorer, skydd av avrinningsområden och minskat buller för bostadsområden. Sarah iakttog nämndledamöternas reaktioner, och hennes tränade öga noterade vilka som verkade mottagliga och vilka som förblev skeptiska.

Emma lutade sig nära för att viska: "Han är briljant. De lyssnar verkligen."

Sarah nickade, utan att lita på sin egen röst. Marcus var mer än briljant; han kämpade för hennes hem med samma hängivenhet som han hade visat när han räddade Legends liv. Insikten fick det att dra ihop sig i halsen av känslor.

"Doktor Webb", sa en mager man i slutet av bordet, "golfklubben har uttryckt oro över en värdeminskning på fastigheten om den västra sträckningen väljs. Hur bemöter ni deras ekonomiska argument?"

Marcus tog sig an frågan direkt, med ett självsäkert uttryck. "Med all respekt, herrn, skulle potentialen för kommersiell utveckling längs en ny transportkorridor troligen *öka* värdet på lantklubbens outnyttjade mark." Han tystnade och sneglade kort mot Sarah innan han fortsatte. "Den östra sträckningen påverkar inte bara ett ridcenter; den hotar en hållbar jordbruksverksamhet som har funnits i tre generationer och som bidrar väsentligt till både den lokala ekonomin och Australiens internationella ställning inom ridsporten."

Sarah utbytte blickar med Kate, vars subtila nick bekräftade att Marcus hade träffat precis rätt ton. Pip sträckte sig över för att klämma Sarahs arm, hennes uttryck försiktigt optimistiskt.

I nästan en timme besvarade Marcus alltmer tekniska frågor om förväntade ekonomiska konsekvenser. Han vacklade aldrig, utan svarade med en kombination av vetenskaplig precision och praktisk insikt som gradvis förändrade stämningen i rummet. Till och med de medlemmar som från början sett uttråkade ut var nu engagerade och hänvisade till den dokumentation som

Sarah och Marcus hade ägnat veckor åt att arbeta med och skickat in i förväg.

När ordföranden slutligen tackade Marcus för hans vittnesmål, släppte Sarah ut ett andetag hon inte hade insett att hon hållit inne. När Marcus återvände till sin plats bredvid deras advokat sökte hans ögon hennes på åhörarläktaren, en kort förbindelse som sände värme genom henne trots den formella inramningen.

"Nämnden kommer nu att överlägga om alla mottagna vittnesmål gällande de föreslagna förbifartslederna", meddelade ordföranden och sorterade sina papper. "Med tanke på komplexiteten i inlagorna kommer vi att ta extra tid på oss att granska de miljökonsekvensbeskrivningar och ekonomiska prognoser som presenterats idag."

Han tittade upp och talade till hela rummet. "Detta sammanträde är ajournerat."

När folk började samla ihop sina tillhörigheter vände sig Emma till Sarah. "Det där gick bättre än jag förväntade mig", sa hon försiktigt.

Sarah nickade, hennes blick fortfarande fäst på Marcus när han samrådde med deras advokat. "Det är inte över än", sa hon, "men jag tror vi har gett dem något att tänka på."

Pip reste sig och sträckte på sig efter den långa sessionen. "Åtminstone måste de nu ta itu med våra farhågor ordentligt. Marcus gjorde dem omöjliga att avfärda."

Stolthet svällde i Sarahs bröst när hon såg Marcus närma sig, hans professionella uppsyn mjuknade till ett varmt leende. Oavsett vad nämnden beslutade hade dagen visat henne något dyrbart: Marcus kämpade inte bara för sin egen framtid på Ridgewater, utan för allt som platsen betydde för henne, för hennes familj, för deras gemensamma vision om vad som kunde bli.

"Du var magnifik", sa hon enkelt när han nådde dem.

Rynkorna i hans ögonvrår djupnade. "Jag hade bra material att arbeta med."

Deras händer fann varandra naturligt, fingrarna flätades samman i en gest som hade blivit lika bekant som att andas de senaste veckorna. I den beröringen fanns ett löfte om att vad som än kom härnäst, skulle de möta det tillsammans.

"Du har stavat 'dränering' fel", sa Marcus och knackade på marginalen i Sarahs handskrivna anteckningar med sin penna. "Om det inte finns någon specialiserad ridsportterm jag inte känner till som heter 'dröniering'."

Sarah ryckte tillbaka sin anteckningsbok och kämpade mot ett leende när hon kisade på sin egen kråkfot. En vecka hade gått sedan sammanträdet, och medan de fortfarande väntade på nämndens beslut, fortsatte livet på Ridgewater som vanligt. Köksbordet hade försvunnit under ett landskap av kartor, arkitektritningar och jordanalysrapporter, och deras ambitiösa planer för fastighetsförbättringar tog form trots den kvardröjande osäkerheten.

"Min handstil är fullt läsbar", protesterade hon, även om hon själv var tvungen att medge att det hastigt nedklottrade ordet inte alls såg ut som "dränering". "Vissa av oss hade inte privilegiet att få gå på fina skrivstilskurser i privatskola."

Marcus skrattade och sträckte sig efter den topografiska kartan över de västra hagarna. "Det var knappast Eton, älskling. Men ja, vi var tvungna att öva på vår skrivstil tills vi fick kramp i fingrarna." Han slätade ut kartan och tyngde ner hörnen med kaffemuggar. "Okej, visa mig exakt var vattnet samlas efter kraftigt regn."

Sarah lutade sig över bordet, hennes fläta föll fram över ena axeln när hon pekade på flera låglänta områden. "Här, här och särskilt här. Den sista platsen blir ett riktigt gyttjehål. Emma fick en av sina räddade fullblodshästar att fastna där förra vintern, och vi behövde traktorn för att dra loss honom."

"Inte undra på att du är orolig för dräneringen", mumlade Marcus och markerade platserna med sin stiftpenna. Hans kryss var perfekt symmetriska, vart och ett exakt lika stort. "Vi måste installera fransk dränering här och här, och möjligen schakta om hela den här sektionen."

Sarah nickade och gjorde fler anteckningar med sin påstått oläsliga handstil. "Och tillfartsvägen till Barracks? Den förvandlas till en bäckfåra under regnperioden."

Marcus konsulterade höjdkurvorna, pannan djupt veckad i koncentration. Eftermiddagssolen som strömmade in genom köksfönstren fångade de rödbruna slingorna i hans mörka hår, och Sarah fann sig för ett ögonblick distraherad av det välbekanta sättet hans hårvirvel vägrade att ligga platt oavsett hur professionellt han stylade det för framträdanden i rätten.

"Jag tänker att vi höjer den, och sedan lägger vi genomsläpplig marksten", sa han, omedveten om hennes granskning. "Dyrare i början, men de låter vattnet filtrera igenom istället för att rinna av, och de är mer hållbara än grus." Han tittade upp, mötte hennes blick och hans uttryck mjuknade. "Vad är det?"

"Inget", sa hon med ett leende. "Jag tycker bara om att se dig arbeta."

En belåten rodnad spred sig uppför hans hals. "Tja, jag skulle vara mer produktiv om du inte var så distraherande."

"Jag? Jag är fullständigt professionell." Hon sträckte sig efter en märkpenna och snuddade medvetet vid hans fingrar med sina. "Okej då, angående uppgraderingarna av stallbelysningen ..."

De fann sig i en bekväm rytm, huvudena tätt tillsammans över planerna. Köket doftade av nybryggt kaffe och den ingefärskaka Pip hade bakat samma morgon, vilket skapade en hemtrevlig bakgrund till deras tekniska diskussioner. Utanför flöt de välbekanta ljuden från Ridgewater in genom de öppna fönstren: hästar som gnäggade i de närliggande hagarna, det avlägsna mullret från traktorn när Kate flyttade höbalar, Jemimas skratt när hon hjälpte Emma med eftermiddagsfodringen.

"Om vi ska bygga en terapibox för Zoe", sa Marcus och skissade en snabb planlösning på ett anteckningsblock, "borde vi överväga att införliva ett riktigt hydroterapiområde. Hennes rehabiliteringsfall skulle ha enorm nytta av sessioner på löpband under vatten."

Sarah lutade sig närmare för att granska hans ritning, hennes axel tryckte mot hans. "Det blir dyrt ... men kanske värt det. Vi har skickat hästar till Brisbane för hydroterapi, men att ha det på plats skulle vara en 'game-changer' för Emmas räddningsprogram, och jag tror vi skulle få andra som vill hyra in sig för att täcka en del av kostnaderna." Hon flinade. "Vi skulle förmodligen behöva tvinga Kate att sluta stoppa i Misty där varje morgon!"

Deras ansikten var nu nära varandra, och Sarah kunde känna den rena, lätt kryddiga doften av Marcus rakvatten. Hans hand rörde sig självsäkert över papperet och skapade prydliga, mätta linjer som förvandlade det vaga konceptet till något konkret.

"Emma kommer att bli olidlig när hon ser det här", retades han. "Hon kommer att ha varenda skruttigt fullblod i Queensland på kö för behandling."

"Förmodligen", instämde Sarah med ett skratt. "Men med hennes rehabiliteringskunskap, Zoes kroppsterapifärdigheter och din veterinärkunskap, skulle vi faktiskt kunna bli ett riktigt rehabiliteringscenter för hästar." Hon tystnade, plötsligt slagen av vidden av vad de planerade. "Det är inte bara reparationer och förbättringar längre, eller hur? Vi omformar hela Ridgewaters framtid."

Marcus lade ner sin penna och vände sig för att se på henne helt och hållet. "Är det okej? Jag vill inte gå för långt."

Hon skakade på huvudet och sträckte sig efter hans hand. "Det är mer än okej. Det är precis vad pappa alltid ville, att Ridgewater skulle utvecklas med varje generation. Han och mamma byggde upp det till en förstklassig avelsanläggning; nu expanderar vi det till att inkludera rehabilitering och terapi. Vi har utrymmet. Jag ser inte varför det inte skulle kunna hända."

"På tal om utveckling", sa Marcus och bläddrade till en ny sida i sin anteckningsbok, "har jag funderat på hingststallet. Vi borde överväga att uppgradera tappningsstationen."

Sarah stönade, även om hennes ögon glittrade av road förvåning. "Typiskt dig att ta upp hästsperma under ett romantiskt ögonblick."

"Javisst ja, inget säger romantik som fransk dränering och genomsläpplig marksten", svarade han torrt. "Dessutom var jag under intrycket att detta var ett affärsmöte."

"Är det vad det här är?" Hon tog en linjal från bordet och använde den för att knacka på hans anteckningsbok. "För dina mått för de nya spolspiltorna är fel med minst en meter. Hästar måste kunna vända sig bekvämt, doktor Webb."

Han höjde på ögonbrynen och tog linjalen från hennes hand. "Mina mått är exakta på millimetern, Ms. McKenzie. Kanske ditt djupseende spelar dig ett spratt igen." Hans ton var retsam, fri från den försiktiga tassande som andra fortfarande använde kring hennes synnedsättning.

"Mitt djupseende är fullt tillräckligt för att märka när någon är överdrivet noggrann", kontrade hon och ryckte tillbaka linjalen. Deras händer trasslade ihop sig, ingen av dem riktigt villig att ge upp plastlinjalen, vilket på något sätt ledde till att Marcus istället fångade hennes fingrar.

"Noggrann?" upprepade han och förde hennes knogar till sina läppar. "Jag föredrar 'grundlig'."

"Pedantisk", kontrade hon, men hennes låtsade irritation löstes upp när hans ögon mötte hennes.

"Metodisk", föreslog han och kysste varje finger individuellt.

"Besatt", erbjöd hon, och kunde inte längre hålla sig för skratt.

"Detaljorienterad", avslutade han, lade ner linjalen och drog henne närmare.

Deras kyss var lekfull till en början, lätt och retsam som deras ordväxling, men fördjupades snabbt till något mer. Sarah sjönk in i den och förundrades över hur lätt de hade fallit in i detta mönster, där arbete och intimitet flätades samman lika naturligt som att andas. När de slutligen skildes åt, vilade hon sin panna mot hans.

"Vi borde nog göra klart de här planerna", mumlade hon. "Emma och Kate vill granska dem före middagen."

Marcus nickade, även om han inte gjorde någon ansats att släppa henne. "Fem minuter till", förhandlade han, hans händer varma mot hennes rygg.

Sarah log och lutade sig mot honom. Planerna kunde vänta. Detta ögonblick, i ett solbelyst kök med framtiden utspridd framför dem i blyertsstreck och möjligheter, kändes för dyrbart för att hasta igenom. Oavsett vad planeringsnämnden beslutade om förbifarten skulle Ridgewater bestå, växa, blomstra, för de skulle se till att det blev så, tillsammans.

"Tio", kontrade hon och beseglade avtalet med en ny kyss.

Sarah stannade utanför rum 214, balanserade en presentpåse fylld med gosedjur och babyartiklar i ena handen och rättade till buketten med blekrosa rosor i den andra. Två dagar hade gått sedan Carolines sms som meddelade lilla Marissas ankomst, och Sarah hade äntligen lyckats stjäla några timmar från Ridgewater. BB-korridoren surrade av tyst effektivitet, sjuksköterskor rörde sig målmedvetet mellan rummen, och ett och annat nyfött skrik punkterade den dämpade atmosfären. Hon tog ett djupt andetag och knackade mjukt på dörren.

"Kom in", ropade Caroline, och lät trött men glad.

Sarah knuffade upp dörren med armbågen och klev in i ett rum badande i milt eftermiddagssolljus som silade in genom delvis stängda persienner. Utrymmet var förvandlat från klinisk sjukhusstandard av personliga detaljer: foton på fönsterbrädan, ett färgglatt lapptäcke över fotändan av sängen och blomvaser som lade till färgklickar mot de institutionella väggarna.

I mitten av alltihop satt Caroline, uppallad mot en hög med kuddar, och vaggade ett litet knyte insvept i en mjuk rosa filt. Hennes vanligtvis släta hår var uppsatt i en slarvig hästsvans, mörka ringar skuggade hennes ögon, men hennes ansikte lyste av en belåtenhet som Sarah aldrig sett förut.

"Där är du ju." Caroline log upp mot henne. "Jag började tro att Ridgewater aldrig skulle släppa dig."

"Förlåt att det tog så lång tid", sa Sarah, ställde presenterna på ett sidobord och närmade sig sängen. "Legend behövde få sina stygn borttagna, och sedan var det en mindre kris med ett av Emmas räddningsfall." Hon tystnade, plötsligt osäker, och svävade vid sängkanten. "Hur mår du?"

"Utmattad. Öm. Fullständigt överväldigad." Caroline skrattade lågt. "Och lyckligare än jag någonsin varit i hela mitt liv." Hon rörde sig lite och rättade till knytet i sina armar. "Vill du träffa henne?"

Sarah nickade och kände en oväntad klump i halsen när Caroline försiktigt drog tillbaka kanten på filten för att avslöja ett litet ansikte. Barnet sov, hennes drag omöjligt små och perfekta: rosenknoppsläppar, en liten näsa, fjäderlätta ögonfransar som vilade mot runda kinder med en anstrykning av rosa.

"Sarah, träffa Marissa Claire Bennett", sa Caroline stolt. "Tre kilo och tvåhundrasextio gram ren beslutsamhet. Tjugo timmars värkarbete, och hon hade ändå ingen brådska med att göra sin entré."

"Hon är vacker", viskade Sarah, genuint tagen av den perfekta miniatyrpersonen framför henne. "Hon har din näsa."

"Stackars liten", skämtade Caroline och höll sedan fram barnet. "Här, vill du hålla henne?"

Sarah tvekade, en fladdrande nervositet i magen. "Är du säker? Jag är inte direkt erfaren med nyfödda ... Jag var utomlands när Emma fick Jemima."

"Du hanterar femhundra kilos hästar med självförtroende", påpekade Caroline. "Jag tror du kan klara av en trettonkilos bebis. Dessutom är hon ganska robust."

Innan Sarah hann formulera en ny invändning, höll Caroline på att försiktigt flytta över Marissa i hennes armar, och gav snabba instruktioner om att stödja huvudet. Sarah fann sig själv vaggande det lilla knytet, förvånad över hur lätt men ändå på något sätt substantiell hon kändes.

Marissa vred sig lite, hennes ansikte skrynklades ihop innan det slappnade av igen när hon la sig till rätta i Sarahs famn. Hennes tyngd var inte alls som Sarah hade förväntat sig, på något sätt både tyngre och skörare än hon hade föreställt sig. Barnet utstrålade värme genom den mjuka filten, och Sarah kände den omisskännliga doften av en nyfödd bebis: söt, pudrig, med något obestämbar dyrbart under.

"Hon är så varm", mumlade Sarah och flyttade sig försiktigt till stolen bredvid sängen.

"Som en liten värmeflaska", instämde Caroline. "Nate säger att det är därför han har sovit så bra, även i stolen. Hon håller honom varm." Hon pekade mot dörren. "Han gick precis för att hämta kaffe. Han har varit fantastisk, har inte lämnat min sida sen de lade in mig."

Sarah nickade, men hennes uppmärksamhet var fortfarande fäst vid det lilla ansiktet som låg inbäddat mot hennes arm. Marissas hud var omöjligt mjuk, nästan genomskinlig, med det finaste dammet av mörkt hår synligt vid tinningarna. Medan Sarah tittade på, som trollbunden, särade sig barnets läppar i en liten rörelse och slappnade sedan av igen.

"Hon gör det de kallar 'drömmatning'", förklarade Caroline. "Övar inför den äkta varan. Barnmorskan säger att det är normalt."

"Det är otroligt", sa Sarah mjukt. "Alltihop. Att hon är så fullt formad, så ... komplett redan."

Caroline log och såg på sin vän med barnet. "Det är lite mirakulöst, eller hur? Jag kan inte sluta stirra på hennes fingrar. Har du någonsin sett något så perfekt litet?"

Sarah flyttade försiktigt på filten för att avslöja en av Marissas händer och förundrades över miniatyrnaglarna, var och en inte större än ett riskorn. Barnet grep reflexmässigt tag i Sarahs finger, hennes grepp förvånansvärt starkt för något så litet.

"Jag ville faktiskt fråga dig en sak", sa Caroline, hennes ton blev allvarligare. "Nate och jag har pratat, och vi skulle vilja att du blir Marissas gudmor."

Sarah tittade upp snabbt, överraskningen tydlig i hennes uttryck. "Jag? Är du säker? Jag menar, jag är hedrad, men ..." Hon avbröt sig, överväldigad av frågan.

"Helt säker", bekräftade Caroline. "Vem skulle vara bättre? Du är min äldsta vän, du är pålitlig, praktisk och du har en moralisk kompass som aldrig sviktar. Dessutom vet du hur man står på sig, vilket jag misstänker att Marissa kan behöva vägledning med en dag, med tanke på hur envis hon redan visar sig vara."

Sarah kände tårar sticka bakom ögonen, en våg av känslor som överraskade henne. "Jag skulle bli hedrad", lyckades hon få fram och tittade ner på det sovande spädbarnet i sin famn. "Verkligen hedrad."

"Gråt inte nu", varnade Caroline med ett vattnigt skratt. "Om du börjar kommer jag också att göra det, och mina hormoner är fortfarande helt ur styr."

Sarah skrattade lågt och blinkade bort fukten i ögonen. "Jag ska försöka behärska mig."

En konstig, oväntad känsla sköljde över henne när hon blickade ner på Marissa, något varmt och längtansfullt som slog sig ner i mitten av hennes bröst. Hon hade aldrig varit särskilt moderlig, hade alltid varit för fokuserad på Ridgewater, på sin karriär, på att bygga upp sitt liv igen efter olyckan för att på allvar överväga barn. Ändå rörde det upp något primalt och kraftfullt inom henne att hålla denna lilla, perfekta varelse.

Hon föreställde sig, plötsligt och livligt, ett barn med Marcus mörka hår och eftertänksamma ögon. Bilden skrämde henne inte som den kanske hade gjort bara några månader tidigare. Istället fyllde den henne med en tyst visshet, en känsla av möjlighet som kändes både ny och helt naturlig.

"Du ser väldigt fundersam ut", observerade Caroline och avbröt hennes tankar. "Får man veta vad du tänker på?"

Sarah log, inte riktigt redo att uttrycka hela vidden av sin insikt. "Tänkte bara på hur snabbt livet förändras. För sex månader sedan fick du panik över mammaledigheten och jag undrade hur jag skulle klara mig när mamma och pappa gav sig av i sin husbil. Nu är du mamma, och jag är ..."

"Vansinnigt förälskad i min nya affärspartner?" fyllde Caroline i med ett flin.

"Något i den stilen", medgav Sarah och kände en rodnad värma hennes kinder. "Det har varit oväntat, alltihop."

"De bästa sakerna är oftast det", sa Caroline mjukt. "Om det betyder något, så ser han på dig som Nate ser på mig ... och nu på Marissa. Som om du är centrum i hans universum."

Sarah kände sanningen i de orden genljuda inom sig. Förtroendet hon hade byggt upp med Marcus hade förändrat henne på sätt hon bara började förstå. Hon hade alltid varit stolt över sitt oberoende, sin självförsörjning, men att lära sig att lita på honom hade öppnat henne för en sårbarhet som kändes som styrka snarare än svaghet.

Marissa rörde på sig i hennes famn, små ögonlock fladdrade upp och avslöjade mörkblå ögon som blinkade upp mot Sarah med ofokuserad nyfikenhet. Sarah log ner mot sin guddotter, plötsligt säker på något hon aldrig medvetet hade erkänt förut.

"Hej där", viskade hon till barnet. "Välkommen till världen, lilla vän. Den är en ganska underbar plats, förstår du. Särskilt när man hittar de rätta personerna att dela den med."

Som i samförstånd kröktes Marissas lilla mun i vad som kunde ha varit ett leende eller bara en reflex, men Sarah valde att se det som en bekräftelse. Framtiden sträckte ut sig framför henne, ljus av möjligheter som hon äntligen var redo att omfamna.

Kapitel arton

MARCUS TITTADE PÅ KLOCKAN när han öppnade dörren till betäckningsstallet, och det starka morgonsolljuset från Queensland strömmade in genom springan. Klockan var åtta, precis i tid. Luften där inne bar på den välbekanta, trygga blandningen av rena spån, läder och häst som hade blivit mer av ett hem för honom än vad hans tidigare sterila universitetskontor någonsin varit. Han tände lamporna och överblickade förberedelseområdet, medan han i tanken bockade av checklistan de hade satt upp för Legends första betäckning efter operationen. Sex veckors noggrann rehabilitering hade lett fram till detta ögonblick, och även om Marcus professionella bedömning sa honom att hingsten var redo, kunde han inte riktigt tysta den fladdrande oron i bröstet.

Han rörde sig genom utrymmet och lade metodiskt fram utrustningen de skulle behöva: betäckningsskydd för stoet, den antiseptiska tvätten, sterilt glidmedel och uppsamlingsutrustningen som reserv om naturlig betäckning skulle visa sig vara för ansträngande. Allt var standardförfarande, men ändå kändes dagen allt annat än vanlig. Legends kolikoperation hade varit ett avgörande ögonblick, inte bara för hingstens överlevnad utan även för Marcus plats på Ridgewater. Minnet av att operera under de stormhotade förhållandena hemsökte honom fortfarande ibland i drömmarna, med tyngden av Ridgewaters arv bokstavligen i sina händer.

Ljudet av hovslag på grusgången utanför fångade hans uppmärksamhet. Genom den öppna dörren såg han Sarah leda Legend från hingststallet, och morgonljuset fångade den bruna hästens päls, som glänste av hälsa. Den gamle hingstens öron var spetsade framåt, hans steg lätta och ivriga på ett sätt som fick Marcus att le. Till och med vid tjugofyra års ålder visste Legend precis vad ett besök i betäckningsstallet innebar.

”Någon är visst ganska ivrig i morse”, ropade han och klev ut i dörröppningen.

Sarah tittade upp och hennes ansikte sprack upp i ett leende som fortfarande lyckades få hans puls att slå snabbare. ”Han har varit omöjlig ända sedan han fick nys om att stoet började brunsta. Han höll på att dra armen av mig när vi passerade hennes hage på promenaden igår. Jag satte på honom benskydden fram innan vi lämnade boxen, för säkerhets skull.”

Marcus gick för att möta dem och bedömde Legends tillstånd samtidigt som han hälsade på Sarah med en snabb kyss. Hingsten såg magnifik ut, hans päls fångade ljuset som polerad brons och musklerna böljade under huden vid varje rörelse. Operationssåret var nu bara en tunn linje, nästan osynlig under den återväxta pälsen, ett bevis på hans läkning.

"Låt oss ta en ordentlig titt på dig då, gamle gosse", sa Marcus och lät erfarna händer löpa längs Legends flank för att kontrollera operationsområdet en sista gång. Muskeltonusen hade återvänt helt och det fanns ingen värme eller ömhet någonstans. "Anmärkningsvärd återhämtning. Knappt ett tecken på att han någonsin varit sjuk."

Sarah nickade, och hennes lättnad syntes i hur axlarna sjönk. "Det var på vippen ett tag där. Jag tänker fortfarande på den där natten..."

"Bäst att inte älta det", sa Marcus mjukt, medveten om att minnet av Legends nära-döden-upplevelse fortfarande förföljde henne. Han gav hingsten en sista klapp. "Han är redo. Mer än redo, skulle jag säga."

Som för att bekräfta denna bedömning gnäggade Legend lågt och näsborrarna vidgades när han kände doften som spred sig från andra änden av stallet. Marcus vände sig om och såg Emma och Kate leda in det vackra, unga fullblodsstoet. Hennes nätta huvud hölls högt och ögonen var stora men tillitsfulla när de guidade henne till betäckningsspiltan.

"Harrys gåva ser fin ut", konstaterade Marcus och noterade stoets utmärkta kondition och den apelkastade gråa pälsen som glänste av hälsa.

"Moonlight", sa Sarah och följde hans blick. "Det är vad Emma kallar henne. Hon har funnit sig till rätta helt fantastiskt."

"God morgon, turturduvor", ropade Pip glatt när hon kom in efter de andra. "Redo för gamle gossens triumferande återkomst till avelstjänsten?"

Marcus kände en värmevåg vid den obesvärade acceptansen i hennes röst. Systrarna McKenzies självklara sätt att införliva honom i sina familjerutiner överrumplade honom fortfarande ibland, en välkommen förändring från den kalla politiken i hans tidigare liv.

"Allt är klart", bekräftade han och återgick med viss ansträngning till sin professionella min. "Låt oss sätta igång innan Legend bestämmer sig för att ta saken i egna händer." Även de mest väluppfostrade hingstar kunde bli otåliga när ett sto flirtade som Moonlight började göra nu, genom att lyfta på svansen och svänga bakdelen inbjudande mot hingsten.

Systrarna McKenzie föll in i en synkroniserad rutin som vittnade om år av erfarenhet. Emma och Kate placerade Moonlight i spiltan och talade till henne med låga, lugnande röster medan de säkrade henne. Pip satte fast de skyddande betäckningsskydden på stoets bakben, en försiktighetsåtgärd mot sparkar. Sarah höll Legend på ett kontrollerat avstånd. Hingsten blev alltmer alert, och hans hals välvde sig magnifikt när han kände doften av stoet.

Marcus övervakade, med uppmärksamheten delad mellan hästarna och systrarna McKenzie. De arbetade med minimal verbal kommunikation, en kvartett som utförde en välrepeterad dans. En nick från Kate, en handsignal från Pip, en liten positionsjustering från Emma, allt förstods omedelbart. Effektiviteten var imponerande och talade om den livstid de hade tillbringat med att arbeta tillsammans med hästar.

"Hon är redo", ropade Emma och klev tillbaka när Moonlight ivrigt lyfte svansen igen och gnäggade mot hingsten.

Marcus gjorde en sista kontroll för att säkerställa att allt var ordentligt förberett. "Okej då, Sarah, när du är redo."

År av avelserfarenhet hade lärt den gamla hästen rutinen, och han rörde sig med beslutsamhet men var fortfarande mottaglig för Sarahs signaler, ett bevis på det djupa förtroendet mellan dem.

"Lugn nu", mumlade hon och lät Legend närma sig Moonlights bakdel.

Marcus iakttog noggrant, vaksam på alla tecken på obehag eller ansträngning i Legends rörelser. Hingsten nosade länge på stoet, och gjorde sedan den karaktäristiska flemningsresponsen med uppdragen överläpp för att analysera hennes feromoner. Hans upphetsning var uppenbar, men Marcus var nöjd med att se att den gamla hästen behöll sitt goda uppförande och svarade på Sarahs tysta kommandon trots sin entusiasm. Och även om Moonlight bara var tre år och aldrig hade betäckts tidigare, var hennes naturliga instinkter underbara; hon stod tyst, med bara ett och annat ivrigt gnäggande för att hennes kavaljer skulle sätta igång med sitt jobb.

När Legend hoppade upp var rörelsen mjuk och kontrollerad, utan tecken på den svaghet som följt efter operationen. Marcus gick närmare, redo att ingripa om det skulle behövas, men hingsten behövde ingen hjälp och visade ingen aggression. Betäckningen fortsatte helt enligt skolboken, och Legends avelserfarenhet var tydlig i hans effektiva och målmedvetna rörelser.

”Duktig kille”, mumlade Marcus, och professionell tillfredsställelse värmde hans bröst när han observerade den lyckade betäckningen. Detta handlade inte bara om att föra Legends blodslinje vidare; det representerade hingstens fullständiga återhämtning, fortsättningen på Ridgewaters arv och, i förlängningen, den framtid Marcus nu såg för sig själv här.

När det var klart klev Legend av mjukt, utan tecken på obehag eller smärta. Marcus gick genast fram, kontrollerade hingstens andning och puls, och fann dem förhöjda men inom normala gränser för aktiviteten. Ännu viktigare var att det inte fanns några tecken på buksmärtor, ingen antydan till att operationsområdet hade ansträngts.

”Helt enligt skolboken”, meddelade han, oförmögen att dölja sin stolthet. ”Inga tecken på obehag alls.”

Sarahs ansikte lyste upp av lättnad och glädje, och hennes blick mötte hans över Legends manke. ”Verkligen? Är du säker?”

”Absolut”, bekräftade Marcus och lät en sista hand löpa längs Legends flank. ”Hans återhämtning är fullständig. Jag skulle säga att han är helt återställd. Och man kan inte be om en mildare hingst med ett sto… eller ett mer väluppfostrat sto, vilken duktig tjej.” Han klappade Moonlight också. ”Du kommer att ge den store killen ett vackert föl. Vi ultraljudar om ett par veckor och ser till att det tagit sig.”

Medan Emma och Pip ledde bort Moonlight till hennes box, gick Sarah och Marcus med Legend tillbaka mot hingststallet. Den store hästen rörde sig med den belåtna minen av ett väl utfört arbete, och hans tidigare iver hade ersatts av en nöjd avkoppling.

”Jag trodde vi skulle förlora honom”, sa Sarah tyst när de nådde Legends box. ”När jag hittade honom med kolik den där natten, var jag säker på…”

”Men vi förlorade honom inte”, påminde Marcus henne bestämt och vände sig mot henne medan Legend marscherade bort till sitt hö och började mumsa. ”Han är frisk, betäcker framgångsrikt och kommer sannolikt att bli far till ännu en generation av championhästar.”

Sarah sträckte sig efter hans hand, och hennes varma fingrar flätades samman med hans. Den enkla gesten bar på mer mening än vad storslagna deklarationer skulle ha gjort, och hennes tysta tacksamhet sköljde över honom. Hennes ögon, klara av känslor som inte behövde några ord, mötte hans.

”Vi är ett bra team, doktor Webb”, sa hon till slut.

”Det bästa, Ms. McKenzie”, svarade han och klämde hennes hand.

Marcus balanserade kartongen mot höften när han tog sig upp för de breda verandatrapporna till det stora huset, noga med att inte tappa de inramade fotografierna som låg bland hans vikta tröjor. Förmiddagssolen värmde hans rygg, och fåglar kvittrade från det närliggande jakarandaträdet vars lila blommor täckte gräsmattan. Detta var hans tredje vända från pick-upen, och redan såg fordonet märkbart tommare ut. Hans liv var förvånansvärt kompakt när det packades i lådor. Han hade samlat på sig få ägodelar under sina månader i den hyrda stugan, som om en del av honom hade väntat på just den här dagen, denna flytt mot en permanent tillvaro på Ridgewater.

Dörren stod uppställd med en sliten ridstövel, en typisk McKenzie-lösning som fick honom att le. Han klev in i den svala hallen, där de välbekanta dofterna av bivaxpolish och nyplockade blommor välkomnade honom. Någonstans längre in i huset hördes ljudet av kvinnoröster och skratt, bakgrundsmusiken till hans nya liv.

”Behöver du hjälp med den där?” Emma dök upp från köket och torkade av sig mjöl från händerna på jeansen. ”Du kan ställa ner den i vardagsrummet för sortering. Sarah håller just på att göra plats i sin garderob.”

”Vår garderob nu, tydligen”, sa Marcus, som fortfarande höll på att vänja sig vid tanken. Han följde efter Emma in i det högt i tak-försedda vardagsrummet där flera av hans lådor redan stod i prydliga staplar.

Emma flinade, och hennes min liknade anmärkningsvärt hennes dotter Jemimas när något roade henne. ”Oroa dig inte, Sarah är hänsynslöst effektiv. Hon har förmodligen redan räknat ut exakt hur många centimeter hängutrymme du kommer att behöva.” Hon gestikulerade mot hallen. ”Jag har rensat en hylla i biblioteket för dina veterinärböcker. Sarah nämnde att du har en ganska stor samling.”

”Det var väldigt omtänksamt”, sa Marcus, rörd av omtanken. ”Fast de flesta är referensverk som ni också kan ha nytta av. Alla borde veta hur man diagnostiserar magsår hos hästar klockan tre på natten.”

"Tala för dig själv", skrattade Emma och gick tillbaka mot köket. "Jag kokar lite te medan du bär in resten. Att flytta gör en törstig."

Marcus ställde ner lådan och återvände till sin pick-up för ännu en vända. När han lyfte en särskilt tung låda med böcker dök Kate upp bredvid honom och sträckte sig fram för att ta ena änden.

"Jag klarar det", protesterade han automatiskt.

Kate höjde på ögonbrynen, hennes min gjorde det tydligt att hon fann hans ridderlighet malplacerad. "Jag bär höbalar till frukost, Marcus. Jag tror nog jag kan hantera en halv låda med böcker."

Tillsammans bar de den upp för trappan och in genom ytterdörren. Kate rörde sig med samma effektiva grace som hon visade runt hästarna, ingen rörelse var bortkastad. När de ställde ner lådan i vardagsrummet, rätade hon på sig och fäste en stadig blick på honom.

"Eftersom du officiellt flyttar in, finns det några saker du borde veta om huset", sa hon, helt affärsmässig. "Varmvattensystemet är i bästa fall lynnigt. Även om vi har tre badrum fungerar det inte att två personer försöker duscha samtidigt; det finns inte tillräckligt med vattentryck för det, och vi sätter inte på diskmaskinen förrän precis innan vi går och lägger oss av samma anledning. Vi har tankvatten, så korta duschar uppskattas under torrperioder." Hon sneglade mot taket. "Ditt rum, eller ja, Sarahs rum, har den knarrigaste golvbrädan i Australien ungefär tre steg in från dörren. Oundviklig om du inte känner för att lära dig att volta över den."

Marcus nickade, tacksam för de praktiska råden som representerade Kates speciella form av acceptans. "Något annat jag bör vara medveten om?"

"Köksfönstret kärvar, men du måste öppna det om du lagar något som är det minsta rökigt, annars går brandlarmet. Tvinga det inte, för då lossnar det helt från gångjärnen. Och Pip sjunger i duschen, väldigt högt, falskt och med improviserade texter." Ett sällsynt leende ryckte i Kates mungipor. "Men du kommer att vänja dig. Det har vi alla gjort."

Någonstans från hallen ropade Pip: "Jag hörde det! Min sång är förtjusande och det vet du!"

Kate himlade med ögonen, men det fanns en genuin ömhet i gesten. "Jag hjälper dig med resten av lådorna", sa hon och var redan på väg ut igen.

Med Kates hjälp bars de återstående lådorna och väskorna snabbt in. När Marcus bar in sina sista ägodelar, en duffelväska med hans vardagskläder, gensköt Pip honom i hallen. Hennes min var misstänkt oskyldig, vilket omedelbart gjorde honom på sin vakt.

"Så", sa hon och lutade sig mot väggen med överdriven nonchalans, "du gör äntligen en ärbar kvinna av vår Sarah, eller hur?"

Marcus kände hur hettan steg i ansiktet. "Jag, äh, skulle inte uttrycka det riktigt så."

"Nej?" Pips ögon dansade av busighet. "Att flytta ihop är ett stort steg, du vet. Nästa grej är väl att vi planerar ett bröllop. Jag tänker mig på våren, med Legend som ringbärare. Han skulle se magnifik ut med blommor inflätade i manen."

"Pip!" sa Sarah från trappan, med en röst som lät både uppgiven och road. "Sluta terrorisera honom. Han kanske ändrar sig om att flytta in hos en familj med galningar."

Pip flinade, utan att ångra sig. "För sent. Ingen retur- eller bytesrätt, Marcus. Du sitter fast med hela McKenzie-paketet nu." Hon klappade honom sympatiskt på armen. "Oroa dig inte, vi nollar bara dem vi gillar."

Marcus kom på sig själv med att skratta trots rodnaden han kände värma kinderna. "Jag skulle inte vilja ha det på något annat sätt", sa han ärligt.

Pips retsamma min mjuknade till något mer genuint. "Bra svar. Sarahs rum är andra dörren till höger på övervåningen. Bäst jag går och räddar vad det nu är Emma bakar innan hon blir distraherad och bränner det." Hon försvann mot köket, glatt nynnande.

På övervåningen hittade Marcus Sarah i vad som nu var deras gemensamma sovrum. Det stora rummet var en aning omgjort för att rymma honom. Hon hade rensat lite mindre än halva garderoben, tömt två byrålådor och gjort plats på sängbordet närmast dörren, eftersom hon visste att han föredrog den sidan. De små justeringarna, praktiska och omtänksamma, talade sitt tydliga språk om hennes acceptans av detta nya kapitel.

"Är det här okej?" frågade hon med en antydan till osäkerhet i blicken när hon gestikulerade mot det iordningställda utrymmet. "Jag kan göra mer plats om du behöver det."

"Det är perfekt", försäkrade han henne och lade sin duffelväska på sängen. Han sträckte sig in i den och drog fram ett inramat fotografi av sina föräldrar och tvekade sedan, osäker på var han skulle ställa det.

Sarah tycktes ana hans fråga. "Här", sa hon och flyttade en liten keramikhäst på byrån för att göra plats. "De borde stå någonstans där du kan se dem lätt."

Den enkla gesten gav honom oväntat en klump i halsen. Han placerade fotografiet försiktigt, och lade sedan till ett annat av sig själv och Zoe som tonåringar, med armarna om varandra, framför sitt barndomshem i Surrey. Att se sitt förflutna finna sin plats bredvid Sarahs nutid kändes så djupt rätt.

Under den kommande timmen fördelade Marcus gradvis sina ägodelar i huset. Hans medicinska tidskrifter fann sin plats på den hylla Emma anvisat, hans favoritkaffemugg (med texten *Min hjälte*, en gåva från en liten flicka vars ponny han hade räddat i sin allra första kolikoperation efter veterinärhögskolan) hamnade i köksskåpet bredvid den omaka samlingen av McKenzie-muggar. Hans laptop bosatte sig i det hörn av matsalsbordet som Sarah pekade ut som traditionellt oanvänt. Hans stetoskop hängdes bredvid Sarahs nycklar på en krok vid bakdörren, redo för akuta fall i stallet.

Han höll på att arrangera sin samling av veterinärböcker när han lade märke till att Sarah stod lutad mot dörrkarmen och betraktade honom med ett mjukt uttryck.

"Vad?" frågade han och stannade upp med "Hästens invärtesmedicin" i händerna.

"Inget", sa hon med ett varmt leende. "Jag tänkte bara på hur rätt det här känns. Du, här, som gör plats för 'Avancerade reproduktionstekniker hos häst' bredvid mammas samling av svenska deckare."

Innan han hann svara hördes ljudet av små fötter i hallen, och Jemima rusade in i rummet med något i handen.

"Farbror Marcus! Mamma sa att du bor hos oss nu, på riktigt!" meddelade hon, lätt andfådd av upphetsning. "Jag har gjort den här till dig."

Hon sträckte fram ett vikt papper mot honom. Marcus böjde sig ner till hennes nivå och tog emot gåvan med passande högtidlighet. "Tack, Jemima. Vad är det här?"

"Det är ett välkomstkort", förklarade hon och studsade lätt på tårna. "Öppna det!"

Marcus vecklade försiktigt upp pappret och avslöjade en teckning av vad som omisskännligt var det stora huset, med flera streckgubbar som stod utanför. En lång figur bar vad som såg ut att vara ett stetoskop, ritat med blå krita. Runt dem skuttade flera hästar i olika storlekar och färger, inklusive en massiv brun som helt klart skulle föreställa Legend.

"Det här är du", pekade Jemima på den stetoskopbärande figuren. "Och det här är faster Sarah, och mamma, och faster Kate, och faster Pip, och jag. Och alla våra hästar. Ser du, du är en del av vår familj nu."

Den enkla deklarationen, framförd med ett barns rättframma säkerhet, träffade Marcus rakt i hjärtat. Han

svalde hårt mot den plötsliga klumpen i halsen och tittade
på den klumpigt ritade bilden av familjen som, på något
sätt, hade blivit hans egen.

"Tack, Jemima", lyckades han få fram med en aning hes
röst. "Det här är den bästa välkomstgåvan jag någonsin har
fått."

Hon strålade mot honom, slog sedan armarna om hans
hals i en snabb, våldsam kram innan hon rusade iväg igen,
med uppdraget slutfört.

Marcus blev kvar på knä, med kortet i händerna,
medveten om Sarahs närvaro i dörröppningen. När han
slutligen såg upp på henne, såg han sin egen känsla speglas
i hennes ögon.

"Välkommen hem, Marcus", sa hon mjukt.

I det ögonblicket, omgiven av McKenzie-familjens
samlade historia och sina egna ägodelar som fann sina
platser bland deras, visste Marcus att han verkligen hade
kommit hem.

Kapitel nitton

Marcus justerade skärmen på den bärbara datorn på köksbordet och vinklade den så att taklampan inte skulle blända. Runt omkring honom slog systrarna McKenzie sig ner på stolar, och Sarah tog platsen precis bredvid honom med axeln vant tryckt mot hans. Jemima klämde sig in mellan Emma och Pip, och hennes förväntan var påtaglig när hon svingade med benen under bordet. Köksklockan visade strax efter sju på kvällen i Queensland, vilket innebar att den var tio på förmiddagen i Storbritannien, den perfekta tiden för att hinna prata med Zoe innan hon skulle till stallet för att ta emot sina eftermiddagskunder.

”Är din syster nervös över att träffa oss alla på en gång?” frågade Kate och stoppade en hårslinga bakom örat. ”Det här kan bli lite överväldigande.”

Marcus log och tänkte på sin okuvliga lillasyster. "Zoe? Knappast. Hon har tjatat på mig i veckor om att ordna det här samtalet. Om något så är det er jag borde varna för henne."

"Jaså?" Pip lutade sig fram, nyfiken. "Vilka mörka hemligheter borde vi känna till om den mystiska Zoe Webb?"

"Hon pratar i ungefär dubbla ljudhastigheten när hon blir exalterad, ställer otroligt personliga frågor utan att inse att de är personliga, och har absolut inget filter mellan hjärnan och munnen", svarade Marcus kärleksfullt. "Utöver det är hon helt underbar."

Sarah skrattade och hennes hand fann hans under bordet. "Så inte alls som sin reserverade, diplomatiska bror med andra ord?"

Innan Marcus hann svara plingade datorn till för ett inkommande samtal. Han klickade för att acceptera, och skärmen fylldes av hans systers ansikte, hennes vilda lockiga hår knappt sammanhållet i vad som såg ut som en slarvig hästsvans, hennes breda leende omedelbart igenkännligt som den feminina versionen av hans eget.

"Där är ni ju!" utbrast Zoe, hennes brittiska accent märkbart starkare än hans efter hans år i Australien. "Jag började tro att ni hade glömt bort det. Herregud, är det allihop? Hej, familjen McKenzie! Jag har hört så mycket om er alla!"

Marcus kände Sarahs roade blick när Zoes snabba hälsning bekräftade hans bedömning. "Hej på dig med, Zoe. Ja, alla är här. Låt mig presentera er ordentligt."

Han påbörjade presentationerna, men Zoe avbröt nästan omedelbart, hennes entusiasm omöjlig att hålla tillbaka. "*Du* är Sarah! Marcus har berättat precis allt om dig, fast han glömde nämna hur snygg du är. Inte undra på att han har varit så blödig i sina mejl på sistone!"

Marcus kände hur rodnaden spred sig uppför nacken. "Zoe, skulle vi kanske kunna behålla ett litet uns av min värdighet?"

"Absolut inte", svarade hans syster glatt. "Det är inte det lillasystrar är till för. Nå, vem är Emma? Experten på rehabilitering av kapplöpningshästar? Jag har undersökt dina metoder med fullblod som slutat tävla, och jag har ungefär tusen frågor."

Emma lutade sig fram, omedelbart engagerad av omnämnandet av sitt arbete. "Det skulle vara jag. Och jag skulle gärna vilja höra om ditt kroppsterapeutiska tillvägagångssätt för övergången efter tävlingskarriären. Jag arbetar just nu med en valack som visar symptom på PTSD efter en olycka i startboxen, och en annan som har diagnostiserats med struppipning men jag tror att det är stressrelaterat."

"Åh, fascinerande! Jag hade ett liknande fall av struppipning förra året, utvecklade en kombinerad metod med Masterson-tekniker och traumainformerat markarbete ..." Zoe gav sig in i en detaljerad förklaring, hennes händer rörde sig uttrycksfullt på skärmen.

Marcus såg på med växande munterhet när hans syster och Emma föll in i en snabb teknisk konversation, medan de andra tittade mellan dem som åskådare vid en särskilt fartfylld tennismatch. Pip mötte hans blick och formade läpparna till "dubbla ljudhastigheten" med höjda ögonbryn, vilket fick honom att kväva ett skratt.

"Vänta lite", sa Zoe plötsligt och fokuserade på hela gruppen igen. "Jag är oartig som börjar prata om jobb direkt. Kate! Du måste vara Kate, dressyrryttaren. Marcus nämnde att du siktar på att kvala till nästa OS?"

Kate såg förvånad ut över att bli direkt tilltalad. "Jag arbetar mot det, ja. Mitt sto Mystery gör bra ifrån sig på Grand Prix-nivå."

"Fantastiskt! Jag arbetade med flera olympiska dressyrhästar i Tyskland. Sådana känsliga varelser, eller hur? Den psykologiska komponenten i deras träning är fascinerande." Zoes uppmärksamhet flyttades igen och landade på Pip. "Och du måste vara Pip! Mästarjockeyn som blev ponnytränare. Jag älskar verkligen din filosofi om att rida in unghästar, Marcus delade den där artikeln om dig i Queensland Equestrian Monthly."

Pip skrattade förtjust, uppenbarligen charmad av Zoes entusiasm. "Före detta jockey, ja, även om jag aldrig var på mästarnivå. Jag passar mycket bättre för att terrorisera små barn och ponnyer."

"Det tvivlar jag starkt på", kontrade Zoe varmt. Hennes blick landade slutligen på Jemima. "Och du måste vara den berömda Jemima! Din morbror Marcus säger att du är den bästa ryttaren i din ålder i hela Australien."

Jemima strålade och rätade stolt på sig i stolen. "Jag ska på ponnyklubbsmästerskapen i år med min ponny Sparky, och jag har ett nytt fullblodssto som jag ska ta med till Ekka!"

"När jag kommer måste du visa mig allt du kan", lovade Zoe. "Jag räknar med att du hjälper mig att lära mig allt om australiska ponnyer."

"När exakt anländer du?" frågade Sarah och styrde samtalet mot det praktiska. "Vi borde börja göra i ordning ditt rum."

Zoes ansikte lyste upp ännu mer, om det var möjligt. "Jag har bokat min flygbiljett om åtta veckor! Visumet håller på att behandlas, mitt hyreskontrakt går ut nästa månad, och jag har redan börjat ordna med att föra över klienter till andra utövare." Hennes uttryck blev allvarligare. "Jag kan inte nog uttrycka hur tacksam jag är för den här möjligheten. Efter den där uppsatsen och all kritik ... det har varit svårt att bygga upp allt igen här. Jag har varit tvungen att hålla mig borta från nätet. Tangentbordskrigarna blev bara för mycket."

Marcus kände en ilning av beskyddande oro för sin syster. Kontroversen kring hennes forskning hade tagit ut sin rätt på ett sätt som han visste att hon förminskade i deras vanliga samtal. "Det är vi som borde vara tacksamma", sa han bestämt. "Din kompetens är precis vad Ridgewater behöver."

"Absolut", instämde Emma ivrigt. "Jag har minst fem hästar som skulle ha omedelbar nytta av dina metoder, och jag känner flera ägare som har betalat dyra pengar för att få hit någon från Brisbane för liknande arbete, de kommer att vara väldigt tacksamma över att ha en utövare lokalt."

"Och kliniken är överlycklig över att du ansluter dig till teamet", tillade Marcus. "Caroline planerar redan att remittera fall till dig."

Zoe log, och en antydan till sårbarhet sken igenom hennes entusiasm. "Det betyder mycket, att ha en plats att höra hemma på igen."

De pratade en stund till, men det var ett andra samtal inplanerat för kvällen, så till slut tog de motvilligt ett varmt farväl av Zoe. Lättad över att det hade gått bra, även om han var övertygad om att hans syster hade tillräckligt gemensamt med McKenzie-kvinnorna för att de skulle kunna bli vänner, avslutade Marcus samtalet.

Kate lutade sig över hans axel, drog upp kontaktlistan och valde en som var märkt MAMMA + PAPPA.

"De ligger tre timmar efter oss, så det blir sen eftermiddag där", förklarade Sarah och tittade på klockan.

Samtalet kopplades fram efter flera signaler, skärmen visade tillfälligt en takfläkt innan den justerades och avslöjade Jim McKenzies solbrända, väderbitna ansikte, som kikade med lätt förvirring på kameran.

"Fungerar den här grejen? Ingrid, jag tror jag har fått fram dem!" ropade han över axeln, hans röst hade den speciella klang som Marcus kände igen från män som var vana vid att arbeta utomhus hela sina liv. "Ah, där är ni! Kan ni se oss?"

Kameran vobblade och stabiliserades sedan för att visa både Jim och Ingrid sittande vid vad som verkade vara ett litet bord i deras husbil. Solsken strömmade in genom fönstren bakom dem och belyste den karga skönheten i Kimberley-landskapet i fjärran.

”Pappa! Mamma!” ropade systrarna McKenzie i kör och lutade sig mot skärmen med uppenbar förtjusning.

”Där är våra tjejer”, strålade Jim, hans ansikte skrynklade sig av glädje. ”Och unga Jemima också! Hur mår mitt favoritbarnbarn?”

”Jag är ditt enda barnbarn, morfar”, påpekade Jemima och fick alla att skratta.

”Desto större anledning att du är min favorit”, kontrade Jim med en blinkning. Hans blick flyttades till Marcus, ögonen glittrade av gott humör. ”Och det här måste vara den berömda doktor Webb vi har hört så mycket om.”

Marcus kände sig plötsligt, irrationellt nervös, som en tonåring som träffar sin flickväns far för första gången, trots att han var nästan fyrtio. ”Det är ett nöje att träffa er, sir, ma'am. Jag har hört en hel del om er båda.”

Jim skrattade, ljudet var varmt och äkta. ”Inget 'sir' behövs, grabben. Den som räddar Legend och vinner Sarahs hjärta är en i familjen enligt mig.” Hans uttryck blev allvarligare. ”Det var ett enastående arbete med den gamla hingsten. Inte många veterinärer skulle ha försökt sig på en operation under de förhållandena.”

”Det var en laginsats”, svarade Marcus ärligt. ”McKenzie-kvinnorna var extraordinära.”

”Det är de vanligtvis”, sa Ingrid för första gången, och han hörde en mycket svag antydan till svensk accent trots hennes decennier i Australien. Hennes blonda hår var klippt i en stilig page som ramade in ett ansikte som fortfarande var slående vackert, med Sarahs knivskarpa kindben och Kates direkta blick. ”Men vi förstår att det var din skicklighet som räddade honom.”

Marcus kände Sarahs hand klämma hans under bordet, en tyst bekräftelse. ”Jag är bara tacksam att det fungerade”, sa han enkelt.

"Nå, nu har vi äntligen fått en veterinär i familjen", förklarade Jim och lutade sig tillbaka i sin stol med tillfredsställelse. "Vet du hur många år jag har väntat på att en av mina tjejer ska ta hem en veterinär? Det hade sparat oss en förmögenhet i jourarvoden! Jag hoppades nästan att en av er skulle visa sig vara gay och gifta sig med Caroline!"

"Jim!" förmanade Ingrid, även om hennes ögon gnistrade av samma humor. "Det är knappast rätt sätt att välkomna Marcus på."

"Nej? Nåväl, det är också det faktum att Sarah har varit gladare i sina mejl de senaste månaderna än jag har sett henne sedan före olyckan", fortsatte Jim, hans retsamma ton mjuknade. "Och det väger mycket tyngre än rabatterade veterinärtjänster, även om jag inte kommer att tacka nej till dem heller."

Marcus sneglade på Sarah, vars kinder hade rodnat lätt vid hennes fars uppriktiga bedömning. Tanken på att han hade bidragit till hennes lycka fyllde honom med tyst stolthet.

"Jag visste från Sarahs allra första mejl om dig att du var speciell, Marcus", sa Ingrid, hennes lugna övertygelse hördes tydligt genom anslutningen. "Hon skrev att du hade ifrågasatt hennes behandling av Legend, att du hade stått på dig även när hon var upprörd. Det sa mig allt jag behövde veta."

"Gjorde det?" frågade Marcus, genuint nyfiken.

Ingrid nickade. "Sarah behöver någon som är stark nog att vara hennes partner, inte bara hennes supporter. Någon som kompletterar henne snarare än att bara hålla med henne." Hennes ögon, några nyanser blåare än Sarahs men lika direkta, mötte hans genom skärmen. "Jag tror att du kan vara den personen."

Det enkla uttalandet, framfört med en sådan självklar säkerhet, berörde Marcus djupt. Han kände Sarahs arm tryckas mot hans, ett tyst erkännande av hennes mors insikt.

”Nå”, sa Jim och bröt det känslosamma ögonblicket med praktisk McKenzie-direkthet, ”när tar ni den här systern till dig till Australien? Ingrid och jag kanske flyger tillbaka österut för ett depåstopp om ungefär tre månader, borde tajma det för att kunna träffa henne.”

Samtalet övergick till planer för Zoes ankomst och den slutliga återföreningen när Jim och Ingrid återvände från sina resor. Medan samtalet fortsatte, flytande lätt mellan familjenyheter och milt retsamt skämt, fann Marcus sig förundrad över hur naturligt han hade införlivats i deras krets. Familjen McKenzie pratade med honom som om han alltid hade varit där, refererade till interna skämt, bad om hans åsikt i familjeangelägenheter och inkluderade honom i framtidsplaner utan tvekan.

När de till slut avslutade samtalet med löften om ett riktigt firande när alla var samlade igen, lutade Marcus sig tillbaka i sin stol, omgiven av den varma efterglöden av familjesamhörighet. Sarah lutade sig mot honom, hennes huvud vilade en kort stund på hans axel.

”Tja”, sa hon mjukt, ”det verkar som att du har blivit grundligt adopterad.”

När systrarna McKenzie började duka av bordet och diskutera morgondagens schema med den lätta vanan från en livslång rutin, kände Marcus hur de sista bitarna av hans nya liv föll på plats. Från den isolerade, professionellt respekterade men personligen vilsna man som hade anlänt till Ridgewater för några månader sedan, hade han förvandlats till någon med rötter, kontakter, ett syfte. Inte bara Sarahs partner, utan en sann medlem av denna livliga, komplicerade, underbara familj.

”Jag skulle inte kunna önska mig något mer”, svarade han, och visste att det var den absoluta sanningen.

Sarah slängde sig ner i en stol och sträckte ut benen på verandans väderbitna trägolv. Dagen hade varit lång, fylld av träningspass och pappersarbete, men nu omgavs hon av den lugna kamratskapen från familjen. Kate smuttade på en mugg te i gungstolen, medan Emma och Pip spelade ett halvhjärtat kortspel vid det lilla bordet. Jemima satt med benen i kors på en kudde nära Sarahs fötter, försjunken i att fläta vänskapsarmband till sitt kommande ponnyklubbläger, hennes små fingrar arbetade skickligt med de färgglada trådarna.

Knastret av däck på grus drog till sig deras uppmärksamhet. Sarah rätade på sig i stolen och kände igen ljudet av Marcus pickup redan innan den kom i sikte. Ett leende krökte automatiskt hennes läppar, det där lilla fladdret av förväntan fanns fortfarande kvar även efter månader tillsammans.

"Det är nog Marcus", sa hon i onödan när fordonet parkerade bredvid huset.

De såg på när Marcus klev ur pickupen, hans långa gestalt en siluett mot det sneda eftermiddagsljuset. Han bar sin väska i ena handen och vad som såg ut som en hög med post i den andra. När han närmade sig verandatrappan noterade Sarah de trötta linjerna runt hans ögon, men hans leende förblev varmt när det fann henne.

"Förlåt att jag är sen", ropade han och gick uppför trappan med den lätta vanan hos någon som verkligen känner sig hemma. "Stannade vid brevlådan på vägen in. En rejäl samling idag."

Sarah reste sig för att möta honom, tog emot hans snabba kyss innan hon tog högen med kuvert han erbjöd. "Fullt upp?"

"Sista jouren var en väldigt kladdig böld", bekräftade han, ställde ner sin väska och hälsade på de andra med en nick. "Jag är inte säker på att mina byxor någonsin kommer att bli desamma igen, jag måste blötlägga dem. Det här är mina extra", sa han då Sarah kastade en nyfiken blick på hans inte särskilt smutsiga ben.

"Hjältedåd som vanligt", retades Pip och gav en ny hand. "Sugen på att förlora spektakulärt mot Emma tillsammans med oss?"

Marcus skrattade, men hans ögon var kvar på Sarah när hon bläddrade igenom posten. "Det är något från Transport- och vägdepartementet där", sa han tyst, hans ton ändrades precis tillräckligt för att fånga Sarahs fulla uppmärksamhet.

Hennes fingrar stannade till och drog sedan försiktigt ut det officiella kuvertet från mellan en foderleverantörs katalog och ett kontoutdrag. Regeringens emblem stack ut skarpt mot det vita pappret, olycksbådande och officiellt. Verandan tycktes plötsligt tystna, till och med fåglarna i jakarandaträdet pausade sin kvällskör.

"Handlar det om förbifarten?" frågade Kate och satte sin gungstol i rörelse med ena foten, en nervös gest som Sarah kände igen från barndomen.

Sarah nickade, halsen oväntat torr. "Det verkar så." Hennes händer darrade lätt när hon bröt förseglingen, medveten om att hennes familj såg på, deras ansikten återspeglade hennes egen spänning. Marcus flyttade sig för att stå bakom hennes stol, hans stadiga närvaro vid hennes rygg erbjöd tyst stöd. Hon vecklade ut brevet, hennes ögon skannade det formella språket efter utslaget som var begravt i byråkratiska formuleringar.

För ett ögonblick blev orden suddiga framför hennes ögon. Sedan, långsamt, trängde deras betydelse in, och hon kände ett leende sprida sig över sitt ansikte som solsken efter en storm.

"De kommer att överväga den västra rutten", meddelade hon, och rösten brast. "De beställer undersökningar längs den västra gränsen av golfklubbens oanvända buskmark och den västra stranden av sjön. De hänvisar specifikt till miljökonsekvensbeskrivningar och bevarande av jordbruksmark som nyckelfaktorer."

Verandan exploderade. Emma och Pip övergav sitt kortspel med triumferande rop i kör, korten flög i deras brådska att hoppa upp och fira. Kates gungstol knarrade när hon sköt sig uppåt, ett sällsynt, strålande leende lyste upp hennes vanligtvis allvarliga ansikte. Jemima studsade upp från sin kudde, vänskapsarmbanden glömda när hon dansade i upphetsade cirklar.

"Vi klarade det!" utbrast Emma och sträckte sig efter Sarah i en våldsam kram som nästan lyfte henne från fötterna. "De lyssnade faktiskt!"

"Ditt vittnesmål måste ha övertygat dem", sa Sarah och vände sig för att se upp på Marcus, vars uttryck visade en blandning av lättnad och stolthet. "All den där statistiken om påverkan och de ekonomiska prognoserna."

"Det var en laginsats", invände han, även om hans ögon lyste av tillfredsställelse. "Stödkampanjen från lokalsamhället som du organiserade gjorde en enorm skillnad."

Jemima drog i Sarahs ärm, hennes blå ögon vidöppna av spänning. "Betyder det här att vi får behålla alla våra hagar? Och ridbanan? Och Legends speciella hage?"

Sarah knäböjde till sin systerdotters nivå, nickade och stoppade en blond hårslinga bakom barnets öra. "Det är inte över än, älskling, men det här är ett riktigt gott tecken. Vi kommer fortfarande att behöva stöd från lokalsamhället för det slutgiltiga godkännandet, och det kommer att bli fler utfrågningar."

"Men det här är det avgörande steget", påpekade Emma och fyllde på glasen med generösa skvättar lemonad. "De har erkänt att den östra rutten skulle förstöra en livskraftig jordbruksverksamhet."

"Och att den västra rutten är mer ekonomiskt förnuftig", tillade Pip och höjde sitt glas igen. "Golfklubben kommer att bli rasande."

"Det tror jag faktiskt inte de blir", invände Kate. "Deras oanvända buskmark kommer att bli mer värd som kommersiell mark längs med den nya vägen i alla fall."

Sarah lutade sig mot verandans räcke och såg på sin familjs animerade ansikten när de diskuterade nästa steg. Den nedgående solen förgyllde allt i ett rikt, bärnstensfärgat ljus och förvandlade den vardagliga scenen till något dyrbart. Marcus mötte hennes blick över det glada kaoset och höjde sitt glas i en privat skål som inte behövde några ord.

"Jag ska gå och hämta in Legend för natten", sa Sarah efter några minuters glatt firande. Nyheten i brevet förtjänade en ordentlig fest, men just nu längtade hon efter en stunds tystnad. Marcus ställde ner sitt glas och reste sig för att göra henne sällskap, och tillsammans vandrade de ner till den högt inhägnade hagen där Legends distinkta siluett var synlig nära stängslet, hans kraftfulla gestalt omisskännlig även i det bleknande ljuset. Den gamla hingsten höjde huvudet när de närmade sig, hälsade dem med ett mjukt gnäggande innan han återvände till sitt betande.

"Jag tröttnar aldrig på att se honom", sa Sarah och lutade sig mot den väderbitna stängselstolpen. "Efter allt han har gått igenom har han fortfarande den där närvaron, den där värdigheten."

Marcus nickade, hans axel varm mot hennes. "Ungefär som hans folk."

Jämförelsen fick henne att le. "Kallar du mig gammal och värdig, doktor Webb?"

"Värdig, absolut. Men kanske inte riktigt lika vördnadsvärd som Legend", svarade han, och hans ögon skrynklade sig i hörnen på det sätt som fortfarande fick hennes hjärta att hoppa över ett slag. "Vill du sitta en stund?"

Han pekade mot en fallen eukalyptusstock som hade placerats som en rustik bänk vid hagens kant. Platsen erbjöd en perfekt utsikt över Ridgewaters böljande hagar, ända till sjön som glimmade som smält guld i kvällsljuset. De slog sig ner på det släta träet, och Marcus arm fann naturligt sin väg runt hennes axlar.

En bekväm tystnad lade sig mellan dem, fylld av de omgivande ljuden från gården som varvade ner för kvällen: hästar som gnäggade i avlägsna hagar, skator som drillade sina skymningssånger, de svaga rösterna från hennes systrar som fortfarande firade på verandan. Legend rörde sig närmare stängslet, hans nyfikenhet tydligen väckt av deras stillhet.

Marcus sträckte ut handen för att stryka hingstens sammetslena nos när han sträckte den över stängslet mot dem. "Kommer du ihåg min första dag här?" frågade han. "När du mötte mig i stallet med det där skrivblocket och den där blicken som kunde ha fått kokande vatten att frysa till is?"

Sarah skrattade, minnet var livligt. "Jag var hemsk mot dig. Så defensiv och taggig."

"Du var magnifik", rättade han och ekade orden han hade sagt till henne en gång tidigare, under Legends kolikkris. "Orädd i ditt försvar av det du älskar. Det är en av de saker jag beundrar mest hos dig."

Hon lutade sitt huvud mot hans axel och förundrades över hur långt de hade kommit. Den första dagen hade hon sett på honom med misstänksamhet, en tillfällig och avgjort otillräcklig ersättare för Caroline som kunde störa hennes noggrant kontrollerade system. Nu kändes hans närvaro lika väsentlig för Ridgewater som själva marken.

"Jag förväntade mig aldrig det här", erkände hon mjukt. "Något av det. Du, vi, att känna mig så ... komplett."

Marcus vände sig något mot henne, hans uttryck plötsligt allvarligt även om hans ögon förblev milda. "Jag förväntade mig det inte heller. Efter hur mitt äktenskap slutade hade jag förlikat mig med att vara ensam." Han tog hennes hand, hans tumme ritade cirklar på hennes handflata i en gest som hade blivit välbekant och omhuldad. "Och så dök du upp, där i stallet, helt oberörd av mina meriter och fullständigt besluten att göra saker på ditt sätt."

"Jag var elak", protesterade Sarah.

"Du var en utmaning", rättade han. "Den bästa sorten. Den sort som gör en person bättre av att ha mött den." Hans fria hand rörde sig mot hans jackficka, en lätt nervositet kom in i hans rörelser som omedelbart fångade Sarahs uppmärksamhet. "Och på tal om utmaningar ..."

Hon drog efter andan när Marcus tog fram en liten sammetsask ur fickan, hans uttryck fullt av en sårbarhet som fick hennes hjärta att vända sig. Han gick inte ner på knä, gjorde ingen storslagen gest, höll bara asken i sin handflata och vände sig helt mot henne på deras gemensamma stock.

"Sarah McKenzie", började han, hans röst stadig trots den känsla hon kunde se i hans ögon, "jag kom hit i jakt på en nystart, en plats där min kompetens skulle värderas utan politik eller förväntningar. Vad jag istället fann var ett hem jag aldrig visste att jag sökte, och en kvinna som utmanar mig varje dag att vara bättre än jag är."

Han öppnade asken och avslöjade en ring som fångade de sista solstrålarna: en kraftig guldring med en enda diamant infattad plant i den förtjockade toppen av bandet. Den var elegant, praktisk och fullständigt perfekt, precis som mannen som höll den.

"Jag älskar dig", fortsatte Marcus, mjukare. "Din styrka, din hängivenhet, din tillfälliga envishet, och till och med din oläsliga handstil på tavlorna i stallet." Hans försök till humor förråddes av den lätta darrningen i hans röst. "Jag vill bygga ett liv med dig, här på Ridgewater, och skapa något bestående tillsammans. Vill du gifta dig med mig?"

Sarah kände tårar fylla hennes ögon, oväntade men välkomna, som regn efter torka. Frågan hängde mellan dem i bara ett hjärtslag innan hon svarade.

"Ja", sa hon enkelt, utan tvekan eller tvivel. "Ja, Marcus. Självklart vill jag det."

Hans leende sprack upp som en gryning över hans ansikte när han trädde ringen på hennes finger. Den passade perfekt, ännu ett bevis på hans noggranna uppmärksamhet på detaljer. Sarah förundrades över tyngden av den, så lätt men ändå så betydelsefull, innan hon lutade sig fram för att kyssa honom. Hans armar slöt sig om henne, starka och säkra, lika välbekanta nu som hennes egna hjärtslag.

När de till slut skiljdes åt höll Marcus henne nära, hans panna vilande mot hennes. "Jag borde varna dig", mumlade han, "det här betyder att Zoe officiellt blir din svägerska. Hon kommer att vara outhärdligt självbelåten över att ha förutspått det här, förstår du."

Sarah skrattade, glädjen bubblade upp från någonstans djupt inifrån. "Jag tror att jag kan hantera en till viljestark Webb i familjen." Hon tittade ner på ringen, fortfarande lite misstroende. "Mina systrar kommer att bli helt galna när de ser det här."

"Jag övervägde att be Jim om lov, men tänkte att det kanske var lite gammalmodigt för en kvinna som driver sitt eget hästimperium", sa Marcus, hans tumme borstade bort en tår som hade runnit nerför hennes kind. "Dessutom sa din far redan att jag var en del av familjen. Jag gör det bara officiellt."

Legend valde det ögonblicket att bestämt knuffa till Marcus axel, och höll på att välta honom av stocken. De skrattade båda, spänningen i ögonblicket bröts och förvandlades till något varmt och bekvämt.

”Till och med Legend godkänner”, sa Sarah och sträckte sig upp för att stryka hingstens pannlugg. ”Fast han undrar nog bara när vi ska ta in honom så att han får sin middag.”

Marcus lade armen säkrare runt hennes axlar, hans uttryck blev eftertänksamt när han såg ut över ägorna. ”Carolines lilla Marissa kommer att behöva några lekkamrater i sin egen ålder att tävla mot på ponnyklubben, du vet. Om vi funderar på att starta vår egen familj en dag.”

Det avslappnade omnämnandet av barn kunde en gång ha skrämt henne, en annan sårbarhet hon inte hade råd med. Nu fann Sarah sig själv leende vid tanken på ett barn med Marcus mörka lockar och hennes beslutsamma natur, som lärde sig rida på en av Legends milda ättlingar.

”En dag”, instämde hon mjukt. ”Men inte före bröllopet. Mamma skulle aldrig förlåta oss för att vi förnekade henne chansen att planera en ordentlig ceremoni.”

Legends tålamod tog slut, och han tog tag i Sarahs skjortsnibb mellan tänderna och drog till.

”Okej, okej!” Skrattande reste hon sig och höll fram grimman hon hade tagit med sig. Legend tryckte in nosen och väntade tålmodigt på att hon skulle spänna den, innan de gick tillbaka till hingststallet tillsammans och gav Legend hans kvällsfoder.

”Vi borde nog gå och berätta nyheten.” Marcus knuffade till henne på axeln, och hon log och kontrollerade att Legends boxdörr var ordentligt reglad.

”Måste vi? Det kommer att bli livat.”

Han skrattade och lutade sig ner för en kyss. ”Jag ser faktiskt ganska mycket fram emot det. McKenzie-kaoset har en speciell plats i mitt hjärta.”

Hon log och tog hans hand. "Du är galen. Men jag älskar dig ändå."

Hand i hand gick de tillbaka mot huset, vars fönster nu glödde med välkomnande ljus mot den allt djupare blå kvällshimlen, där deras familj, deras framtid och alla de utmaningar och glädjeämnen som skulle komma med båda väntade. Framför dem sträckte sig Ridgewaters vida ägor, marken de skulle förvalta tillsammans. Sarah klämde Marcus hand, kände den fasta värmen från hans grepp och den nyfunna, förunderliga känslan av ringen på sitt finger. Plötsligt kunde hon inte vänta på att få visa sina systrar, dela deras glädje. Hon gick snabbare, och bredvid henne skrattade Marcus tyst, samtidigt som han förlängde sina steg för att matcha hennes tempo. Matchade henne perfekt, utan att behöva bli ombedd.

Precis som han hade gjort från allra första början.

Sarahs ananaspudding

INGREDIENSER

2 ½ kopp färsk ananas, skuren i 1–2 cm stora bitar*
1 ¾ kopp farinsocker
1 matsked fint rivet citronskal
½ kopp osaltat smör, smält
1 ½ kopp vetemjöl, siktat
¾ kopp helmjölk

2 teskedar bakpulver
½ tesked salt

GÖR SÅ HÄR

Värm ugnen till 175 °C.

Rör ihop ananasbitarna, ¼ kopp av sockret och citronskalet i en medelstor skål. Låt blandningen stå i 10 minuter och rör om några gånger under tiden.

När ananasblandningen har stått i 10 minuter, häll det smälta smöret i botten på en ugnsform, ca 20 cm fyrkantig eller 28 × 18 cm (11 × 7 tum), och vrid formen försiktigt så att botten täcks. En form med hög kant är bäst, annars kan det koka över!

Blanda de torra ingredienserna i en skål och vispa sedan i mjölken tills smeten är slät. Häll smeten jämnt över det smälta smöret.

Skeda ananasblandningen (och all vätska som ananasen släppt ifrån sig) i ett jämnt lager ovanpå smeten. Rör inte om och virvla inte ihop smeten och frukten.

Ställ formen på en plåt ifall det skulle bubbla över, och grädda i 40–50 minuter, tills ananasen har sjunkit till botten av formen och ytan är gyllenbrun.

Låt svalna på galler i 30–60 minuter och servera sedan med vaniljglass.

* Om du inte har färsk ananas kan du använda konserverad ananas utan tillsatt socker, väl avrunnen.

Nu lovar jag att det kommer ett recept på Pips berömda pumpascones och till och med Emmas legendariska ananassylt... men du måste fortsätta läsa **Hästryttarna på Ridgewater** för att hitta dem!

Fler böcker av Caitlyn Lynch

De Förlorade Australiska

Flickan i bäcken
  Flickan på Yachten
  Flickan i Herrgården

Hästryttarna på Ridgewater

Lita på resan

Bryta barriärer
Stadig mark
Skrivet i stjärnorna
Jul i Ridgewater

Elitstyrkan Rescue Rangers

Räddad av en Ranger
    En Ranger återvänder
    Under täckmantel med en Ranger
    En Ranger mot världen
    Rangers Hetta (endast för nyhetsbrevsprenumeranter)

Upptäck alla Shenanigans Press-utgivningar på vår webbplats(https://www.shenaniganspress.com/se) !

**Eller följ oss på sociala medier –
vi finns på Facebook och Instagram
(@ShenanigansPressSvenska).**

Och glöm inte att prenumerera på vårt nyhetsbrev för att få veta mer om nya släpp, erbjudanden, utlottningar och mycket mer!